脱掉高跟鞋

我在新西兰
打工旅行
实现 66 个梦

Nimo　/　著

广东旅游出版社
GUANGDONG TRAVEL & TOURISM PRESS

悦读书 · 悦旅行 · 悦享人生

图书在版编目（CIP）数据

脱掉高跟鞋：我在新西兰打工旅行实现 66 个梦 /
Nimo 著 . -- 广州：广东旅游出版社，2014.3

ISBN 978-7-80766-741-4

Ⅰ.①脱… Ⅱ.① N… Ⅲ.①游记 – 作品集 – 中国 –
当代 Ⅳ.① I267.4

中国版本图书馆 CIP 数据核字 (2013) 第 293403 号

责任编辑：梁嘉韵　　陈旭娜
封面设计：回归线视觉传达
内文设计：梁嘉韵　　王　云
责任技编：刘振华
责任校对：李瑞苑　　廖文静

出版发行：广东旅游出版社出版发行
　　　　　（广州市天河区五山路 483 号华南农业大学公共管理学院
　　　　　 14 号楼三楼　邮编：510630）
电　　话：020-87348243
网　　址：www.tourpress.cn
印　　刷：深圳市希望印务有限公司
　　　　　（深圳市坂田吉华路 505 号大丹工业园二楼）
开　　本：889mm×1280mm　　1/32
字　　数：195 千字
印　　张：8.5
版　　次：2014 年 3 月第 1 版
印　　次：2014 年 3 月第 1 次印刷
印　　数：1-6000 册
定　　价：35.00 元

目录

人生就是一场旅行

　　似乎在读初中的时候，我脑子里就隐隐地有这样的念头，每个人面前都有一条预设的道路，大家运行在各自的轨道上，这种相对秩序力量非常强大，仿佛漩涡一样有着很大的吸力。如果不出意外，我的道路应该是父母帮忙选一户殷实的人家，在豫北平原生儿育女，围着锅台转，一辈子不出家门。初中物理已经开始讲向心力、加速度，我知道一滴水如果不断加速，速度足够大，就有可能摆脱漩涡，逃逸出去。初中3个班级两百号人，4个人进入高中继续求学，我是其中之一。在那之前，我很少去县城，活动范围仅限于学校、家门口的一条街。高一暑假攒着节省下的几十块钱，跳上大巴去开封找初中同学，这是我第一次出远门，独自一人，手里只有一个电话号码。居然还真给我找到了人。在开封待的10多天，我算是开了眼界，原来在我们县城之外还有这么大的地方！我与同学结伴回家，结果在回程火车上被挤散。我身无分文，被好心的同乡一路送到家。第一次的旅行经历像是一星火种，点燃了我对外面世界的好奇心和探索欲，也因为这次外出碰到的好心人让我有胆子越走越远，我要看看这世界！

　　See the world，这也是当年18岁的Poppa加入"二战"时期英联邦部队的初衷。世界那么大，怎么能安于一隅，从未踏出大门？旅行的路上，我碰到很多十八九岁的德国高中毕业生。高中毕业，大部分德国年轻人都会选择外出一年甚至更长的时间去游历。看过了世界，经历了事情，才更清楚自己的方向吧。对比这些朝气蓬勃的青年，自己而立之年才踏出第一步，真是有点不赶趟儿了。自嘲说，亡羊补牢，为时未晚。也许正因为年龄的原因，看待事物会有不同的角度，会去思考背后的原因，如此也算是年龄的红利了。回想当初辞职去打工旅行，周围的朋友反应不一。有的认为我脑子短路，背着房贷，顶着大龄未婚的压力，居然还敢跑出去玩。有的朋友很支持，一年的光景在人生的几十年里又算得了什么？我觉得自己一直是流水线上的合格产品，读书、考试、念大学，从读书的流水线上走下来，马上转战另一条流水线，工作、赚钱、买房子、嫁人、生子、养老。两条流水线无缝连接，中间没有喘气的空档。一路小跑着前进，唯恐落后。可是我究竟是在跟谁赛跑呢？

对于旅行，我从来都不认为风景是第一位的。在路上碰到的人、经历的事儿比起美景在记忆里会停驻更久，所有这些都会化作养分，滋养你的心灵。有演员说演戏很过瘾，别人都只是活自己的一辈子，而演员因为饰演不同的角色，进入到不同人物的内心，凭空多活了几辈子，如此，便是赚到了。旅行之于我也是差不多的意义，如果是在惯常的生活节奏里，不同的人就仿佛是两条平行线，生活轨迹很少有相交的可能，因为旅行因缘际会碰到一起，认识、畅谈、分享，邀请你进入他的生活。相交之后我们仍然会再岔开，沿着自己的道路前行，也许再无相交的可能。但我们不再是先前的那个自己，心里装着他的故事，似乎那个人也揉进了自己。

当我离开新西兰的时候，给朋友发信息感谢他们的照顾：Few hours later, I will be on board back home. One year flies away. I always feel like it's a dream, not real. My experience in New Zealand is so wonderful. Because of you, your help, your care, your love. Thank you very much! Share some time of your life with me（再过几个小时，我将踏上回家的航班。一年飞逝而过，我总感觉自己做了一场美梦，这一切都不像真的。我在新西兰的体验太美妙了，这一切都是缘于你们，你们的帮助，你们的关心，你们的爱。真诚地谢谢，让我分享你生活的一段时光）.

这本书是我的第一本书，我想把它献给我从未进过学堂的亲爱的妈妈。感谢妈妈，给我你的倔强和勇敢，我才胆敢走出去看世界；感谢爸爸，像是一头老黄牛，这么多年忙于生计，拉着我们家庭这架车一直往前走。

感谢春玉临行为我送别；感谢胡胡一路挂念着我；感谢我曾经的搭档海英大老远给我邮寄东西；感谢 Viv 在我初到奥克兰的时候接待我；感谢在天堂的 Poppa 收留我和 Ivy，让我们在 Te puke 安定下来；感谢 Andrew 给予我的照顾、关心、爱；感谢 Tattersfield 一家，给我在新西兰家的感觉；感谢 Uncle、Aunty、Greg、Cathy 的友谊；感谢路上遇到的每一个朋友，给予我的帮助。忘记朋友是悲哀的，我之所以把这些都写下来就是为了不要忘记你们。

在书稿的编写整理过程中，得到了 Kokomi 很大的帮助，我的朋友王景瑶、波仔给了我很多的支持鼓励和修改建议，还有本书的编辑梁嘉韵、陈旭娜、王云做了大量的工作，付出辛勤的劳动，在此一并谢过。

See the world

我要看看这世界

　　我很荣幸能够介绍黄伟娟的第一本书，这里面讲述了她 2012 到 2013 年在新西兰生活、旅行的经历。我是 Dave Tattersfield，我们在 2012 年底通过 Andrew 认识的伟娟，我和妻子 Reena 是 Amy Rose 的父母，Amy 在第八章《爱是什么》里面有提及。

　　我们是在尼尔逊湖划皮划艇的时候认识的伟娟，那天她给我留下了很深的印象，总是乐呵呵的，愿意搭把手帮忙。我们都非常享受这一天户外活动和彼此的陪伴，虽然路上一度汽车没油，甚至最后的几百米是我们推着车走的，却因此看见了雨后的双重彩虹，也是意外的收获。

　　伟娟天性友好、心态开放，能够很好地理解他人，所以很容易跟不同的人打成一片，自然我们也非常喜欢她的陪伴和友谊。整个夏天我们在一起度过了很多美好时光，一起烧烤，一起听音乐会，会见朋友，户外徒步，欣赏美景。我很喜欢和她探讨一些事情，比如政治体制，中国令人难以置信的飞速增长以及社会巨变带来的挑战，她眼中的新西兰，她的家庭和她在中国的生活。我们迅速建立起了真挚的友谊，伟娟也成为我们家庭的一员，每周四我们都会邀请她来家里吃晚餐。伟娟燃起了我对中国的兴趣，逐渐了解到一点皮毛，中国真是个有趣的国家，我的眼界打开了一点，有太多的东西需要学习。通过交流，我们对对方的国家以及自己的国家都有了更多的认识。我们分享共同阅读过的有关中国的书籍，伟娟常常为我解释其中的原委，还给出她自己的观点，

能够了解不同的文化和思维方式，通过他人的眼睛看世界是非常珍贵的体验。我很欣赏她积极坦诚的观点，她讲自己想法的时候总是经过一番斟酌考证，用很和善的口气表述出来。她的口头禅是"没问题"，我想她的意思是无论什么情况，我们都可以一起解决。

我的妻子 Reena 也非常喜欢伟娟，她们之间有更多的女性话题。虽然来自不同文化，年龄也有差异，但更有趣的是她们的共同点——烹饪。伟娟会烹制一些从妈妈那里学到的中国菜，我们全家向她学习过包饺子，Reena 也会展示 Kiwi 的特色食物，比如 Palvola. 伟娟在我们家里总是帮忙准备晚餐，饭后清洗碟子，我猜 Reena 和伟娟都非常珍惜彼此的陪伴。我的女儿 Amy-Rose 被伟娟深深地吸引，她们之间的友谊就是证明：Amy 会挽着伟娟的胳膊，在花园里指给她看那些树和花，两个人一起采草莓，Amy 甚至还教伟娟学游泳呢。她们之间有一种特殊的感情。伟娟很擅长和小孩子打交道，这源于她的爱心和耐心。同样地，Amy 也很喜欢伟娟的陪伴。

回到北京之后，我们仍然保持经常的联系，我也会询问她对中国近现代历史的看法，我们依然保留着分享阅读书籍的心得。我相信这也帮助伟娟更了解自己国家的历史和人民——通过询问她的父母和亲戚——这是很重要的纽带。

我希望读者可以打开她的书，通过文字了解她在新西兰的生活经历，透过她的眼来看世界。

Dave Tattersfield.

出走新西兰，我准备好了，你呢？

Chapter 1

新西兰，在哪里? 知道 Working holiday（打工旅行）之后，

新西兰，在哪里? 知道 Working holiday（打工旅行）之后，

我在地图上标出了那个离南极最近的岛国——距离北京 12000 公里。

什么时候，多少钱，可以走？

我们活着的意义是什么？面对生命的短暂、脆弱、不可预期，
我们现在能做些什么？只是一天天更靠近死亡？

我对 Working holiday（打工旅行）的关注，始于一本杂志。那本旅行杂志介绍了第一拨出去的 WHVER（打工旅行者）。记得其中一个人叫金钊，有一段话是说 30 岁之前给自己放个长假，给心灵充充电。杂志看过就丢掉了，但是 Working holiday 这个事却在脑子里记下了。后面陆陆续续地看到最早的一拨人写的文章、申请的攻略，这个事放在了心里，却也没有想着立马就要做。估计潜意识里认为：30 岁，离我还远着呢！可就是这远着的 30 岁，"嗖"地一下就逼到眼前。

2011 年发生的事情，更促使我往这条路上走。这一年，周围最好的朋友都遭遇了很大的变故：H "三八"节的时候还发短信说全家出去玩，看到漂亮的瓷器想要给我邮寄一套，第二天却成了带着一岁多小孩的寡妇；K 五一的时候我还和他们一家人欢欢喜喜去郊区采草莓，只是个把月，他爸爸居然被诊断出胰腺癌晚期，熬了半年，年底也走了。这一年，在记忆里是愁云惨雾的。感觉是残酷的生活一个大跨步，提前几十年穿越过来，揭开丑陋的疤痕给我们看，30 岁不到的

我们不得不提前面临 40 岁或者 50 岁才会面临的至亲离散。我不是这两件事的当事人，但这些的发生也迫使我思考。又钻回到之前的牛角尖，我们活着的意义是什么？面对生命的脆弱、短暂、不可预期，我们现在能做些什么？只是一天天更靠近死亡？从这个意义上说，打工旅行即使不是我的逃避，也是我试图寻找答案的尝试。

从客观情况来讲，经济条件也具备一些，心中的不安感会稍稍放下点。我安全感极差。毕业第一年里，我做过 5 种不同的工作，每份工作之间总有空档期，甚至空档长达半年，经济的窘迫可想而知：住的地方是两张双人床拼起来的大通铺，横躺 4 个人，地上还滚着一个；最难的时候身上只有 2 块钱，白面条煮了拌着酱油吃。我不能接受自己再过这样的日子，惶恐，不知所措。2010 年里买了房，到 2011 年，积蓄有 10 来万元，不是什么大数目，但是家里人有个病可以救急，如果休息一年再回来，即使一时半会儿找不上事做，这个钱能还贷，维持生活，撑个把年的。当时，弟弟在读研究生，2011 年年底毕业，工作的事情也有了眉目。似乎真的没有什么放不下的事情，可以走了！

开始——偶然中的必然

不是所有的梦想都能实现，不是所有的努力都有回报，
但是朝着想去的方向努力就很美好了！

2011年3月8日，H的老公意外去世。3月9日接到H的短信，说她做梦都没有想到自己成了寡妇。接下来的几天，自己也过得昏天黑地，心随着H一起绞痛。挨到周末，我飞过去陪着她走完葬礼。我还记得一个小细节：葬礼结束我带她女儿先回到家，给她洗了睡衣挂在阳台晾晒。她回来之后说，葬礼上她反复在脑子里想一个问题，回去之后睡衣还没洗，晚上穿什么？这个可能是噩耗发生之后的正常反应——抵抗现实，拒不接受。就是没有睡衣穿这个小事，H在脑子里揪住，才能像木偶一样披麻戴孝走完全程，好像参加的是不相干人的葬礼仪式。国庆的时候，H来找我散心。仿佛又回到往昔的美好时光：结伴去游乐场玩各种刺激的游戏，做头发，逛街跳舞，午夜拎了啤酒就着花生米小酌，甚至喊上她的初恋男友回母校请我们吃饭。一切好像都回到过去，她不曾离开过，没有结婚生子，没有老公离世。美好总是瞬间，10月6日送她去机场，望着她那么瘦小的身影走向登机口，我止不住地泪下，在她前面等着的会是怎样的路？

送了H回到家，我打开电脑落实10月8日名额开放要注意的问题，没想到申请居然提前开放了，一颗心扑通扑通地，怕把

握不住这个机会。之前抢过两次名额：一次是压根都没有看到申请表长啥模样就被抢光了；另一次是凌晨4点钟爬起来总算抢到一张——但是坏表，无法提交，不过倒是可以研究如何填写。有了头两次失败的经验，这次填写非常顺利，马上就到了确认付款的环节，我一刻没犹豫，直接提交了信用卡的信息。这让我想起了关于结婚对象的一个判断标准：想好了不犹豫。是啊，纠结都源于不确定。申请提交了之后，回过头来看欠缺的资料，雅思成绩首当其冲。不到两个月的时间，要出一个漂亮的雅思分数，人像是鼓足了风的帆，所有的时间拿来背单词、练听力、做测试，奔着目标去的饱满干劲儿，为实现梦想而奋斗的日子真好！在准备雅思的过程中，我没有参加任何的英语培训机构，打心底里不赞同英语培训机构那些给人打了鸡血似的励志演讲。不是所有的梦想都能实现，不是所有的努力都有回报，但只是朝着想去的方向努力就很美好了。一天一天重复的生活有很大的惯性，这巨大的惯性不知会把你拖到哪个地方，如果没有一点自己的坚持与把持的话。于这巨大的惯性之中找到一点自己的方向，并为之付出努力本身就值得鼓掌。

考场就是一个有魔力的地方，热气腾腾，洋溢着希望和梦想，气场都是向上的。在这里，模糊了年龄、职业、财富，所有的人有着同一个标签——有方向：小张，二十八九岁，在大型药厂工作，想考一个漂亮的分数，申请技术移民加拿大，这样她和老公就不用担忧孩子将来没有北京户口、没有身份的问题；吴大姐，潍坊的生意人，要投资移民新西兰，如果她雅思成绩高一点，投资的额度就会降一点，逼得40多岁的她在ABC的基础上重拾英语；张大哥，国内国外的生意两头跑着，这不，加拿大估计要开拓新的买卖，考个成绩拿个身份方便很多。

12月份，我备齐了所有资料，惴惴地送签。两周后，我再惴惴地取资料，毫无意外地拿到签证，开动起来：订机票，买睡袋，买防水罩，打包行李。在这忙乱中，反复确认这一切是不是真的，喜悦从心底里漾开去，一圈儿一圈儿地。这次抢到名额、顺利申请看似偶然，但自己知道种子早已种下，酝酿多时，开始是必然的事情，持续不断地叩门，一步一步靠近，终有大门洞开的时刻。

时间定下来，落地之后奔哪里去？在相关论坛上搜索，3月份是奇异果的季节，工作会集中在Te Puke附近的包装厂。我逐一给各间工厂发了邮件索要申请表，其中一间名叫Trevelyan奇异果包装厂的工厂深得我意，网页设计得很吸引人，人力资源的回复也很积极，于是就打算先投奔那里。

时间、地点都有了，就差人物。在一群不靠谱的名单中突然就涌出了一个靠谱的Ivy，我们约了时间采购物品也相互考察一下。Ivy短发，藏在眼镜片后面一双大眼睛，脸圆嘟嘟的，说是一早就辞职专门弄这个事情，跟我还真是不同啊！我定了3月2日的机票，班要上到2月28日，闲下来的我不知道要干吗，无缘无故地恐慌。逛了一圈下来，Ivy买了一顶遮阳帽，我斩获一口焖烧锅，潜意识里我们都是把这当作一年期的野营来准备的吧！

三要素全齐了，满心期待地去书写我的新西兰篇章！

整装待发

要出发的感觉是怎样的呢？是帆张得鼓鼓的，马上就要发生点什么的期待。

今天所有的杂事都办毕，背着与我等高的背包实验性地走了一遭，真的会重到腿抖。重负在身，忽然感觉就来了，有了意气风发的要出发的劲头。要出发的感觉是怎样的呢？是帆张得鼓鼓的，马上就要发生点什么的期待。

前段日子毫无预兆地就感冒流鼻涕、扁桃体发炎、拉肚子，所有的病都招呼齐了，H故作玄虚地说是我潜意识里不舍得离开。那又怎样？所有的后路都已斩断，房子出租了，工作辞了，所有的朋友都听说了。一定要改变，推动着强大的惯性一定要往前走。最后一晚住在K家，我感觉明天就要走这件事情太虚幻，不像真的，可是今天就要真的发生了！

似乎是为了给我一个特别的留念，离开的这天，北京下雪了。

早晨拉开窗帘，外面已经铺了薄薄一层，鹅毛般的大雪从空中优雅地飘落。

K还在赖床，可能昨晚聊得太晚，讲毕业这些年的不同际遇，每个人遭遇的状况。发现现实远比影视剧更跌宕，年届三十，发现我们很多时候只能够去顺从命运，按照事情的发展来对待。生活中的人来人往，大多数时候都是陪着行一段路而已，岔开之后再难相交，同事、姐妹、兄弟、爱人甚至父母概莫能外，所以惜取眼前人，好好对待此刻在你身侧的人，因为这可能是此生唯一与他有交集的时间！

　　洋洋洒洒的雪未能减慢我的脚步，的士换快速公交再换的士，在八王坟长途客运站等了半个钟头，K送我上车。离开的时候还是没忍住掉了眼泪，我最不喜欢离别，可是又很喜欢新的开始。没有离开怎么开始？真是矛盾！

　　我乘坐亚航从天津离开，本来想走之前再吃顿中餐，怀念一下，因为以后一年的时间里只能靠记忆来回味了。天津机场只有上下两层，可选余地非常小，无奈就吃了KFC的老北京鸡肉卷，也算是聊以慰藉——有葱丝，有甜面酱，闭上眼睛我把它想象成烤鸭就成！

　　换登机牌的时候出了点小意外，马来西亚要求入境旅客出示回程机票，我是转机的，自然没有，幸好打印了捷星的行程单，证明自己从吉隆坡前往新西兰。即使这样，工作人员还审查半天，说捷星在新加坡经停，前后两段的航班号不一致。我也不能够理解，后来他们内部沟通了一下才算作罢，放我进去，看来文件准备齐全总是没差，有备无患。

　　候机的时候我认识了两个在马来读书的小朋友，分别18岁、24岁。羡慕他们的年轻，小小年纪就可以去见识大千世界，自己已届而立，才迈出这第一步。想着18岁的我如果也有这样的选择机会，现在会是在哪里，做着什么事，遇到哪些人，变成什么样，都无从知晓了。24岁的男孩讲自己在马来独自创业，自己供自己读书，住上下两层、带前后院的别墅，开马自达的车，流自己的汗，花自己的钱，爽！还讲到马来的腐败，100 米的距离被警察拦下两次，公然要喝咖啡的钱！马来的海关，只要塞钱，没有清不出关的货物，看来腐败还真是全球性课题啊！

下午 3 点半登机，我发了极煽情的短信给朋友："走了……"好吧，其实我下一句想说的是："NZ，我来了！"

北京送别是初春的一场大雪，而吉隆坡迎接的方式也很特别，瓢泼的一场大雨。因为下雨，我生生在机舱又坐了一个小时，舷窗外雨水像一条条线似的一直流一直流。闲暇之余，我打量机舱内的各路人等，诚如 24 岁男孩说的，哪趟航班都不能缺了中国人。坐在机舱里，钻入耳朵的有浓重的东北口音、软软的台湾腔，还有听不明白在说什么的粤语。离开北京的时候温度只有零摄氏度，而吉隆坡晚上的温度却在 20 摄氏度以上，大家真是乱穿衣，穿什么的都有，短袖短裤的短打扮、羽绒服裹得严严实实的、穿凉拖的、蹬靴子的，反正一年四季全齐了。坐我后排的马来大叔更有趣，戴了一顶火车头的帽子，正中还卡着一枚五角星，那是相当的潮。

在一飞机的人中，我一眼就能分辨出人种，我们跟老外还有土著的马来人真不是一个 size。我这样的，压根不用减肥，就能混入娇小玲珑的行列，早知道这样干吗那么苛求自己？出来跟老外一比，自信全回来了。当然，版型是 mini 了，但是什么都是成比例的，各部位都相应缩小，我这样的，是平胸啊？！

终于下得飞机，我随人流涌入海关办理手续。

马来的英语口音很浓重，听得我迷迷糊糊，而且人也不如菲律宾的热情，我打听去吉隆坡国际机场的巴士，没有得到什么有效信息。我攥着之前跟刘宁换的50马币，不敢去打车，一来我这次不是度假，有一年的时间都要用钱，需节俭度日。二来听说马来出租车挺贵的，我只有这50马币，还不知道够不够打车。

推着我的行李顶着细雨沿马路边走，有一辆大巴从身旁驶过，KLIA几个字看得真真切切，飞机上跟邻座聊天，邻座告诉我马来有两个机场，亚航降落的这个是LCCT，我要去的吉隆坡国际机场就是KLIA，马来人都知道的，可是也照顾一下我们这样的非马来人士啊！

眼瞅着大巴减速，我快步跑上前，先把行李放下，再折回去跟开车的大叔买票。大叔瞅着像印度人，头发卷曲着，黝黑的脸，一只手伸出来，就只看见5个指甲盖是白的。别看人黑，大叔心可不黑，敞亮着呢！我不知道票价多少，再有两个包，不知道会不会有行李票。大叔撕了票给我，就开始找零钱。我就一直伸着手，被塞了一把钱，见我没有要走的意思，大叔吼了句：OK？Enough！一张纸币换了一堆零票，算了一下，这张票也就两块五。车子在细雨中行驶，一张印度面孔的大叔，节奏欢快的印度音乐，难道我到的是新德里？

乘坐的廉价航空，不提供饮食。所以凌晨2点半，我才补上2号的晚餐。

凌晨5点半睡得迷迷糊糊，我被碎冰机的声音吵醒，"间隔年"第一个早晨就这样开始了。

我点了一客蛋糕、一杯西瓜汁，就赖在店家的沙发上凑合了一宿，各种睡姿试了一轮，侧卧、斜躺、坐靠，怎样都不如躺在床上舒服啊！恍惚之中，我还做了一个梦，梦见吃东西吃出蟑螂来，找老板理论，老板特别不以为意——拿掉就好了——还斜瞥了我一眼，说得跟 18 岁小姑娘一模一样：你不知道马来三多之一就是蟑螂多啊！

　　睡机场的滋味真不好受，既然醒了，就睁眼看看这 KLIA 机场吧。KLIA 有 5 层，一楼是的士、大巴去往各个方向，二层有可以休息吃饭的地方，三层是到达层，四层是办公室，五层是离开层，各层之间滚梯、直梯都有连接。我推了大包小包行李，只能坐直梯，直梯是四面玻璃的观光梯，我的无奈谁知道？周围一个人都没有，偌大的电梯只有我一个。眼瞅着电梯门打开，我推行李车进去，按关闭钮，紧紧抓住旁边的扶手，只能睁着眼看自己从楼层之下升到楼面上，一层，再一层，钢铁的绳索咬在齿轮上，失重的感觉混合着恐惧，"嘀嗒"一声，所有都结束。

　　我的恐高由来已久，陪 H 去欢乐谷玩巅峰时刻，眼泪都飙出来了，舍命陪君子一点都不夸张。不喜欢脚离地的感觉，这让我觉得很不安全。封闭的电梯没有参照物，我可以想象自己是踩在地面上的。观光电梯什么的最不能接受，甚至摩天轮都是很大的挑战，慢悠悠地晃，心里的恐惧也在一寸一寸地滋长，在我看来毫无浪漫可言，一趟坐下来，手臂腿肚的肌肉都绷得紧紧的，很难放松下来，所以说我的无奈，谁人解？

　　人的恐惧似乎是取之不尽，用之不竭。这次离开，迈出这一步，未来的不确定性也让我迟疑恐惧。这样的情况怎么办？只能狠狠面对自己的软弱，一切都可以跨越。

　　静候吉隆坡的第一个日出。

浮光掠影新加坡一日游

乖乖地听话有糖吃，不听话打屁屁。

我抱着试试看的态度，去移民处询问我的护照是否可以免签证，由此开始了我的新加坡一日游。

师兄开车载我，很快地一览新加坡的概貌：新加坡是一个非常干净整洁的城市。初入樟宜机场就觉得很舒服，全都铺着地毯，走路不会发出声响。所有我知道的不知道的牌子在 T1 都能找到，机场本身就是一个超级 Shopping mall，T3 还有皇冠酒店、SPA 馆，机场的设施很齐全，免费的足底按摩，免费的上网服务。听师兄讲，还可以免费拨打当地电话，嗯，免费我喜欢！初来乍到，货币也没有换，免费的设施就是雪中送炭啊！

从空中俯瞰新加坡的时候觉得像一个大庭院，绿树草坪间湖泊点缀，徜徉其中也是这样的感觉，街道干净整洁，热带植物郁郁葱葱。这一方面要归功于政府的治理、市民的自觉维护，另一方面可能也有赖于无处不在、事无巨细的法律条款规定，我还差点以身试法。在赶去与师兄会合的地铁上，因为整宿都没得刷牙就嚼口香糖来清新口气，在出站口被告知地铁上不可以吃东西，像这样的情形要罚款 50 新币，不过工作人员念在我是外来的才放我一马。后来与奥克兰的沙发客主人 Viv 聊起这事，她也有类似的经历。在新加坡，为了维护城市卫生，杜绝口香糖这样的"狗皮膏药"，甚至禁止口香糖的进口和销售。师兄一边开着车，一边向我介绍：在新加坡违反规定的成本很高，像开车超速，有可能收到 5000 新币的罚单，外加 6 个月的监禁。当然，政府也不仅只用罚，也有奖，大棒与金钱，恩威并用。每次大选，总理会在国立大学发表演讲，市民都很关注，因为演讲之后会发钱，大约相当于一个月的薪资。师兄评价新加坡是一小撮聪明人领着往前奔。我的感受也基本相同，周围移民去新加坡的朋友，大都是博士、博士后的水平，吸收的都是高层次、对国家会有大贡献的人。但是体现在薪资上，师兄就有点发牢骚了：师兄来新五年，现在才拿到 3000 新币出头的薪水，但是普通工人月薪也有 2000 新币左右，收入要能够保障生活，保证普通人也能够养活家人。对于普通人来说，不只是薪资有保障，住房也有保障——新加坡推行"居者有其屋"的项目，不光有组屋，夫妻双方如果第一套房子是商品房，还享受由政府负责首期。"居者有其屋，耕者有其田"，太平天国标榜的理想生活在新加坡基本实现了。

　　短暂的一天停留，浮光掠影地走了一些地方，新加坡确实是治理得很好的家长制国家，脑子里不知怎么就想起妈妈管教小孩子的话：乖乖地听话有糖吃，不听话打屁屁。

Hello，长白云之乡！

搭乘机场巴士，司机师傅比划了一个动作，两根食指从嘴角滑到耳根——Smile（微笑），这是长白云之乡要教给我的第一个本领吧。

到了新西兰——长白云之乡，却有点不知道该说什么的感觉。

从新加坡到新西兰，这一趟飞了 9.5 小时，差不多飞了 1 万公里，真的是我有生以来的最高纪录。晚上在印度洋航行，闪亮的星星像是钻石散落在黑丝绒的夜幕上，又继续飞行，看见海岛上星星点点的灯光连成一片。新西兰时间凌晨 6 点多，看见海天相接处白亮亮的一条线，太阳就要升起了。再往前飞行，就看见白云低低地浮在空中，从上往下看，就好像是蔚蓝的大海上盛开着大朵大朵的长绒棉。新西兰真是个海岛国家，据说从任何一个地方开车到海边都不会超过半个小时，连奥克兰机场都是建在大海旁边。

下了飞机，走长长的通道出关，有欢迎的木雕拱门，还有鼓乐，我猜想这些都是毛利文化的标志。新西兰在土著文化的保留方面做得很好，文化、民族的多样性切实能让人感觉得到。这让我想起之前豆瓣上的一篇文章，讲汉办赴国外演出，法国的教授质疑我们的少数民族歌曲都是用普通话来演唱的，怎样体现民族的特色呢？在这一点上，新西兰做得很好，公共标志都是几种语言分别标注的。新西兰机场的 Welcome 旁边也有毛利文字的欢迎，这样才能让少数民族真正体会到自己是国家的主人。进得拱门往里，有长长的走廊，两面的墙壁上是各种大幅图片，展示的是新西兰的各种绝佳风景，配以海浪声、鸟叫声、风涛声、流水声，如身临其境般在新西兰的各种美景中穿行一遍，只待日后再按图索骥，一一探访。

搭了 Air city express 前往市区，上车的时候司机师傅说了一句话我没听懂，后来他比划了一个动作，两根食指从嘴角滑到耳根——Smile（微笑）。我想他刚才说我 too serious（太严肃）了。 在中国，习惯了大家都冷漠地绷着一张脸，脸部肌肉是很少运动的。2011 年到菲律宾旅游，很开心，所有的人都对我很和善，微笑着说话，以至于笑到我脸部肌肉都有点酸，缺乏锻炼啊！可是开心确是真心的。我坐到 Queen street（昆街）的尽头，折回去一点去搭乘 Onehunga（火车站的站名）的火车。等绿灯的时候我看到有人拖车里放着小艇去码头，应该离下车的地方就一步之遥，拖着行李负担太重，明天一定专程来一饱眼福！

Britomart（火车站的站名）的车站是年久弃用的 Post office（邮政大楼）改建的，顶棚有细腻的雕花和教堂彩色玻璃的装饰，从外表看，是绝对想不到地下是火车站，就好像一脚踏入了《哈利波特》的魔法世界。火车站的照明灯，是顶棚上开的 11 个透明天窗，圆锥形的设计仿佛灯罩一般，据说这个象征着新西兰是一个多火山的国家。在后面的旅途中，每遭遇一次地震、火山，总让我想起 Britomart 火车站这些圆锥形的照明灯。

我在便利店买了 2 degree（通信公司）的充值卡，拨打 200 激活，给 Viv 发了短信，她居然回复火速来车站接我。见到她和侄女 Eron，我放心很多，不用睡大街了，哈哈！

有爱有家——沙发客第一站

因为心里满满的爱，画儿都变得生动、有趣！

出了 Onehunga 车站还要走上一段路才到 Viv 家，路两旁都是我们口里的别墅。Viv 告诉我，连在一起是 town house，就是我们所说的联排别墅喽，几家人共同拥有这块土地，而单独的才叫 house。每个房子都窗明几净，带着一个小花园，如果这就是刘瑜口中世界尽头的模样，我好想住在世界尽头啊！

Viv 家是两层建筑，一楼是车库，二楼有两个卧室、客厅和开放厨房。她家的花园好有爱，篱笆里面巨大的石槽种了各种我不知道名字的植物，其中两棵比花稍微高一点，我以为是绿植而已，但 Viv 很肯定地说那是两棵树，将来还会结绿色的果子。好啊，等它们长出果子的时候我再承认它们树的身份。门前的走廊，布置了一整面墙的画，两只小猫蹲在回廊，远眺整个花园，绿草茵茵，中央一潭水。最好玩的是画和房子融合在一起，无缝拼接。猫所在的回廊里，花园的院墙好像就是从房子直接延伸出去的。Viv 说这是妹妹画给她的，希望带给她一个大花园。有时她也会躺在椅子上，欣赏自己的大花园。果然，画右下角写着："To Viv, with love. Sister（赠给 Viv，爱你的妹妹）."如果不是心里有满满的爱，画不出这么有趣的画。

傍晚 5 点多，Viv 煮了速冻水饺作晚餐，胡萝卜豌豆馅，一人碗里盛 6 个。好吧，这是 3 月 3 日中午以来我吃的第一餐饭，4 顿合一顿，还瘦不下来就没有天理了。吃了饭大家一起去教堂，Viv 很贴心地带了一本中英对照的 *Bible*（《圣经》）给我。教堂也是稍大一点的房子，加上我一共 6 个人参加。大家围坐在一张大桌子旁，主持人准备了自己花园的胡萝卜、黄瓜，不知道是不是新鲜采摘的缘故，胡萝卜甜甜脆脆的，吃到嘴里满是浓浓的味道。

按道理，他们的发音比马来、新加坡要标准多了，但是我依然一句也听不懂，只能很艰难地听懂偶尔的一个词，以后都不敢说自己学了 10 年英语，对不起这耗的时间。虽然听不懂，但我也觉得他们氛围很好，大家吃点东西，围坐在一起，读一段圣经，然后各自讲讲自己的理解，一个小时很快就过去了。这中间我就记得一句话："Evil happens when 'good people' do nothing（当'好人'都无所作为的时候，罪恶就发生了）。"

晚上随 Viv 去购物，是那种仓储型的超市，很高的货架，整箱的东西摆置在上面。货品很全，价格也不贵，当然，别换回人民币啊！出来的时候我看到墙上贴着 Vacancy 空缺招聘，明天过来问问。

从超市出来起风了，就有点凉意。天依然很亮，Viv 说通常要晚上 8 点左右天色才暗。而在 Christchurch（基督城），要晚上 10 点天才黑。天哪，这让人怎么睡？写完这篇日记也已经晚上 11 点多了，我该睡去了。Good night, Auckland（奥克兰）！

奥克兰一日游

奥克兰街头的行为艺术，看得我心里痒痒，
如果身怀绝技，倒是很想尝试一下这种街头行乞呢！

今天得以有机会真正地看一看奥克兰，昨天肩上驮着两个大包，根本无心顾及其他。

和 Eron 一起搭乘火车去 Britomart 车站。看地图距离有 20 多公里，也就北京二环到五环的样子，但是英文叫 Train——火车，不是 Subway——地铁，比照北京的情况，猜想需要很长时间。后来发现完全不是那么回事，从市中心到郊区只需要 20 多分钟，而且火车的速度，嘎嘎悠悠的，诚如这里的生活节奏，哪儿似我们的地铁呼啸而来绝尘而去。在北京想象不出半个小时之内上班是什么情况，因为从来没有经历过。而这里半个小时，已经从 downtown（市中心）嘎悠到郊区了。再说人流量，回来的时候赶上傍晚 5 点多的下班高峰，人也蛮多的，在前两站都没有座位，不过咱是打北京 people mountain people sea——人山人海的地铁里练出来的，忽然不用人挤人、肉贴肉了，好不习惯啊！

比起新加坡，奥克兰没有那么智能，松散惯了的样子，车站买票可以，上车打卡 OK，现买也没问题，你能想象发达国家依然采用检票员拿个钳子四处晃悠找人检票吗？在新加坡不是这样，进站全自动的售票机、检票机，甚至下车在哪侧下都有智能提醒。

师兄讲新加坡追求的是精英教育，一撮聪明人领着一群笨蛋，是否属实不敢妄加评论。不过确实，国家制定了各种条条框框，严格且严厉地执行，被束缚久了，形成定势，是很难跳出框框的。不比新加坡，就是相对北京、上海等中国的一线城市，奥克兰的公共交通系统也是落后的。不过时隔半年，再回到奥克兰已经看到自动检票系统在测试，要投入运营了。未来不知道会不会挤掉一部分火车检票员的饭碗。

　　说回奥克兰的大街，三五步之内你必然会看到黄皮肤、黑头发的貌似中国人，说貌似是因为今天我为这个吃了两次亏，看见貌似中国人的直接打招呼问路，结果人家可能是二代华人或者韩国人或者台胞，汉语沟通都有问题。在张彤禾的书里也读到类似的情节，中国人想当然地认为每个亚洲面孔都理所应当会讲中文，而且都是从中国出来的，有点普天之下莫非王土的意思。不过奥克兰华人真的很多，即便一句英文都不会也能生活下去。今天去办理银行开户，每家银行都有 1~2 名华人职员，可见华人客户不在少数。最终选择 ANZ（新西兰的一家银行），结果发生了一件完全出乎意料的事情。帮我开账号的 Jennifer 是华人，我们就用中文交流，询问了彼此在奥克兰多长时间，都做什么工作。当我说到先前在 TNT（TNT 是四大国际快递公司之一，我之前工作的公司）工作，Jennifer 说她之前的同事 Vincent 也在 TNT 工作过。Vincent？Vincent Gao 吗？世界不会这么小吧？我知道

Vincent 之前在国外工作过，但是不确定是新西兰。Jennifer 给了我肯定的答复，世界就是这么奇妙。满大街的华人已经消除了很多陌生感，与 Jennifer 的谈话又拉近了我和奥克兰的距离，Vincent 当年就是从这里回国，到 TNT 做了我老板。我呢，又有什么在前方等着我？

街头闲逛有遇到街头乞讨，当然不是我们所见的铺张大纸，磕头如捣蒜，或是拖拽着残疾的身体，一趟趟穿行在地铁里。第一个是年轻的小伙子，站在雕塑下拉小提琴，琴盒就摊在面前，路过的行人就投零钱在里面。第二个是一个行为艺术家，把自己打扮成煤矿工人，工装裤，挂着一把铁锹，一顶圆毡帽拿在手里。判断他是煤矿工人是因为全身上下真的很黑，除了眼睛是光亮的，不然真的就是一座雕塑了。行人匆匆而过，可能真的以为就是一座雕塑。小伙子有点急了，忙从一侧扭到另一侧，好让大家看清楚这可是活的行为艺术。我躲在一旁偷偷拍了照，没有钱给，不好意思，我也是穷人一个，出门 4 天已经花去 1000 多新币。如果有天分，我倒也想试试这行为艺术街头行乞呢！

花店老奶奶

独自经营花店、自己做递送的老奶奶，让我觉得很亲切，
就爱这家庭小作坊扑面而来的烟火气息。

早上没有特别的事情要做，我煎了蛋饼，洗了衣服，窝在沙发里上网，放纵自己慵懒，这就是退休的节奏吧。就是因为这种节奏，我错过了 12 点进城的火车，也不着急，干脆等下一班的。闲着无事，我四处走走看看。

街区有一个很小的门面，门口有气球，看招牌似乎是礼品店，可以逛一圈消磨时间。我走进去没有看到人，也看不到礼品的陈列架。正待离去，却走出来一位老奶奶，我说明了意图，老奶奶说这是私人工作室，没有陈列，也没有什么可参观的。正欲离去，老奶奶却改变了主意，说我可以看看她的花。老奶奶风风火火地穿过狭长的过道，来到后院，打开单独的小房子，里面是满满的鲜花，各式各样，巨大的排风扇不停转动，好使房间保持在一个较低的温度，延长鲜花的保存期。我请教老奶奶这些鲜花可以保持多长时间，她告诉我隔天就会更换。鲜花在递送之前会做特殊处理，并给我展示了特别的花瓶——Vox Box，外面是颜色鲜艳的纸盒，里面有一层塑胶袋，注水使鲜花保湿。因为职业的关系，我问起老奶奶用的快递的情况，这下更有话聊了，她很详细地讲她递送中遇到的问题，错误的地址需要重新更正后寄送，而周边

的地址，老奶奶更是亲自上阵，自己派送。打开了话匣子，老奶奶又带我参观了她的礼品库存间，巧克力、红酒，一应俱全。这也是老奶奶的工作间，她在这里设计式样，拍图片再上传到网站。更意外的是，老奶奶先进到在销售过程中使用二维码，这是我都没有尝试过的新鲜玩意儿：用 Iphone 拍下二维码，再用手机来完成购买操作。老奶奶介绍说，她也是几周前刚刚看到这个，觉得很有潜力，就马上应用了，真是行动力超强的老奶奶。在交谈中得知，因为经济危机，许多公司都不像以前那样有活动就定鲜花礼品什么的，生意很难维持，所以老奶奶都没有雇人，所有事情亲力亲为。她希望将来有人可以盘下她的生意，就不必这样辛苦了，或者她可以给新的主人帮忙打理鲜花。再三感谢了老奶奶，去赶我的火车。

PS：我一直都很钟情于这样的家庭式小作坊，在豆瓣上看介绍台湾酿醋、酿酱油的小作坊，欢喜得一张张看，就爱那街坊邻里间扑面而来的烟火气息。就像鼓楼把角的姚记炒肝，到那儿附近肯定溜达过去来一碗，既不是猎奇的游客，也不是住附近的地道老北京，但还是隐隐地感觉跟这家店有一些联系：它既不会因为美国副总统光顾过就沾沾自喜，抬高身价；也不会因为门庭若市就扩大店铺，趁机提价儿，我钟情的就是这始终如一的本份儿和骨气。

呵呵，也许我骨子里就是小农思想。

1. 新西兰，我来了！
2. 奥克兰街头的大提琴演奏家，给路人带来音乐，也换取收入
3. 汉密尔顿的钢琴店，常常说流动的音符，在这里，音符是凝固的

1	2
3	

1. 街头的小提琴演奏家
2. 奥克兰市中心火车站的 Stain glasses 顶棚
3. 往日的邮局改建成了如今的火车站，改变了职能，但是仍然服役
4. 我的沙发，我的床——沙发客第一站，初到新西兰的落脚地

See you, Auckland! Hello, Te Puke!

离开奥克兰，远离城市，来到 Te Puke（蒂普基），
来到广阔的新西兰农村，我的 Working holiday 正式开始！

身上的行李肯定超过 20 公斤，虽然很想走快一点，可体力不允许：背上是最大的迷彩包，前胸反扣着 TNT 的双肩包，一侧胳膊挎着手提袋。初秋的凉爽天气，汗珠顺着发梢滚下来。

最后，我眼睁睁地看着火车从面前呼啸而过。时间才 11:00，列车时刻表上明明写的 11:03。为什么火车不准点？为什么不等我！

幸好留的时间充裕，汽车 13:15 开，还有 12:03 的火车可选择。我搭了 12:03 的火车到 Britomart 车站，爬 45° 的上坡路到 Sky city（天空城市）与 Ivy 汇合。Ivy 很贴心地打包了叉烧饭给我。我好久没有吃中餐，3 天都吃面包，导致体重减了两斤。我很狼狈地蹲在地上吃盒饭。

大巴一路穿行在新西兰广袤的大地上，满眼都是绿色，茵茵绿草覆盖着起伏的丘陵。奶牛、绵羊安详地吃草，让我想起内蒙的风光，不同的是，偶尔也会有几棵树或者一片森林从眼前掠过。右侧阿姨跟我打招呼，我们手里拿着同样版本的《寂寞星球》旅行手册。阿姨从美国来，请了 3 周假来旅行。她自己的原话是"Wonder for many years（期待了很多年）"，我虽然也关注

打工旅行很久了，但并没有非常强烈的欲望，自己只是想要走走看看，想要见识大千世界，相形之下，觉得自己这个愿望的强烈程度好渺小。

车行至罗托鲁阿，上个厕所的工夫，司机居然卸下了所有行李，马上就要开车走人了。我跟司机了解了半天，才弄明白他这趟车只到罗托鲁阿，我们需要等下一趟车去 Te Puke。我从车上拿下零碎的物件，守着一堆行李，等待下一班车。

等待的间隙，我认识了台湾女生 Ivy。她是 2007 年的 WHVER（打工旅行者），两年前嫁给在 Te Puke 认识的华人，现在罗托鲁阿读语言。有一个说汉语的本地人，我似乎就感觉安稳些。交谈得知，昨天见面的沙发客 Fung，她也知道。好吧，谁让我们住在同一个村儿里呢！Ivy 回家叫上她的房客 Maggan 一起，带我们找住的地方。在 Poppa 家门口敲门、打电话、发短信都没有回应，只好绕回 New world 超市（新西兰三大连锁超市之一），找出租的信息，也未果。最后决定去 Ivy 婆婆家看看。

Ivy 婆婆家出租的房子是车库改建的，里面有上下铺的双人床，侧面开着一个窗户，空间很局促。我不想待在屋子里，就到前院和 Ivy 的婆婆聊天。Ivy 的婆婆正在包饺子，是那种元宝式的包法，馅和的是猪肉韭菜馅。包饺子对于北方人来说是家常便饭，我当即捋起袖子开始包。她国语不太好，我们就一面聊，一面猜对方的话是什么意思，虽然断断续续，但也听了个大概：婆婆和公公生有 6 个子女，2001 年的时候从广东办理了移民过来，当时应该也花了很多钱。先是在奥克兰，但是工不太好找，后来就来到了 Te Puke，都是短期工，采果、选果都做了好多年。即使现在年龄大了，眼睛不好使，做不了选果的工作，也是在包装厂里打纸箱。先生则在苹果园做工，孩子们的工作，大约是有一个学做厨师，一个在屠宰厂斩肉，有一个女儿在超市工作，还有的仍在读书。我虽然知道海外华人开始的时候都很艰难，但是从阿婆的嘴里说出来，仍然觉得很是震撼。阿婆讲粤语，英文和普通话应该是都不熟练的，也没有驾照，不可以开车，去包装厂都是用"跑路的"，而且以前都做 13 个小时一天的。怎么讲呢？在国外大多数人都过着开汽车、住别墅的生活，但是内心呢？背井离乡，远离家人朋友，甚至汉语都很少讲，个中的孤苦寂寞不足与外人道也。这样的环境，自己可以坚持多久？

在包饺子的间歇，Poppa 来电话，说要接我们过去看看。我们在门口等，Poppa 开了很大个的红色 SUV 过来，一侧耳朵整个用纱布缠绕起来，应该是癌症化疗的结果。看样子，得有七八十岁了。短短几分钟的车程，我们已经对他有了大概的了解。他之前从事渔业的工作，妻子几年前去世，陆续地接待过很多WHVER（打工旅行者），中国台湾、中国香港、马来，哪里的都有。

Poppa 家有 3 层，一层虽是车库改建的，但客厅、卧室、卫生间齐全，也可以做饭。二层看样子是出租给公司的。他住三层，完全是老派的英式风格，深红色的地毯、厚重的窗帘、宽大的液晶电视，甚至电脑也是超大的。三层他住一边，侧面放两张单人床，也可以出租。出于个人空间的考虑，我们倾向于一楼，虽然稍微贵一点，80新币一周。我们担心房子会被别人订下来，也考虑到 Poppa 有很多找工作的资源，联系 Ivy 说明状况。她说跟婆婆协商就好。就这样订下 Poppa 的房间，他又开车载我们回去拉行李。到阿婆家，阿婆正在煮饺子，还说煮了我们的份儿，这让我们更加不好意思开口。跟阿婆说明了情况，阿婆倒是很大度，说没有关系的，还让我们再来她家里玩。拿上了行李，告别了阿婆，我们去往 Poppa 家。

总算是落定了住处，累极的我们拿出睡袋准备休息。Poppa 可能是因为老年人的关系，保留了很多他那个年代的东西，桌子玻璃板下面压着很多照片，墙上也有大幅的照片和素描，床上还摆放着娃娃。不知道是房间灯光暗的缘故，还是少有人气，再加上些微霉味，让这一切看起来都有诡异的感觉。我心里虽是这样想的，睡下时却已不知身在何处了！

Hello, Kiwi! 有Poppa, 有温暖

Chapter 2

因为Poppa, 我走进了Kiwi的生活, 体验他们的热情、真诚、豪爽。

我常常有错觉, 以为Poppa就是《老人与海》里面那个倔脾气的老头:

他喜欢出海打渔, 捕过454kg的蓝枪鱼, 跟癌症战斗了一辈子。

Poppa说 "Don't worry, be happy", 活着的每一天都是快乐的, 已足够。

开始赚大钱喽

如果说 Viv 帮我消除了最初离家的恐慌，那么 Poppa 就帮我实现了 Kiwi 生活的软着陆。

早上醒来，确定是在 Te Puke 了，屋里的霉味也在提醒我这不是 Viv 的联排别墅，真是不对比不知道自己的幸福，Viv 可爱的花园、阳光满满的小屋我好怀念啊！

同行的 Ivy "大姨妈"来访，继续躺着休息。我无法忍受屋子的味道，只身起床到外面溜达，看看能不能打听到 Trevelyan 奇异果包装厂的班车站。不知道怎么回事，屋子里手机信号一点都没有，走了很远才收到昨晚的短信，一条来自 Fung，祝愿我们一切都顺利。另外一条来自台湾女生 Ivy，大概的意思是挺气愤，我们没有住她婆婆家，还说以后不会再热心帮人。对于这件事，本来我挺内疚的，而且事前也发了短信跟她说明，她让我们跟阿婆协商好就可以的。现在这样讲，似乎我们是成心的坏人。我也不知道该怎样回复她，估计再怎样解释她也未必听。我沿着公路转了很久，问了很多人都不知道班车站在哪里。后来到了 Trevelyan 奇异果包装厂才知道他们的班车还没有开，要等开工之后才有的。转转又回到昨天的巴士停靠站，居然撞见 Ivy 在等车去罗托鲁阿，这个时候我真不想大家住同一个村子。很多问题如果绕不开，何不正面面对它？我走过去打招呼，解释了昨天的状况，也很真诚地道了歉，她自然是再说了一通她的不满，我想指望谅解是不可能的了。后来我就讪讪地道了别，拐回家里。

Poppa 很热心地带我们去 Trevelyan 奇异果包装厂，路上经过他孙女那里，我看到了有生以来见过最大的鱼——155kg Blue Marlin（蓝枪鱼）。路上经过 Kiwi 360，就是之前视频里小 P 老师介绍的地方。穿过了一大片一大片的果园，就到达了 Trevelyan 奇异果包装厂，它和之前我在网上看到的图片一模一样，明亮的餐厅、有水池的院子，一切都很美好。我很顺利地填写了表格，说是下周二来培训，这样就定下了吗？这样就有工作了吗？回来后我心情大好，去超市采购食物做午饭，做了牛肉煎饼、蔬菜沙拉和米饭，很丰盛地吃了一顿。可以开始赚大钱了，哈哈！

Maketu festival

享受生活不应该是储蓄，放到存钱罐里攒着，某一天打开集中花掉。

本来和 Ivy 商量今天要去一个毛利公园徒步，结果 Poppa 早上换完纱布回来，说晚一会儿要带我们去一个地方。另外，可怜的老头，早上发现手机给弄丢了，拿电话打过去，那边一直是嘟嘟响，无人接听。我们这一通儿找啊，车里、楼上楼下，角角落落都没有。老头做了一个很可怜的表情，满脸的皱纹蹙在一起，双手抱肩："哦，我的 800 新币啊！哈哈！"我们猜想要不就在医院，要不就昨晚吃饭已经丢了，看看，这喝酒闹的！Ivy 还故意逗他，说在报纸上看到另一款手机，推荐给他，还说可以买这款，气得老头佯装大怒，拍了她一下。不过，我们都衷心祈祷老头可以找回他 800 新币的手机，好人应该有好报的。

路上跟老头聊天，他问起我们信仰什么宗教，基督教、卫理公教或是其他。就像《迟到的间隔年》作者遇到的情况一样，我们确实无宗教信仰可言，只好回答我们什么宗教都不信，再告诉他佛教在中国还挺盛行的，但大多时候我们为了求财，求健康，求平安而来。老头也哈哈大笑，他虽然是教徒，但其实心里也不信那些。我猜想他周末肯定不去教堂。

下了车才发现，他带我们来的是 Maketu（马凯图），就是那个以 Maketu 派闻名的小镇。今天这里有一个集会，唱歌、跳舞，当然更少不了美食和美酒。但是门票就要 25 新币，对我们俩还没开工的人来说，还是挺贵的。见我们面有难色，Poppa 甚至说要替我们付 25 新币，这样子一个人只需要负担十几新币，还从钱包里拿出了钱。我们怎么能总占老头的便宜呢？反正下周就要开工，就当是提前消费了。我们掏钱买了票后才知道，这是 Maketu 一年一次的机会，要是错过了，我们可得抱憾终身了。

集会从 12 点开始，Poppa 先载我们去他朋友家。老头的朋友自然也是老头和老太太，人和 Poppa 一样和善。老太太身体硬朗，老头就有点驼背了，但是行动却都利索。Poppa 把我们拜托给朋友，就开车走了，我想老头是寻他的手机去了。老太太带我们穿过房子，来到前院，该怎么形容我看到的美景呢？面朝大海，春暖花开。

房子建在一处高地，下面就是环海的公路，公路一侧就是无边的大海，露台上葡萄藤缠绕，紫色的葡萄伸手可摘，四处是随意栽培的鲜花，窝在躺椅上，头顶上海鸥飞翔，迎面吹来凉爽的风！周围的邻居都很熟稔，旁边一家也是一对老夫妻，养着3条狗、2只猫，还有一院子的鲜花。老太太带我们到前院的邻居家，他们刚刚抓鱼回来，我们去看他们的收获。他们正在冲洗小船，地上一只泡沫箱子装着他们的战果。我去打开箱子的时候，邻居故意大喊一声，吓得我后退好几步，以为里面是鲜活的鱼，结果都是剥好的鱼，每一条都有五六斤重，收拾得干干净净，就等着晚上BBQ了。周末的大清早，从捕鱼开始！

吃够了葡萄，赏够了美景，我们出发去Maketu的海鲜节。依然是老头开车，大个的SUV，这边的老头真棒，80多岁还都驾车，手也不抖。我们入场时正是儿童合唱，和老太太分开，就自己玩去了。合唱队大个小个都有，白人、毛利人的孩子都有，女孩子穿着长裙或者蓝色的T恤，男孩子则一律光着膀子，估计想表现毛利人的勇敢和野性。应该说视觉效果上没有那么整齐划一，有的孩子甚至会弄错动作的方向，不过，亮亮的童声的确很美。就像Poppa常挂在嘴边的"Don't worry, be happy"，融入其中享受这个最重要。我们也尽情地享受这一年一次的节日。坐卧躺在草地上，听欢快的歌声，我甚至还在树荫下小憩了一会儿。兜里只有20新币，我们决定花光光，尝了闻名的Maketu派，还吃了西瓜冰淇淋，还有chicken salad——鸡肉、蔬菜、牛油果和着酱盛在玉米饼做的小碗里，我们后来把碗都掰成两半也消灭掉了。

节日高潮是下午 4 点钟开始的跳舞环节，台上的乐队卖力地演唱，台下的大姑娘、老小伙和着节拍尽情舞动，甚至兜着纸尿裤的 Baby 都跟着起舞，不用在意姿势，只要跳出自己的节拍，让自己开心起来就够了。节日甚至还设置了大奖——冰鲜的大个龙虾，哈哈！

我和 Ivy 讨论，在享受生活方面，老外的确比我们走得远得多：他们很会选择房子的位置，拥有一个好的视角；看似随意的布置，处处透着精致；享受蓝天白云下的户外生活，不像我们都宅在家里；随时随地都能 Cheer up（高兴）起来，不必为了某个时刻特意去储备。还有 Ivy 讲到一点——绝不将就凑合。她在 YHA 住宿的时候碰到过一家子旅行的，单是早餐的酱料就瓶瓶罐罐很多种，正餐的时候更有红酒佐餐。享受生活不应该是储蓄，放到存钱罐里攒着，某一天打开集中花掉。当下的生活是对现在的我们来说唯一有意义的。这一点在节日的临时厕所上，我也有见识到。因为是大型的集会，临时厕所是必需的。我也用了一次，真的跟国内的很不同，顶棚是半透明的塑料，保证良好的采光，有洗手池，配备有洗手液，马桶是可冲洗的，可以去除异味，也配有卫生纸，甚至门上还有一面小镜子。当然，我的高度踮起脚尖也看不到。良好的如厕环境才能搭配参加节日的好心情。

节日另一处热点就是满场无处不在的玩偶人，有打扮成怪物模样的四足动物，有没有头的撑伞人，还有一大家子的精灵，活跃全场。

晚上 6 点多的时候，Poppa 来接我们回家，我们和老头、老太太告别，也第一次亲身体验了他们亲吻面颊的告别礼仪。

汉密尔顿半日游

在山路拐弯处超车，被两辆大货车夹在中间，仿佛电影里面的情节，感觉就要被挤碎了！

老头今天去汉密尔顿，约了医生复查。我和Ivy又可以蹭车了。我事先翻了《寂寞星球》，似乎可玩的也只有汉密尔顿花园，不过，后来发现有老头，连旅行手册都不需要，他肯定熟悉。

从Te Puke（蒂普基）到汉密尔顿需要两个小时的车程，预约是9点，我们7点就出发了。天还没有完全透亮，早餐直接带到车上吃。我们都还迷迷糊糊的，老头已经是精神抖擞了。后来知道老头5点就睡不着了，估计还是有点担心复查结果。但是癌症在老头身上似乎并没有那么可怕，嗯，老头比癌症更强大。

开车的路上途经Mt Maunganui（芒格努伊山），远远看，只是一个200多米的小山包，昨天怎么就把我们给绊住了呢？Mt Maunganui（芒格努伊山）和陶朗阿（另一个距离Te Puke很近的城市）挨得很近，中间一座大桥相连，两边都有海港，停靠着大型邮轮，还有数不尽的帆船，一派繁忙景象。穿过Mt Maunganui（芒格努伊山）不久就进入了山路，不停地拐弯，老头却一点也没有减速。非常惊险的一幕就是在这里发生的：我们本来是跟在一辆大货车后面，但那车爬坡速度太慢，老头就瞅准了一个空档从内圈超车过去。新西兰车的方向盘都在左边，车都是沿外圈行驶的，我们正加速，与货车并肩行驶，拐弯的那一头"唰"地一下，迎面驶来另一辆大货车，也在驶来方向的内圈，那场景和电影的惊险画面一样，我们一下子就被夹在两辆货车中间的空隙，就要被挤碎了！幸好只持续了几秒钟，我们的车就超过了货车，从间隙里面逃了出来。老头的驾驶技术还是很过硬的，经得起考验。不断地爬坡，海拔也在升高，耳朵里面也有了反应。再望向窗外，水雾蒙蒙，隐隐约约可见那山坡的轮廓，还有青草模糊的颜色，一切都如梦似幻。在下坡的时候可就不一样了，大片的草地涌进视野，羊和牛也全都跳了出来，路边田里玉米排排站，一切都变回葱绿的模样。

经过剑桥小镇，就到达汉密尔顿了。老头在花园路口把我们放下，独自去医院。去医院在老头看来是一件很隐私的事情，即使后来病重他也拒绝给我们陪同。我猜想他是不想给人看到脆弱的样子。花园面积很大，当然，大片的草坪占据了相当的面积。我们拿了指示手册，按图索骥去寻访。花园主要的部分是几个国家的园林：中国的园林，介绍牌子上写着"Zigzag road"，的确是之字路。我们讲究曲径通幽，很文人雅士地书写了字画挂在墙上。之前看过一篇文章讲各地的文化，其中苏州最著名的当数园林，怪石、奇木，都是曲曲折折的，非一眼可看穿。又说苏州的富人家不似暴发户那样餐餐山珍海味，丑态毕露，只是吃自家喂养的鸡。但大户人家又怎么会与普通家户吃一样的鸡呢？后来才晓得，人家那鸡是拿人参喂养大的，够曲折隐晦吧！日本园林是一栋空屋子在中间，两侧两块草坪，堆上几块石头就完事了。我想这与岛国环境相关。因为自身面积狭小，所以在视觉空间上营造出大、敞亮的效果。印度的花园叫做四分院，其实就是一片花圃十字交叉分割一下而已，简单便简单了吧，干吗还弄出"哪块园象征着佛教菩提什么的"玄之又玄的东西？英国的花园照例也是一大片一大片的花圃而已。美国的现代花园不可谓不简单，弧形的游泳池、两张沙滩椅、一张大幅的梦露照，简洁是真简洁，里里外外透着的都是美国的气息。最不偷工减料的当属意大利的 Renaissance Garden——文艺复兴园。从外围开始一大池子的水，到外墙壁上喷水的狮子，再到中央的喷泉，水系连成一体，循环往复。整个园子呈对称结构，精巧的雕刻穿插其中，美轮美奂。只能说，意大利是生而艺术的。后来还参观了毛利花园，红色的门、红色的人、贝壳装饰的眼睛，像是中国的祭祀一样，四处都是大眼睛瞪着。游客稀少的园区，看得我后脊阵阵发凉。我真的欣赏不了这种原始的美。

　　这次我们很乖，给老头发短信询问他复查结果如何，不一会儿老头就接上我们回家了。

多面 Poppa

跟 Poppa 接触时间越长，对他了解越多，越觉得他是一个生命力顽强的人。

@ 收租公

老头中午回来，访客就络绎不绝。楼下美发沙龙穿黑裙子的女人，旁边冲浪用品店的老板娘，还有中年男子若干。因为今天是周一，再加上沙龙的黑衣女子还拿计算器上上下下跑，我估计今天是老头收租的日子。我很好奇，老头一周可以收多少租呢？我们决定听取老头的建议，搬到楼上来住，从计划经济跨入资本主义，让糖衣炮弹来得更猛烈一些吧！老头可能由于看到我们打扫的表现，把租子降到 50 新币 / 周，之前交的 140 新币，老头也给算成 3 周，以后我们也赶周一给老头奉上租金了。

@ 富人 Poppa

一直在猜测 Poppa 一周可以收多少租金，今天下午他让我们在他收租的小本本上签字，写上我们入住的时间，我们得以偷偷瞄了一眼，有一家是 120 新币，有一家是 300 新币，我们的是 100 新币，楼下的房子，还有另一家店，这样保守估计老头一周也有 1000 新币的收入呢，真是一个地主，怪不得说话口气都不同。我去包装厂入职回来，跟 Poppa 说看见很多花白头发的老头老太太也去做工，开玩笑说，他要不要去，回头给他拿张表格。老头只说一句话：I don't need to work like that（我不需要工作得那么辛苦）. 哼，钱抵着后腰，果然说话够硬气！

有一天我们买了苹果回来，老头说不用买的，他有一棵苹果树，细问才知道，他不光有苹果树、葡萄树、橘子树、李子树，还有一条渔船。他这什么都有，钱怎么花出去呢？是个问题。

@ "二战" 士兵

老头给我们看他的相册。真没想到，老头年轻的时候也是帅小伙一个，迷死人一群呢。有一张是他身着军服，父亲送他去参军。那时 18 岁的 Poppa，满腔的激情，一心想要去见识世界。他参军之后被分到日本，一待一年半。那时的日本已是 "二战" 的战败国，美国投下的两颗原子弹让日本彻底投降。各国都派出自己的军队去占领日本，18 岁的 Poppa 就是英联邦国家的一名军人，随着部队的脚步，走过整个日本。照片有裹着半个脑袋的孩子，有衣衫褴褛的妇人，更有躺倒在路旁，再也无法爬起来的人们。Poppa 在广岛原子弹爆炸之后半年，去过一次广岛，结果现在头顶、胳膊上都有干癣一样的斑块，包括现在的癌症都与原子弹的辐射有关系。我生长在中国的和平年代，对战争并没有什么概念，叙利亚、伊拉克的战火也好像远在天边。Poppa 保存的泛黄照片，一下子把历史推到眼前。战争，对于任何一方的民众，都是灾难。

@ 大男孩 Poppa

Poppa 要带我们去小院子看看他的拖拉机，我们兴高采烈地拎着雨靴跟他一起去了。拖拉机放置在棚子下，应该是很久没动过了，打火都打不着了。Poppa 搬来工具箱，扳手这里敲敲，那里拧拧，给零件都抹点油。Poppa 之前说，拖拉机是男孩长大之后的玩具，就是这玩具有点贵。他说的时候我不能够理解，但是看见他摆弄的时候，就明白了这拖拉机真的很好玩，就是大个的Transformer（变形金刚）。Poppa给上了两次油，打开机器盖查看一遍，再用钥匙打火，"突突"了两声，就冒出滚滚黑烟，"突突"声也连成一串了。拖拉机没有问题了，但是出路被渔船挡住了，要先挪开。我们把渔船的前轮踢正了方向，推到坡下去。Poppa开车倒过来，打算先用车把渔船拖出去。之前都看到每辆车子后面都留有一个小尾巴，但是不知道是什么用途，这次谜底终于揭开了。Bingo，答对了，就是用来牵引拖船、拖车用的。就像Poppa说的，真的和玩具一样好玩，把渔船的小帽子扣在车的小尾巴上，拉环扳下来，就扣结实了，再把渔船的前轮摘下来，倒立在原来的插孔上，也是搭环扣下来，就固定好了。

拖出了渔船，就看拖拉机的了。拖拉机是很古旧的一台，我想和我们的"东方红"拖拉机有得一拼，操作也不如现在的方便，依然是搭扣子的游戏，但是多了好几个步骤，先是从座椅旁边伸出两条铁臂，Poppa拿嵌有三角形架的钢条固定两条铁臂，再搭扣子，并用螺母固定一侧。很奇怪，明明是不同时代的产品，怎么会兼容性这么完美。Poppa的驾驶技术真不是盖的，眼瞅着就撞上了，居然擦边过了，明明轮子都扭得不成样子，回一把轮，就成直线倒进去了。可见，当时开农场的时候，Poppa也是一把好手。

照例要巡视一下他的果树和菜园，结果，这次Poppa给我们展示了他的一个大秘密。上次来的时候没留意，Poppa居然在树丛里藏了一个大家伙——集装箱。就像探寻宝藏似的，Poppa先

1. 精灵一家出动喽，在 Maketu 的海鲜节
2. 我也来跳舞——就连裹着纸尿裤的 Baby 都跟着翩翩起舞
3. 嗨，你好，来自中国的朋友

1 | 3
2 |

1	2
3	4

1. 年轻时的 Poppa 也是帅哥一枚，立体的五官，深凹的眼窝
2. Poppa 船长的宣言——我行！
3. 以药为生的 Poppa 在准备一周的药量，放到对应的小格子里，每天食用
4. 汉密尔顿花园的意大利文艺复兴园，水系循环往复，结构对称工整

从树下摸出钥匙，打开锁，从台阶下拿出撬棍，打开横杠，芝麻芝麻开门吧！哇，这个集装箱里面全是 Poppa 的珍藏，像中药房似的一格格小抽屉放着各种型号的螺丝，还有很大的操作台，估计大部分机械改装工作都是在这里进行的。Poppa 说当初搬这个大家伙的时候费了老鼻子劲了，从后坡上一点点挪下来的。现在时常回来，看看他的菜园子、果树，鼓捣一下拖拉机、渔船，打开集装箱检查一下各种工具，往日的旧时光仿佛就全回来了。

@ 病人 Poppa

Poppa 下周一要去医院做手术，居然周日还要去钓鱼。估计心里还是有恐惧吧，下一次钓鱼都不知道是几时。这周，Poppa 发现肩颈处有一个硬块，感觉不妙，给医生打了电话，约了周四去汉密尔顿检查。我和楼下的 Mod 没有上工，陪同他一起前往。汉密尔顿应该是 Poppa 最讨厌去的地方吧，在与淋巴癌、皮肤癌长期抗争的过程中，汉密尔顿就是他的中途加油站，检查手术化疗，补给油料维系生命，每次去都是奔着同一个目的。汉密尔顿在 Poppa 看来就等同于癌症，不可回避，必须面对。

回来的路上 Poppa 讲了很哲学的话，大意就是他穿过集市，无所欲求，生活中最重要的东西是健康，如果有这个东西卖，Poppa 会不惜代价买来。虽说 Poppa 患癌症多年，有着丰富的对敌斗争经验，但是每次出现状况的时候，仿佛都是死神探出脑袋来说让我带你走吧。如果恐惧是 100 分，我想 Poppa 只是表现了 10 分而已。开车回去的路上老头说，也许就 6 个月的活头了。没有到过这一步，我也不知道死神来叩门时应该怎样表现才算相宜。

餐桌课堂

大厨 Poppa 的厨艺虽然只有 60 分，但是他的心意却是 120 分的！

@Venison

从楼下搬到楼上，我和 Ivy 累得躺倒在床上，老头却忙活着为我们准备晚餐。切了胡萝卜、洋葱，还有红红的肉，放在大锅里炖，还有土豆放到微波炉里去加热。我们都很好奇会吃到什么样的晚餐。对了，老头吃饭有很多规矩，盘子要放到烤箱里热一下，吃饭的时候要先铺桌布，然后放隔热垫，还有，吃东西只可以在餐厅。

土豆热好了，放黄油、牛奶捣成土豆泥，盛在盘子里，再浇上炖的汤汁就可以吃了。我以为是牛肉，问了老头才知道叫 Venison。老头怕我们不懂，弯着手指在脑袋上比划，还真像一头鹿。鹿肉没有脂肪，全都是瘦肉，有饲养和野生的，我们吃的这种是野生的，但是味道就⋯⋯西餐的做法我吃起来没有什么滋味，还有土豆做主食，我的胃也抗议，趁老头出去，我和 Ivy 赶快把余食倒入小猪桶，再拿菜叶子盖好。

老头还不让我们刷锅，坚持用洗碗机。资本主义国家现代化程度就是高，家庭主妇比我们国家的幸福多了。洗衣机是全自动的，另外还有烘干机。洗碗有洗碗机，还有烤面包机，有微波炉、烤箱，有垃圾处理器，电器一应俱全，全都给机器做了，家庭主妇们只能去插花园艺班、手工瓷器坊来打发时间了！

@Roe

中午回来，Poppa 从冰箱里拿出两条鱼来解冻，说晚餐他来做鱼，我和 Ivy 一人一条。等到我们从麦当劳上网回来，老头已经把鱼剥好，鱼头鱼尾都去掉，只剩了鱼身装在鱼形的盘子里。我和 Ivy 在旁边观摩学习，Poppa 示范如何做鱼：拿面粉扑在鱼身上，把油锅加热，放进去煎，一面煎成金黄色，再翻过来煎另一面。在等待鱼煎好的空档，拌了蔬菜沙拉，热好盘子，就等鱼出锅。最后，鱼被翻在盘子里，看着都诱人，金黄色，脆脆的，撒盐和黑胡椒上去，我们就开动了。因为是海鱼的关系吧，吃起来特别鲜，而且很少有刺，连鱼皮都是焦焦脆脆的，嚼起来特别香。吃的时候，Ivy 挑起一块鼓鼓囊囊的肉，像是一个小袋子的形状，问 Poppa 这是什么，Poppa 说"Roe"，又怕我们不理解，解释说"The egg of fish"。可是这鱼卵嚼在嘴里像塑料小球一样的感觉，难道南半球的鱼卵不同吗？

@Duck

后来，老头又拿了解冻的鸭子，说要给我们做鸭子。总结几次经验下来：鹿肉虽是野生的，我们吃起来却无滋无味的，最后都便宜了小猪；猪肋排，那烤得外焦里生，猪皮得用钢锯，牙是不好使的；只有烤鱼那餐还不错。所以我有预感，这鸭子肯定也逃脱不了悲惨的结局。但是老头满心欢喜地张罗着，一大早给儿媳妇打电话取经，回来就忙活上了：先是拿鸭子的填充料拌上茴香、葱头、盐，和成浆糊。那鸭子，毛都没有拔干净，还血水哗啦的，我要清洗一下。Poppa 说他是老板，一切听他的。好吧，

41

老外都是这样原汁原味的吃法，我们入乡随俗吧。把填充"浆糊"塞进鸭肚子里，再用面包把两头堵上，还用针线密密缝好。抹上油，拿有孔的塑料袋装上，放进炖锅里，一滴水都不放，就这样焖烧一天。晚上回来打开一看，就闷出来厚厚的一层油水，鸭肉看来是熟透了。

虽然我们很想表现出吃起来很香的样子，但是鸭子的油腻、填充料的粗糙，都卡在嗓子眼，干脆"咕咚"直接咽下去。对不起啊，Poppa，虽然食物不怎么样，但是你的心意我们都看在眼里了！

Don't worry, be happy！

只是 Happy，不可以吗？ Happy 本来就应该是排在 No.1 的位置。

有人带朋友来看 Poppa 的车库房子并要租住，Poppa 居然要面试。人都走了之后，Poppa 问我的感觉，我不知所指。Poppa 说那个女孩子 Don't happy——看起来不开心。仔细想想，是啊，那个女孩子话不多，说话时连嘴角都不动一下，面部线条紧绷绷，像是石雕一般。Poppa 的一句话，让我想起在奥克兰搭乘机场巴士时，司机见我第一面就说我 Too serious（太严肃）了。在他们眼里，Happy 是一件比天大的事情：吃完饭的时候，Poppa 会问我们 Happy 吗；从外面游玩回来，他也会问我们 Happy 吗？他经常挂在嘴边的口头禅是：Don't worry, be happy.

Don't worry, be happy 是 Poppa 挂在嘴上的一句话，我现在还能想起他说这话的时候，躺在沙发摇椅上，晃着脑袋摇着脚的样子。故事是这样的：牧场的主人有两只牧羊犬，一只叫 Worry，它总是狂吠不止，一只叫 Happy，很安静。有一天，主人发现羊死掉了几只，就来训话。Worry 围着主人蹦啊跳啊，狂吠不止。满心郁闷的主人就认定是 Worry 失职，"砰"地给了它一枪。从此，农场就没有 Worry，只有 Happy 了。好吧，我承认这是一个冷笑话，八成还是 Poppa 自己杜撰的。不过，要 Happy，不要 Worry 啊，只有这样才能活下去。

在这里待的一周多，我什么也没有做，似乎就是每天傻乐呵了，跟着 Poppa 游逛，和 Ivy 拿老头逗趣打荐儿，偷空跑出去买零食吃。日子过得缓慢悠长，但是也算满满当当的。偶尔想起北京的生活，好像已是 800 年前的故事。只是 Happy，不可以吗？Happy 本来就应该是排在 No.1 的位置。

恐怖来袭

别人都捣乱到了房顶上，侵犯了你的权利，焉能把头埋在沙子里做鸵鸟?!

晚上我们在厨房里做晚餐，抬头看见外面有人影晃动，有人爬上房顶了。Poppa 跑到另一个房间的窗户好看清楚，再从客厅的窗户也跨到房顶上，冲那群人喊"Get away right now（马上离开）"。我还不清楚发生了什么状况，前两天看到日本人当街被抢劫，街头枪杀的情形却都全涌上来了。我和 Poppa 一起到楼下去看看到底怎么回事。

房顶上的人已四处逃散，留下一地狼藉：水管散了一地，水哗哗地流，Poppa 的葡萄被扔在地上踩成了泥，墙壁上有踩踏的脚印，房顶上的梯子也被拉了下来。Poppa 顾不得这些，先把车开了出来，要去追那几个坏小子。Poppa 开着车绕着小镇兜圈，我负责看马路一侧，他负责另一侧。Poppa 说爬房顶的是两个男孩一个女孩，我想就是真的找到了，Poppa 会怎么教训他们呢？Poppa 已经是 80 多岁的年龄，那些人都是十七八岁的模样，如果真的动起手来，Poppa 肯定会吃亏的，可是似乎 Poppa 压根没有考虑这些。

兜了一圈，没有结果，我们把车开回去。Poppa 上楼给警察打电话，我在下面守着现场。原以为宁静的小镇居然也发生这样的事情，看来晚上不要出门才好。

Poppa 下楼来清理现场，警局没有人接电话，事情不大，我们就先自己处理。我们关了水龙头，把葡萄清理掉，剩下的就是把梯子怎么再搭回到房顶上。Poppa 拿了立着的三角形梯子，可是不够高度，都够不到房顶。Poppa 真是老当益壮，又踩着三角形的梯子，去把车库墙上的木头长梯子取了下来，踩着"蹬蹬"就爬到房顶上去了。被坏小子放下来的梯子一端固定在房顶上，Poppa 想用铁锹勾住梯子，给拉回到房顶上。我和 Ivy 努力地把梯子另一端举过头顶，梯子也就刚刚成水平状，Poppa 根本使不上力。没办法，我跑去找人帮忙。我敲了旁边啤酒屋的后门，里面音乐声很大，里面的人根本听不见。我再跑到前门去，冲进去语无伦次地讲了一堆。他们大概听明白了，就是后院有人需要帮忙。黑黑的男服务员把手里的托盘放在吧台上，领着我穿过啤酒屋，从后门出来。

Poppa 还站在房顶上，跟人讲了大概的情况，男服务员举起梯子的一端，三两步就到了三角梯子的顶端，一跨步再到木头梯子上，简直如履平地。我还没有回过神，梯子已经被搭回到房顶上。男服务员还开玩笑地跟 Poppa 说，需要我背你下来吗？Poppa 说谢谢，不用了，印度男孩。人家有点不高兴了，正色道"I'm Kiwi"，表明自己是本地人。我想他可能是有部分印度血统，脸庞黑黑的，还一身黑衣黑裤黑皮鞋，还有黑领结，笑起来衬得牙齿分外夺目地白。热心的 Kiwi，高高大大的，踩在梯子上那一刻，很 Man！

晚上我和Ivy聊天，要是这样的情况发生在她身上，会怎么做。最可能的情况就是，锁好门窗，等他们自己散去，就当做是小孩子叛逆、淘气的恶作剧。Poppa的观念就很不同，房子是他自己的财产和领地，不容侵犯。别人都欺负捣乱到房顶上了，焉能把头埋在沙子里？冲出去教训那些孩子是他必须做的，丝毫不顾及年龄和体力。一方面是这边的老人都自己单独居住，没有一点的倚老卖老；另一方面可能就是体力也还可以，心里面一点也不认为自己是老人；还有一点很重要，保护自己的财产，维护社区的安定。包括Poppa不断拨警局号码去提醒，避免类似事件再发生，也是出于这个目的。我们讲"天下兴亡，匹夫有责"，但并不是只有临到兴亡的关头，才去实践自己的匹夫之责。在街头遭遇小偷行窃时，在公车上遭遇小偷明目张胆地划包时，你是否退避在角落，怯懦地不敢作声，害怕那窃贼回过头来凶狠的目光，害怕出头后被打击报复，于是默不作声地让罪恶在眼前发生？这一次你是事不关己的旁观者，下一次你是当事人，旁边也都是眼睁睁看着的旁观者。窃贼在我们的纵容下愈加明目张胆和嚣张，我们自己亲手培植了一个危险的社会——Evil happens when good people do nothing（当好人无所作为时，罪恶就发生）！

慢下来

毕业后一直在小跑着前进，我都忘记该怎么适应无所事事的节奏了。

　　刚刚到达 Te Puke 的日子，对我来说是一个很分裂的过程，从北京快马加鞭、连轴转的中国速度撤出来，一猛子扎进新西兰的悠闲。雨一直下，奇异果包装厂迟迟不开工，如何适应这种缓慢悠闲的节奏，对我是很大的考验。那时候我打发时间的方式有 3 个：去图书馆，到麦当劳蹭 Wifi，发呆。

　　Te Puke 的公共图书馆面积不大，但是感觉很舒服，开放式的环境，人也不多，经常碰到满头白发的老太太来借书。第一次和 Ivy 步行去图书馆，工作人员很友善，听说我们来自中国，还找出图书馆仅有的 3 本中文书给我们，是《读者》合订本。我告诉她《读者》是中国国内有名的一家刊物，她向我们介绍说这几本书是某华人离开 Te Puke，捐赠给图书馆的，说可能会有人看。我抱了电脑来，挑靠窗的位置坐下，外面绿草茵茵，阳光透过百叶窗照射进来，很明亮但是不强烈。在新西兰，很多东西我都要调节适应，没想到在图书馆我发现了一样不变的东西——睡觉。刚进图书馆一会儿，我就犯迷糊，眼皮子打架，索性合上电脑，在满屋子书的陪伴下睡了起来，就像我在大学时一模一样，一进图书馆就犯困，必须得先睡一小觉才有精神。看来无论中国的图书馆还是新西兰的图书馆，对我催眠的效果都是一样的啊！

从图书馆出来再步行到麦当劳蹭免费的 Wifi，我们实在看不下去了，就买一小包薯条，坐到肚子咕咕叫，再抱着电脑走回去。我们每天都走不一样的路——要探索出在麦当劳和家两点之间所有可能的路径——不走寻常路，Ivy 还要评出小镇 NO.1 的房子。夕阳温暖但不强烈，满眼的葱绿，路上我们碰到跑步的人、遛狗的人、端着食物去聚会的人，一切看起来都岁月悠悠的美好。

　　雨下了好几天，间歇性地下一阵，停一阵。天空像挂起一面雨帘，密密地，有风吹来，迎风晃动。看天气预报，新西兰真的是大海上漂着的一叶扁舟，弱不禁风的样子，只是天公偶尔的一个喷嚏，整个岛国就陷入慌乱。在 Te Puke 下雨只是延迟了奇异果的采摘，我们都没有工上，但是在其他地方，就演化成了洪灾，警察都出动去救人了。

　　在 Te Puke 待了两周，四处闲逛，无所事事，这里的景色还是那样美，可是我的赞叹已经由"啊"变成了"噢"，一副习以为常的样子。每天早餐、午餐、晚餐顿顿不落，吃得很丰盛，间或去 Poppa 的朋友家串个门拉个家常，或者是 Poppa 带我们去兜个风，好像已经进入幸福晚年，这是属于 Poppa 的生活节奏，不是我的。这个时候，我很是怀念北京水深火热的生活，永远有事情等着做的忙碌，被同事知道，肯定骂我清福都不会享。像 Poppa 那样，很富有，可不也是面包、黄油、鸡蛋地吃？房子很大，还不只一处，可是他能住的也就一间而已，房租照收，但他也许根本就用不到，无所事事是很恐怖的状态。对应《迟到的间隔年》，我想我现在的状态就是天天到临江路看表演那个阶段，有一点小事情可以期待，不同的是他等待银行卡寄到，我等待包装厂开工，相同的是都很无聊。一天一天过得悠闲漫长，我问 Ivy 我们昨天都做了什么，也需要很长时间才能忆起来，好像已经是很久之前的事情了。我白天闲得不行，晚上则累得不行，做整宿的梦。我连续几天都在"上夜班"，梦里回到北京，回去公司上班，电话都接不过来，给客户报价，跟同事吃午饭，节奏都是跳着走的，真分裂啊！难道是我半个月没上班，怀念了？

在这无聊之中，我给自己找了一件事——跑步。小镇本来就少人走动，早上更没人了，车都很少。店铺大多关着，隔壁的红玫瑰餐厅终于休假回来，开着门做上班族的生意。我沿 New world 超市旁的街道一直跑到尽头，人行道旁边的草丛露水很深，空气一如既往地清新，没有一星点的灰尘。对比我在北京跑步，真的很不同：以前在北京师大的操场绕圈跑，满跑道都是早起遛弯儿的老头老太太，快走的多，跑步的少。边跑边看，风景就是旁边有趣的人。当然，有可能我也是人家的风景。这边跑步就是在街道跑了，穿梭在两列房子中间，风景是各式风格的小房子、或精心或随意的小庭院，人在画中游，心情自然是好的！

收到国内的垃圾短信，我才意识到马上他们就要过清明节了，也许是我现在天天晃悠，已经没有清晰的周末、节日概念，对节日没有任何迫切的向往，因为现在每一天都是假日。马上就要调成冬令时了，我来新西兰已经快一个月了。如果以旅行时间来衡量，这是我最长的纪录。但是我心里知道，这远不是结束，只是刚刚开始而已。大学毕业以后都是一路小跑着前进，我都已经忘记该怎么适应无所事事的节奏了。这一年都要这么过，我还有很长的路要走。

It must be a joke!

我从来没有觉得罪犯离自己这么近——他在风雨交加的晚上光顾过我们的后院，跳进我们划船的那条河——整个事情串起来想，一阵阵地后脊发凉。

午睡的时候，楼下的香港情侣来敲门，跟 Poppa 说泊在楼下的车不见了，钥匙还在手里，车却不翼而飞了。我们都很吃惊，早上出门看见他们车没在，以为是开出去玩了，想不到却是这样的状况。Poppa 开车载他们去警局报案，我们到楼下去寻找看看有什么线索。

冲浪板店的 Sue 听到这个消息也很震惊，连说这是从未发生过的事情，猜想是爬房顶那帮坏小子干的，跟我们想到一块儿去了。Sue 还是经验多些，说旁边的加油站是 24 小时营业，而且安置有摄像头，应该能有些线索。我们跟着 Sue 来到加油站，听他们交谈，大概的意思是摄像头只拍进出加油站的车辆，而且很不巧地，上周刚好坏掉了还没有修理。回去的时候又碰到印度男孩，他的啤酒屋晚上 11 点钟才打烊，也许有看到一些什么情况。他说昨晚 10 点钟左右有看到那辆车很急速地拐到后院去。这样子推断，偷车事件应该是后半夜发生的。昨晚一直都下很大的雨，贼都选这样的夜晚来行动吗？

再碰到香港情侣时，他们都订好了回香港的机票。他们本来是打算多做工可以攒钱带回香港，现在，车没了，钱也没了，就想直接回去了。家里有个一岁半的宝宝，他们也想念孩子了，就当是破财消灾，平平安安地回去好生过日子。香港情侣居然是结过婚的，还有个一岁半的宝宝，这爸妈做得不要太潇洒啊！

接连发生的事故，令我对安全多了一份担忧，晚上听到街上摩托车飙车的声音都心惊。为什么这些事情都是从未有过，而在我们搬进来之后密集地发生，跟我们有什么关系吗？

香港夫妻飞回香港了，楼下的房间又空了，我以为这件事情就结束了，没有想到居然又有新的状况。那天我从陶朗阿回来，上楼看见门口有张字条，还没来得及细看，二楼 GPS 的人就提前揭开了谜底，好消息啊！警局来人通知，香港夫妇丢失的车被找到了，让去警局认领。天啊！难道是存心逗他们玩吗？因为丢了车，他们无法继续在 Trevelyan 奇异果包装厂上夜班，这才打道回府。这前脚刚走，后脚车就找着了——It must be a joke（这一定是个玩笑）.

我们匆匆到警局了解情况，车是已经找到，在警局院子里停着。据说是被人砸碎玻璃，用两根接线打火发动车开走的。而这个人，并不是之前我们猜测爬房顶的坏小子，而是 *Te Puke Time*（Te Puke 的地方报纸）上刊登过照片的那个人——警局通缉的逃犯。在追捕的过程中，罪犯弃车而逃，跳进河里游走了。而这条河，正是我们那天泛舟的那条。我从来没有觉得罪犯离自己这么近——他在风雨交加的晚上光顾过我们的后院，跳进我们划船的那条河——整个事情串起来想，一阵阵地后脊发凉。

会呼吸的历史

也许正是因为历史短暂，新西兰特别重视对历史的保护和利用。
这里的历史不是尘封的记忆，而是在人群中呼吸着的、有生命力的历史。

好容易碰到和 Kokomi 一同休息的一天，她精心设计了一日游的路线带我们去玩。

第一站：壁画小镇卡提卡提

说卡提卡提是壁画小镇，是因为主街的房屋墙壁上都是满满的壁画，逐个看过去，发现这还真不仅仅是壁画，讲述的分明是小镇的历史。有一幅画 *The longest journey*（《最长的旅程》），画的是亲人在码头送别，轮船在大海上乘风破浪。如果没有猜错的话，这应该是记载第一批新西兰移民者告别故土，远渡重洋来到这片土地的情形。是啊，最长的旅程不仅仅是漂洋过海来到一个陌生的地方，更是离家万里，少小离家老大不得还。*Overload*（《超载》）讲述的是在铁路没有到达卡提卡提之前大家的出行，要人工发动吉普车，而一辆 8 人座的吉普车后来硬生生挤上去 21人，严重超载啊！最壮观的一幅壁画在蓝房子旁边，将近 20 米的画卷讲述了 Kiwi fruit（奇异果）的前世今生，左上角是一幅中国地图，标注了扬子江边上的宜昌，然后是一艘轮船，轮船下面是一位妇人，手里捧着一个小袋子，这位夫人就是伊莎贝尔，她于 1904 年探访在中国传教的妹妹，把猕猴桃的种子从宜昌带回了新西兰，那时候的猕猴桃还叫做 Chinese goose berry（中国鹅莓）。20 世纪 70 年代猕猴桃开始在新西兰广泛种植，1997 年的时候，成立了牌子 Zespri（佳沛），统一了品牌，远销世界各地。这一颗棕灰色的小果子名声大噪——Kiwi fruit 仿佛是新西兰土生土长的一样，跟当初的鹅莓已经了无瓜葛。而生产奇异果的劳力，也都实现了 "Much of our seasonal labor force now comes from overseas（绝大多数的季节工来自海外）"，就是苦逼的我们喽！还有壁画描述农耕的场景、当时家庭妇女的工作、早先的电报局，更奇怪的是有壁画描述追赶鸵鸟的场景，搞不懂鸵鸟跟这里有什么渊源。时间有限，我并没有找到很多壁画里有描述的 Pioneer store（先锋商店），我想这么有名的店，他们应该是有保存下来的，下次有机会再来探访。

第二站：金矿小镇怀黑

离开壁画小镇，Ko 姐说要带我们去见识一下金矿小镇。车行不多久就到了金矿小镇怀黑，远远地就看见黑峻峻矗立着的一座像牌坊的建筑。走近了之后才发现顶上是敞口的，只是有四面墙的尖顶建筑。介绍上说这是原来金矿的泵房，原址并不在这里，因为原址地面下陷，显得很危险了——move it or lose it（或者搬移，或者失去）——人们选择保存这栋建筑，平移 300 米重新给它安了家。

从泵房往前走一小段，就是金矿了。金矿像是一个巨大的漏斗，口很大，越往下，截面越小，侧壁都呈棕黄色，金子都是从这些棕黄色的岩石中提炼出来的，资料说这里的金矿含金量远远高于平均水平。卡车、铲车、挖掘机在漏斗壁上面作业，机器的轰鸣声在漏斗里回响，像是来自遥远的地方。金矿的对面就是I-site（Information site，游客信息中心），可以了解金矿的方方面面。怀黑的金矿挖掘开始于1878年，当时两兄弟约翰和罗伯特，探测到这里有金矿，但是由于各方面原因，并没有进行下去，而威廉姆慧眼识珠，抓住了这个机会，取得了金矿所有权，并以他喜爱的侄女曼莎的名字来命名。金矿的生产过程，可以分为四步：第一步是粉碎矿石；第二步是粉碎的矿石粉与水、碳混合沉淀，金银吸附在炭上；第三步是利用电极，把金、银与碳分离；第四步是提纯，制成金砖、银砖。虽然是叫金矿，但其实矿上产出的银远远多于金。

在I-site，还有一段影像记录了当时平移泵房的情形。先用钢筋固定建筑内部，在底座上打孔插入钢板，固定好之后，彻底与地基割断，通过轨道，推动整个建筑平移。当时有很多的人围在护栏外观看，当泵房顺利移至既定位置时，人群爆发出阵阵掌声。

第三站：汽水小镇帕罗阿

在新西兰你可以不知道小镇帕罗阿，但是你一定不能够不喝L&P（Lemon & Paeroa，一种新西兰饮料），这可是World

1. 打渔归来，展示我的劳动成果
2. 卡提卡提小镇街道的壁画，静静诉说着旧日时光
3. 盘光光是对 Poppa 厨艺最大的肯定
4. L&P 的火箭汽水瓶，全民热衷外太空探索时期的产物，
   也是当时成功的营销策略

1	2
3	4

1. 跟随 Billy 去放牛，这些牛黑色的身子、白色的面孔，让人怀疑它们是不是带了面具
2. 60 仍疯狂，Billy60 岁生日的邀请函

$$\frac{1}{2}$$

famous in New Zealand（世界闻名的新西兰饮料）。不知道你是否理解这 Kiwi 式的幽默——L&P 目前只在新西兰销售，但是依然不影响 Kiwi 称它是世界闻名的饮料。

车行在路上，不用看标志就知道已经进入到帕罗阿了。满大街 L&P 的张贴画，路灯杆上垂着的条幅都在欢迎你来到汽水小镇。镇上最有标志性的建筑是矗立着的巨大的 L&P 瓶子，这是 1970~1990 年间 L&P 使用的包装。当时全世界都在积极探索外太空，登陆月球是当时的热门话题。在 1968 年圣诞节，小镇上立起了巨大的 L&P 瓶子，它的创意来自帕罗阿火箭。几经移址和修复，火箭造型的 L&P 瓶子依然矗立着，虽然 L&P 的工厂已经被可口可乐收购，小镇帕罗阿也不再生产 L&P 了，但是它依然很骄傲是 L&P 的诞生地。镇上还有一处咖啡馆，可以喝到正宗的 L&P 饮料，这里还收藏了 L&P 各个时期的包装，称得上是 L&P 博物馆。

一天的特色小镇游之后，我发现可能是历史短的缘故，新西兰特别注重历史的保护，像是一座废弃的泵房、一个曾经的火车站台，都费尽周折平移来留存保护，保留这些活的历史。再看我们，5000 年的历史似乎太长了，长得可以肆意地拆除历史遗迹，反正我们多的是。

一个人的农场

驾驶嘟嘟车在农场驰骋，牛群兴奋地追在车后跑，
这放牛娃做得就有了豪情万丈的感觉！

Poppa 要带我们去一个真正的农场，他的侄子 Billy 经营
着一个大农场，养有 300 头牛，我们满心期待而去。真正的农
场都在偏远的地方，Billy 的农场真的很远，开车要 30 分钟。
路上 Poppa 买了面包，还带了鱼给 Billy，看来，买东西也不太
方便。车一直开一直开，走过水泥路、柏油路、石子路、土路，
Billy 的农场还没到。Poppa 开玩笑说他迷路了，最后才看见"H.W
Ashe William"的木牌子，就是 Billy 的农场了。

一眼望去，农场上散落着拖拉机、放木头的棚子、冬天打包
干草的工具、零星的三两栋房子。离农场门口最近的是一栋浅蓝
色的房子，Poppa 说是全新的房子，里面东西都齐全，但是一天
都没有住过人，很是奇怪。

在另一栋房子门口等了一会儿，Billy 才开着农用嘟嘟三轮
车回来，打开门让我们进去，呵，屋里好热闹！风吹起白色的纱帘，
好多只燕子在屋子里飞来飞去，一下子就有个词蹦进我脑子——
莺歌燕舞。捉了燕子，放回窗外，关上窗户，我这才细细打量这
个单身农场主的家，椅子上铺着整张的羊皮，桌子上放着 20 世纪

70 年代盒式的收音机，客厅里的沙发胡乱地铺着一块衬布，院子里晾着无数只袜子。好吧，单身农场主的日子也不好过！

　　吃了午饭，Billy 带着我们还有他的狗，开着嘟嘟车巡视农场。嘟嘟车就是小一号的农用三轮车，别看个头小，本领却很大，整个农场建在起伏的丘陵之上，上上下下，有的角度甚至有 45 度，嘟嘟车爬坡却不在话下。Billy 的例行工作，就是开上嘟嘟车带上狗，在农场里兜圈巡视。农场面积真的很大，Billy 带我们来到一处低地，谷里生长着茂密的树林，头顶上有鹰在盘旋，示意我们放轻脚步，不要出声，以免打草惊蛇。这里就是有野生鹿出没的地方。Billy 还指给我们看上次发现野生鹿的位置，晚上 7 点钟左右，鹿通常会在这个地方出现。我们吃的 Venison（鹿肉）就是这里的鹿了。时间不合适，我们没有寻觅到鹿的踪影。

　　Billy 开车带我们去看他的牛群，大部分是全黑的牛，偶尔有的在脑袋那儿有一小撮白色的毛，每头都很健壮，油光黑亮的。这些牛都是肉牛，长成之后，按照一头 1500 纽币的价格卖给 Affco 肉厂（新西兰一家连锁肉厂）。一群牛的数量不会很多，20 多头，用铁丝网圈定在一片草场里。整个农场就是用铁丝网划分为大大小小的很多块，牛群散落各处，不同的草场之间有小门相通，我们的车就穿过一扇扇小门在草场上行驶。当嘟嘟车驶过时，牛群很是兴奋，扬蹄在后面追着车跑，这放牛娃做得就有了豪情万丈的感觉！

Billy 开车带我们来到农场的边缘，先用仪器消除了铁丝网的电，带我们跨过铁丝网，要去一个秘密的地方。草场边上生长着灌木丛，密密匝匝，看不清里面到底是什么。Billy 弯着腰在前面探路，我们紧随其后也钻进了丛林。整条路是下坡路，地湿湿潮潮的，好在前人已踩出台阶的轮廓，不至于太难走。斜刺里伸出枝条挡道，我们再把它拨回到路旁。朽败的植物横卧在地，踩上去，"咔嚓"就断裂了。这条路鲜有人走，植物也是默默地生，默默地枯。下到一处平台，忽然就有"哗哗"的声音入耳，Billy 指给我们看，树影斑驳中就瞅见泛着粼粼波光的水面。由于靠近河水，接下来的路青苔遍布，更加难走。Billy 找出之前存放的绳索，示范攀爬：双手紧握绳索，重心放低，屈膝侧身而行。轮到我的时候，动作要领全忘记，只是低头瞅着脚下，结果还是一趔趄踩进泥潭，弄得一身泥。好不容易来到河边，蹲在石头上，撩拨清凉的河水。周围静悄悄的，只有小河水在奔腾。

玩了一下午，我们打道回府。路上经过那所全新的房子，我们特意跳进篱笆去看了一下。确实全新，洗衣机还没拆封就堆在门口。放着全新的房子不住，却住在简陋的旧房子里，让人很费解。Poppa 开玩笑说，等着迎娶新娘呢！果然，这背后有故事。

Billy 说话有一点口齿不清，再加上住在农场，接触人少，就有点离群索居的样子，初接触，会觉得 Billy 有点木讷。他上学的时候碰到一位老师，对他很照顾，经常给他单独补课。这种特别的待遇在 Billy 心里埋下了一粒种子。我以为这个故事的发展会是一段普通的师生恋，又或者更圆满一些，两个人可以牵手最终步入婚姻殿堂。

　　Billy 读书结束，回到家里农场帮忙，与老师的联系却没有因此中断。再后来，老师也搬来农场，与 Billy 还有他的父母一起生活。不知道为什么他们选择以这种方式相处，也许这种关系最放松。又或者老师有她的骄傲在，而 Billy 的妈妈有自己的固执。Billy 的妈妈是一个很厉害的人物，80 多岁还出海捕鱼，经营农场不喜欢生活被人打扰，就把电话装在马路旁的电线杆上。估计老师的年龄和 Billy 妈妈差不了太多，两个年纪相仿的女人，一个是他的妈妈，另一个变成他的妻子，这种状况是有一些讽刺的。总之，他们选择了这种方式，有实无名地生活在远离人群的农场。

　　生命的进程无法阻拦，Billy 的父母相继辞世，Billy 把他们葬在农场上。随后，老师也离世了。作为学生、老师、儿子、母亲、恋人、伴侣，就这么交织缠绕了 40 多年。Billy 把老师也安葬在农场上，他们一家四口还是在一起。

　　车子开出去，把 Billy 和他的狗、蓝色房子和农场都丢在后面：那个背着包、低着脑袋、沉默不语的孩子，老师一声温柔的问候，抬头撞见她明媚的眼神，把他永远地锁在了那瞬间。

Fishing, Fishing!

我一直不能理解 Poppa 对 Fishing（钓鱼）的痴迷，
甚至动手术前一天还要出海。等到后来把骨灰撒进大海我才明白，其实大海才是他的家。

Poppa 说大儿子 Murry 邀请他周六去钓鱼，刚好我休息，和他一起去见识海钓。

早上 6 点半起床洗脸刷牙吃早饭，然后准备带的午饭，两片简单的白面包，抹了黄油，夹芝士和几片生菜叶子，一人两块饼干是零食，昨晚吃剩的柿子就是水果了。难道这样的食物就足以补充体力在大海上飘荡，与鲨鱼搏斗？我带了水、相机、墨镜、冲锋衣，整装出发。

还是之前来过的河口，估计河水从这里汇入大海，水面比较平稳，成为一个优良的小港口。周末大清早，来来往往都是拖着船的车辆，一派繁忙景象。Poppa 指给我看两旁用于泊船的栈道，三四米长的样子，从岸边延伸到水里。这个是当年 Poppa 和巨人朋友一起修建的。我开玩笑说应该搞个纪念碑立在旁边，以表功勋。Poppa 说他和朋友都很喜欢钓鱼，修建这个也是方便自己。就像他创建的 Maketu Squash Court(Maketu 壁球馆)，当初也是为了给孩子和自己有一个娱乐场所，同时也为整个社区带来了欢乐。无怪乎 Poppa 会是这一片的出名人物，哪里都有他的身影。

Murry 的渔船到达，麻利地把船倒进河里。Murry 去泊车，他老婆 Joe 跳进船舱，胳膊抱住栈道的木桩来固定船。我们逐个跳进船肚里，穿上救生衣。Murry 手快脚快地爬到驾驶员位置，发动马达，出海了！

因为水浅，在港口，这船开得很平稳。岸边岩石上有很多人在垂钓，我问 Joe 在岸边能否钓到鱼，她说如果养不起船，就只能这样在岸边钓鱼，虽然不多，但还是有一些的，不过我们要出海钓鱼，那里的鱼无数多！离了港口，船就像脱缰的野马狂奔起来。虽然背靠着船板，我仍然感觉海风从背后从四面八方吹来，棉服穿在身上像是一张纸那么单薄。Poppa 从副驾驶的位置爬下来，要我爬上去感受一下，上面的视野也更广阔。我抓着船舷，从船肚里站起来，挪到船头的位置，很艰难地保持平衡，踩着踏板，抓着扶手，把自己整个儿翻进副驾驶，样子狼狈极了。坐在副驾驶的位置，一手握着座位旁的扶手，一手抓着船舷，都是不锈钢的管子，冰冰凉凉的感觉从掌心传到大脑，但是舍不得丢开，握着它们，让我感觉安全一些。船开得很快，看似平静的海面，只是海浪一层一层地轻轻卷来又漾开去，传导到船上却是很大的震动，像是什么感觉呢？像我去东北雪乡的时候，破旧的大巴车颠簸在崎岖的盘山路上，时不时的一块石头或是一个坑凹，整个车就上下震动，人也从座位上被弹起来。坐在副驾驶，没了船板的掩护，海风更加肆虐，随意地扯着我的头发，这时候我才发现墨镜的另一个好处，防止头发打到眼睛里。虽然风大，也更加颠簸，但视线却无遮挡，一望无际的开阔。我们的船像是一把钝刀，在海面上劈开一条缝，船头是深蓝色，平静得像是永恒无尽头的海面，船尾则像是水开锅了似的，翻腾着浪花。岛屿湾的地标 Mt Maunganui（芒格努伊山）缩小成一个小土包，海中央的火山岛白岛却愈来愈近，可以清晰地看到烟柱从火山口升起又被海风吹散。没有了陆地，没有了岛屿湾，缩小成点的 Mt Maunganui（芒格努伊山），被吹散的烟柱，鲸鱼一样跃动着的白岛，船行在茫茫的大海上。

船行驶在大海上，没有起点，也不知终点，只是向前。天空像巨大的锅盖扣在大海上，前方的乌云就悬在这锅盖上。太阳试图去冲破这乌云，层叠的乌云后面隐约可见太阳金光熠熠的影子，最后却也是徒劳，只是从乌云的间隙透了光柱下来，一束束的光柱从天而降，洒在海面，铺就一条金光大道。那一刻我的心情是虔诚的，满是对大自然的敬畏。

当 Murry 的仪表盘红色、蓝色的线密集时，表明这里的鱼群很集中。他熄了火，赤脚翻过护栏，跳到船尖，打开盖子，抛下锚。这时的船不再上下颠簸，而是随着海浪左右摇摆，对我来说依然很难保持平衡。我颤巍巍着从副驾驶位置爬下来，回到船肚里，船尾架着一张案板，上面横着做饵的鱼。Poppa 和 Joe 已经开始忙活，取了渔具，在鱼线的末端挂上铅锤一样的坠子，鱼饵挂在鱼钩上，甩出去鱼线，手持鱼竿，大拇指轻轻按在鱼线上，以防滚得过快，整圈的鱼线都脱落。鱼线不再滚动的时候，表明坠子已经到达海底。稍微摇起来一点鱼线，鱼竿夹在胳肢窝，手握鱼竿，选个舒服的姿势，只是看住鱼线就可以了。如果鱼竿微微弯曲，鱼线被拉向海面又弹回来，反复几次，那可能就是鱼咬住饵了。握住鱼竿往上拖，好使鱼钩真正地钩住鱼，开始绞起鱼线，如果感觉费劲一些，八成就是鱼上钩了。放鱼线的时候哧溜溜滚下去了，绞起来却没有那么容易，尤其是加了鱼的重量。Poppa 一直在旁边说 Take your time，也不知道是要我不要着急还是抓紧时间。我很怕鱼咬钩之后再设法逃脱，所以很用力地绞线，不给它挣脱的时间。一只胳膊握着鱼竿，另一只胳膊绞线却不怎么使得上劲。后来干脆一只胳膊和鱼竿抵在船帮上，以这个为支点，另一只胳膊来绞动鱼线。鱼线的轴径也就 10 厘米的样子，不知道要绞多少圈才能拉起鱼线。虽然辛苦，但是看到鱼线拽着鱼儿临近水面，鱼儿扑腾着尾巴想要挣脱，那一刻的喜悦抵消所有的辛苦。应该说 Murry 选择的这个地方真好，我这种第一次碰鱼竿的新手都能钓到鱼，更别提 Joe 他们这样专业级别的了，他们常常两条鱼一起被提上来，更有钓了好几条鱼且一块饵都没有损失的。我们 4 个人一人一竿，分布在船的四角，船舱里横着冷冻箱，钓了鱼，就取下来扔进去。摇晃的船，全神贯注的钓鱼人，此起彼伏的"扑通扑通"扔鱼进箱子的声音。抓了半箱的鱼，我们打算收工了。在捕鱼方面，Kiwi 很自律，小于特定长度的鱼都会放回海里，这样做也是为了 Fishing for the future（将来有鱼可捕）。捕获的鱼，没有执照，只可自用，不可出售，这样子就杜绝了盈利性质的滥捕，只取所需，够自己和家人享用的分量就可以了。我们捕获的鱼有 Tarakihi（唇指鲈）和 Snapper（鲷鱼）两种，Snapper 长得漂亮，蓝色、银色的斑点像是宝石一样嵌在身上，像是珠光宝气要赶去舞会的公主，却被我们半路绑架了。我也很想钓一条 Snapper，甩下鱼线，就觉得有鱼上钩了，越绞越重，不会来一票大的吧？把鱼竿递给 Poppa——哪里有什么大鱼——Poppa 的诊断是鱼线卡在石头上了。Murry 也跑来帮我绞鱼线，戴了手套依然勒得生疼，最后拿剪刀咔嚓一下就了事。因为损失鱼线，我被红牌罚下，只能无聊地看海。天空盘旋着水鸟，看准了机会，一个猛子扎下来，像是潜水运动员，抓到一条鱼再扑棱着飞回天空。这鸟视力真棒！我很杞人忧天地想，水鸟会不会跟我们抢鱼吃？给它们捉走了，我们吃什么？ Murry 很无奈地回答我的问题，说我们捕的是海底的鱼，而水鸟捕的是水面的鱼。对哦，这样子才和谐呢！

　　原来以为捕鱼是很轻松的事情，到家之后才知道工作在后面。匆匆吃了两口三明治就开始忙活，我和 Joe 冲洗船，Murry 和 Poppa 收拾鱼。不得不承认人种不同，体质差异很大。Joe 五十开外的年龄，一会儿翻上船，一会儿翻下船，灵活得像只猴子；我想擦洗船头，扒着围栏，整个人吊在半空中，怎么都爬不上去。我们的工作告一段落，一人一瓶啤酒坐在躺椅上看两个男人剥鱼。Murry 手持一把尖刀，从鱼鳃处斜着插进去，刀平着滑到鱼尾，一整片的鱼肉就削下来了，另一侧也是同样操作，鱼头连着鱼尾，上下两片鱼肉就分开了。我夸 Murry 剥鱼的技术真专业，他说从半大孩子起就给 Poppa 打下手，一直剥到现在，能不专业吗？我也很想试一下剥鱼，好不容易钓鱼一次，来就来全套的嘛！我从 Poppa 手里接过尖刀，左手持刀，右手持鱼肉，平放在砧板上，右手摁住鱼皮，先是斜着划下去，再转平刀往前移，右手要跟上刀的速度摁住鱼皮，整块鱼肉和鱼皮分离后，用手摸一摸鱼骨在哪里，鱼骨两侧各划一下，剔掉鱼骨。Murry 回过头笑我，你也不错啊！那当然，我爸爸以前也是专业剔骨的。为了养家糊口，爸爸奔波劳碌，各种行业都做过，宰杀牲口也是其中一个。

  Murry 家里有个巨大的鱼盘，有一只胳膊那么长，剖下来的鱼肉装了满满一鱼盘。我和 Poppa 拎着我们今天 Fishing 的成果回家，晚餐吃鱼喽！

赢在老干妈

和专业选手同台竞技，极有可能丢人丢到姥姥家。多亏有老干妈，方能化险为夷啊！

Mod 和 Noona 是香港夫妻离开之后，新搬来租住车库房间的泰国租客，也在 Trevelyan 奇异果包装厂工作，和我们一条生产线。有一天提前收工，跟 Mod 约好了晚上一起上楼来吃晚餐，我准备饺子，她准备一些泰国食物。放下电话就开始忙活，葱是早就剁好的，和好肉馅，和上面，找到一个圆柱状水果罐头替代擀面杖，擀皮、捏饺子就忙活开了。

傍晚 6 点钟我让 Ivy 下楼去探探敌情。好嘛，这一趟回来就给我施加压力，人家再过 20 分钟就齐活了，人家那儿杯盘碗盏那叫一个全活，装备也配套，围着围裙，居然带着钻石耳环在下厨。再看我这边，满手满身的面粉，灰头土脸那叫一个狼狈，果然专业厨师和业余的不在一个层次。Ivy 这边还跟我煽风点火，说 Mod 代表泰国，我代表中国，泰菜和饺子要 PK。一说到要代表祖国形象，这一下担子就重了。Ivy 第二趟回来，就彻底投敌叛国了，说人家有主菜有汤有甜点，我这儿饺子下锅都黏底了，正起劲抠呢，估计出锅也就一锅片儿汤了。得，这次铁定给祖国脸上抹黑了。人家都端着盘子到门口了，我正捞起一个饺子尝咸淡呢，尝了之后我自己也泄气了，少盐少油，整个就是面裹肉，无滋无味的。无奈之中，我想起前两天在华人超市买的老干妈，酱油、醋、盐、老干妈调了一大碗的汁来救急。

　　菜上桌，真是不得不佩服 Mod 的专业，一盘简单的 Pad Thai（泰式炒河粉）也让她做得很有卖相：蛋皮裹着河粉，配菜有豆芽、大虾，调味料有辣椒粉、白糖，搭配花生碎，看着就很诱人，配汤是 Tom Yam Kung（冬荫汤），蘑菇、椰浆加香料和生姜煮成，更有餐后甜品，红毛丹中间夹着菠萝条。以为这下输定了，没想到居然出现乾坤大反转——Mod 的河粉炒得偏硬，可能是泰国人喜欢吃口感硬，有嚼头的。但是 Poppa 毕竟是老人，牙齿、食道都接受不了，反倒是饺子热乎乎的，不费牙且易于消化，再配上老干妈调的汁，别有滋味。眼瞅着 Poppa 将饺子一个接一个地吃，河粉却不动叉子，后来干脆把河粉拨给我们。Poppa 是 Boss，Poppa 的选择就决定了输赢。

　　好险啊，幸亏有老干妈，再也不和专业选手同台献技了！

死神何时来

死亡是每个人的最终归宿，就像失眠夜等待黎明的来临。
该来的总会来，恐慌无用，何不从容？

Poppa 又做了一次手术，回来像是换了一个人，眼睑下垂，遮盖了半只眼睛，似乎眼珠也无神了，嘴也歪了，走路也跛了，就连吃饭，也只能吃软的食物和流质食物，真的像一个 80 多岁的老人，垂垂老矣。

手术做了 5.5 小时，很大的手术，开了 4 道口。能够看见的一条从耳朵一直开到胸口，这里手术后不包纱布，只是在伤口上覆一层透明的薄膜。透过薄膜可以看见伤口是用大号的不锈钢订书钉咬啮起来的，感觉像是一条拉链，"哧啦"一下，拉开又合上。

因为这次手术，Poppa 总说自己就剩几个月了。80 多岁，可能死亡已经是排在日程上的事儿了。稍微感觉好点的时候，他让儿子带着去银行，可能是安排后续的事宜。除了这个，他平日里也没有什么大的变化，依然是嘻嘻哈哈地开着玩笑。不过他倒是没有再开车出去遛弯儿了。现在，他下趟楼都呼哧带喘的。

死亡是每个人的最终归宿，就像失眠夜等待黎明的来临。该来的总会来，恐慌无用，何不从容？

翻滚吧，奇异果！

Kiwi fruit(奇异果)是我新西兰 Must do list 的第一条，所以到了新西兰之后就直奔 Te Puke——奇异果之都。

在包装厂的两个多月，我把这辈子的奇异果都吃完了，结识了一大票朋友，体验了工女工的生活，也淘到了新西兰的第一桶金。

包装季结束，我终于可以跟 Kiwi fruit 说再见，告别流水线的单调无聊，去更广阔的天地，可是心里居然会不舍……

Induction 包装厂入职

签字，摁手印，从此成为资本主义国家流水线上的一只小蚂蚁。

　　早上到 ANZ 赶 Trevelyan 奇异果包装厂的班车去接受培训。密密麻麻的人，有围着纱丽的印度老太太，有裹着头巾、蓄着长胡须的印度老头，也有满头白发、戴着眼镜的本地老头老太太，更有我们这些外来的生力军——年轻的 WHVER（打工旅行者）。白种人面孔少，大多是稍微黑一点的印度人或者南美人，亚洲面孔中马来人居多，中国台湾和香港也有一部分，但是大陆的就少之又少了。而且很过分的是，交谈得知其他地方的 WHVER 都没有英文要求，甚至不会英文也可以。我们则又一次需要考试来证明自己，分明是赤裸裸的不公平。

　　原来没有见识过 Induction（入职），这次总算是见识了。乌泱乌泱的一群人，在大厅里先找到自己的名字、对应的工种，拿了合同，找位置坐下，填写内容。身边有人会指导你如何填写，接下来是人力资源的介绍注意事项和要求，甚至还配备了一名翻译，是印度语还是其他，我也不知道，反正没有中文翻译。接下来，跟随相应的主管到车间，介绍各自的工作流程。我的工种是 Packer（包装工）——就是把果子放到箱子里面包装好。我们的主管人很好，英文也故意讲慢让我们听懂，但还是让果子大小、

1. 骨灰级钓鱼大师 Poppa，临终真的把骨灰洒进大海，这是他钟爱一生的地方
2. Joe 捕获一条 Snapper，我们好像是劫持了打扮得珠光宝气、要去赴宴的公主
3. 第一次出海捕鱼，收获颇丰，Nimo 捕得一条大鱼
4. 我们的船在海面"突突"前进，奔向远处乌云遮蔽的地方

1	2
3	4

```
     1
   ┌──┴──┐
   2  │  3
```

1. 架子上挂着的一颗颗奇异果，
   让我想起《西游记》里面那些人参果
2. 进入 Te Puke 地界，
   能看见矗立着的巨大的奇异果，
   欢迎来到奇异果之都
3. 奇异果包装工厂的联系方式，
   马上要进厂做一名包装女工了

箱子规格、码放数量搞得我晕乎乎。他们的操作流程还是非常规范的，要戴帽子和口罩，穿围裙，两副手套，一副操作金果，一副操作绿果，以免相互污染。虽然 Grader（分拣工）已经选过果子，但是包装工在装箱之前也要再看果子是否有受伤的。各个车间都很大，流水线作业，一人一个工位，守着果子的出口等待果子运送过来，装到箱子里。我和 Ivy 都感叹要变成资本主义国家流水线上的一只小蚂蚁了。

签了所有的字，输了工号，摁了指纹，这卖身契就算是签了。

翻滚吧，奇异果！

低头，叉开腿，弯腰，从裤裆望去，一颗颗果子像是从地上冒出来的，妙极了！

虽然马上就要去 Trevelyan 奇异果包装厂上班包装奇异果了，但没有近距离看过，只是坐车经过，看到一大片一大片的果园。一天回家的路上，Poppa 带我们去看 Kiwi Fruit（奇异果），他的朋友有一个偌大的园子，里面满满的都是奇异果。

奇异果的原产地应该是中国，包括直到现在，一些老派的人也仍称呼它"Chinese goose fruit（中国鹅莓）"。引进到新西兰后，因气候适宜，阳光充足，迅速大面积推广。新西兰人更是改良了品种——Golden fruit（黄金奇异果）。绿果和金果的区别在于，绿色的果子大些，表皮有一层绒毛，而金色的表皮光滑，果子有一个小尖头，未成熟时，打开都是绿色的果肉。成熟之后，如同它们的名字一样，颜色有了差异。但是近两年，黄金奇异果遭受了病虫害，一些果树被砍掉，产量也在减少。

原以为奇异果树应该像苹果树那样，一个一个果子挂在枝头，后来发现不是那么回事。果园边上会有一个小牌子，写着这一片一共有几列果树。每一棵树背后会有一根水泥柱子帮助支撑果树，有手指粗的钢丝绳拉成网状，以供藤蔓来攀爬。藤蔓爬上架子后，隔一小段距离，用塑料的小扣子把钢丝绳和藤蔓固定在一起。在架子上，满满缀着的就是 Kiwi fruit(奇异果)。没想到吧，它们的生长方式就像葡萄一样，只是不是成串的，而是一颗一颗排列着。

Poppa 带我们看完金果，又带我们看绿果，更教给我们最佳的观赏姿势：低头，叉开腿，弯腰，从裤裆望去，一颗颗果子像是从地上冒出来的，妙极了！

第一天上工，围裙、帽子、口罩、手套，全副武装入场。

包装的工作我从未接触过，都是零起步，边学边做。奇异果从传送带咕噜噜滚下来，翻看有没有小孔，小虫子是否有筑巢，然后码放进箱子里，点清数目，塑料膜裹好，封箱，第一箱包装完成。

今天做的是金果，果子大小是 36 号，给到我们的箱子是 MML 型号，一个箱子要码 66 个果子。66 个是什么概念呢？一排 6 个码一溜儿，码 5 排，果子大小有差异，行列之间可以再挤进 2~3 个。一层铺满就是 33 个，第二层挨个码齐，就可以打包封箱了。说起来很简单的事情，但是重复动作让你做 9 个小时是什么状况？目之所及，只有奇异果在翻滚。

上午让大家适应节奏，机器的速度不是很快，打包装箱之间还有个休息的空档。下午就不是那么回事了，传送带源源不绝地送来果子，手慢一拍，眨巴眼的工夫，果子就堆成一堆。可怜的我，有感冒症状，鼻涕不断流，可是两只手连果子都抓不过来，哪有第三只手擦鼻涕，一直吸溜着，别流出来就行。

做了一上午，我好像摸出点门道。起身去够果子的时候，重心在左腿，脚尖用力，拿回果子放箱里，重心回到右腿，脚后跟着地。踩着这样的节拍，节奏感会强，两条腿也会有点活动，不至于太僵硬。拿果子的时候，手眼要协调，抓果要稳、准，打算伸手去拿哪几个果了，眼先瞟过去，冲上的一面有没有虫孔，手腕往下翻，看冲下的一面是否有虫孔，都没有的话，放进箱子里。打包的时候也是，一手摁着扭，出下一个箱子，另一只手抹一遍果子，码放平整，扯起一角的塑料膜，全拉起来，折平，掖角，扣上箱子，这一箱果子就包装结束了。

和着机器的轰鸣，和着 Lady Gaga 的歌声，我想起一句话：机器一开，黄金万两滚滚来。可惜，万两与我无关，我只抽取自己的 500 新币。

男生排排站

NO.1 男生要是现了真身，Ivy 就马上抓了去给姥姥过目，可不能搁狼窝待着，操多大心哪！

做了两天工，Ivy 学精明了，和我一起占据流水线第二排的位置，不像前几天，站在中间位置，主管、经理经常走动光顾，时不时还点评教育一下。我们这第二排，很少受到关注，这就是俗称的"灯下黑"啊！我们俩强强联手，快手加快手，活儿就不够干了。闲暇之余，我们就拿工友逗趣：阿根廷的一对情侣，被我们封为"阿哥""阿姐"；福清的老伯夫妇，我们尊称为"福叔""福婶"；早上新来的一个搬运工，那头发爆炸得，拿帽子一罩，整个一"大公鸡"。

Ivy 同学念念不忘此行的重要目标——寻找一个亚洲男孩，还给 Trevelyan 奇异果包装厂看过眼的男生编了号。可惜，狼多肉少，全都惦记着呢。No.3，香港小开，一副很拽的样子，吃饭都带着一副大耳机，但是周围不乏投怀送抱献殷勤的，更有红豆妹亲自下厨给煲红豆汤。为了恶作剧一下，我们打算介绍香港来的 Abi 去搭讪小开。Abi 此行的目标就是寻找一个小开，那大眼睛忽闪的噢，那嗓音柔腻的哦。这仨要是搁一块儿，那就是 TVB 直播啊！我们静观剧情可以发展得多狗血。No.2，台湾男，外形与 No.3 酷似，是 No.3 的短发版，但气质更文雅些。无奈，旁边有个排骨女,恨不得分分秒秒盯住No.2。无从下手,姑且放置一边。至于No.1,还没有现身,估计现了真身,Ivy就马上抓了去给姥姥过目,可不能搁狼窝待着,操多大心哪!

Sharon 一伙三个

因为朋友的关系,一个陌生的地方变得亲切,整个城市都生动起来。

Sharon 一伙是我在 Travelyan 奇异果包装厂入职的时候认识的。当时也不知在磨叽什么就误了班车,琢磨找人搭顺风车回去。Sharon 她们远远地散坐一处,有一搭没一搭地闲聊。过去搭讪,一搭就搭上了,她们还邀请我们同游 Kiwi 360(Te Puke 游客中心),就这样认识了。

在 Te Puke 这个小镇我们多了一重联系,少了一份孤单。没工上的日子,我们相约着去逛街,去Papamao(Te Puke附近的小镇)看海;在家门口的超市碰见,5 个人霸占一溜儿的长椅,在晴好晚霞里聊天发呆;吃是 WHVER(打工旅行者)永恒的主题,邀请她们来 Poppa 家包饺子,送我们钓的鱼给她们,她们则回赠马来风味的咖喱,好个以食会友,礼尚往来。

奇异果季节结束，我们各奔东西，但一直保持联络，于是有了瓦纳卡的再聚首和基督城的送别。这种感觉很奇妙，原本只是旅途中的一站，而你也只是匆匆一过客，因为有朋友在的缘故，似乎这座城市也生动起来。当时 Sharon 她们在瓦纳卡做商业清洁，经常收拾出很多客人不要的食物，要知道 WHVER（打工旅行者）食物总是短缺的。在瓦纳卡的一餐是我这一路上吃得最丰盛的：烤鸡、羊排、面条、炒菜、饺子，还有自制饼干、饮料、冰激凌、水果一通乱吃。估计她们是想我这一顿饱餐之后很长时间就不用吃饭了！在基督城的相聚就有些伤感，我要重回布莱尼姆，而她们在等待回国的航班。晚上带着我找背包客栈投宿，Calista 担心我不认得第二天搭乘巴士的地方，开车载我往复于背包客栈和巴士站之间认路，一遍不行再来一遍，直到辨认清楚。

现在，想起她们一伙儿三个，我脑子里就浮现一幅幅的场景：Sharon 圆嘟嘟的脸，英语讲得软糯糯的，跟 Poppa 开玩笑说来家里做客要不要盛装打扮。Calista 稍微有点胖，习惯性地问"这个好吃吗"，为了证明自己，还下厨做饭，传图上 Facebook（国外社交网站），以说明她不光会吃还很会做哦！Yuan de 是我见过最不像马来女生的女生，说话一点都没有嗲嗲的腔调，词语好像都排着队要跑出嘴巴，不过她总是汲着一双拖鞋，哒哒哒，这点很马来。

感谢这由一次搭讪引发的友谊，简单、美好！

发钱了，发钱了！

那流水线上滚动的哪里是果子，分明是绿莹莹的纽币在涌来啊！

发钱了，发钱了！终于发了工资条，好嘛，抢包果子的空档，也得抽空看看赚了多少血汗钱。虽然只发了第一天的工资，6.5小时 ×13.5 纽币 / 小时 =87.75 纽币，再加上 8% 的假日津贴，一共是 94.77 纽币，扣除税，落兜里将近 83 纽币，换成人民币 400多元呢。这是大半天的收入哦！这下子，跟打了鸡血似的，更得给资本主义玩命干了。

Sharon 她们更是打算另外找间工厂做夜班，这一天干下来都得 1000 多块的收入呢，日进斗金啊！干上它 3 个月，攒上好几万元，回国休息一年都没问题。这想想多带劲啊！那流水线上滚动的哪里是果子，分明是绿莹莹的纽币在涌来啊！

因为发了薪水，想着白吃白喝老头好久了，应该孝敬老头一下，刚好冰箱里啤酒没有了，给老头扛箱酒去。我颠颠跑去 New world 超市，买了老头喜欢的 Tui（啤酒品牌）。手里攥着钞票，可是售货员愣是不卖给我们，说是让我们出示证件，证明自己年龄在 18 岁以上。我们看着那么幼齿吗？姐都是三十而立的人了。最后，人家把酒又收回去了。我只能再折回去拿护照，这有钱还真不赚！

看了护照，交了钱，扛着箱子上楼。发钱了，发钱了，买来啤酒孝敬 Poppa！

更换主帅

流水线上主管是最大的官，能够决定你这一天是痛苦地过还是轻松地过。

前两天换了一个主管，气氛一下子就变了。先前的主管Lynne会和我们一起工作，说"好姑娘，干得好"之类的话，虽然也无什么实质内容，但是于人听来总是一种鼓励。可是Lynne只是借调，真正的主管Pen去澳大利亚休假，所以他只是过来帮忙几天。Pen回来，我们真正的包装厂炼狱生活才开始。Pen看来也得六七十岁的样子，而且有一只手和一只脚是残疾的，手指蜷缩着要另一手帮助才伸展得开，所以她很喜欢用桶来拎果子——啊，万恶的桶！不好的脚在走路的时候，脚尖歪向一侧，两只脚是不能平行走路的。很是奇怪，手脚健全的人多的是，工厂为什么请一个残疾人来做主管呢？也许这正是他们无歧视的表现吧。当然，在后面的时间我们才慢慢体会到Pen的厉害。

第二天Pen拎来两只绿色的桶，一条生产线两个人一人一只，要求把二等果放进去。我想把水桶放在地上，她示意不行，说会伤到果子。就这样，一只手或挎或扶着水桶，另一只手来捡果。捡满了一桶的二等果，她会再来逐个检查。第一天是两只桶，第二天就翻番，成了4只桶。估计不久就会人手一只的吧。可我们都手全脚全的，用桶做什么？

因为站在最后排的两个白人女孩会不打招呼就上厕所，Pen特意跟我们说休息时间就是用来上厕所的，其余时间都必须在传送带旁，这个才是我们应该待的地方。结果，不听话的白人女孩就被调去做高强度的包装了。

　　别看 Pen 手脚不灵活，但是上工铃声一响，她就已经站在高台上巡视谁还没回来。最后一个到的人会被单独训话。下午换果农的时候，她说了一句话——你们下午都过得不错嘛。我总觉得口气不太对，说让我们仔细看，别再把好果乱丢。那么之前这句话的意思是合着一下午我们都在睡觉喽！快下班的时候，一条线上的 Mod 又被叫走帮忙包装，生产线上就剩我一人，忙得手抽筋。难道我哪里不对，有触到雷？

Twilight 真相——Kill time

头天早上去上班上到第二天凌晨，回家休息四五个小时，马上开始进入第二轮折磨，这才是悲催之王！心里默数 300 下，分针还没转一格，结果我把自己给催眠了。

　　早上开工主管说要加班到晚上 11 点半，好吧，我们愈来愈接近 Twilight（暮色）的真相了。断了念想，也就彻底踏实了。不再看钟表，让时间地老天荒去吧。发现自己太富于自娱自乐精神，在无聊的拣果过程中，想好了房子的装修方案，确定了带家人去菲律宾旅行的目的地，还有父母以后的养老费问题，还把脑海里所有的歌曲都翻出来哼唱了一遍。对抗寂寞无聊最有效的办法是一个人要像一支队伍一样强大，向老顽童学习，左手跟右手打架，自己跟自己玩都玩不过来呢！

不过这一段时间的班上下来，身心俱疲。眼睛10多个小时一直盯着传送带上的果子，收工之后都很难恢复正常焦距。千万次地甩动胳膊把坏果投进垃圾筐，甩得胳膊都脱臼了。一天十四五个小时站下来，小腿都是肿胀的，加上我是扁平足的关系，脚板都要断成两截了。睡眠也很差，尝试了苏西阿姨介绍的热水加白醋泡脚的方法，稍微有一些缓解，但也就管用了几天。晚上11点多下班，到家洗漱完躺床上都得将近午夜12点，神经高度紧张，一直绷着，一时半会儿也松弛不下来，翻来覆去无法入眠，反反复复要很久才能入睡，还做乱七八糟的梦，梦里脚板和小腿还抽筋，一醒来又是早上了，又得爬起来去做工。还是那句老话，钱难赚，屎难吃！

　　不过我发现悲催的人不止我一个，强中更有强中手。一桌吃饭的当地中年男，大约50岁的样子，秃顶，在包装那边贴标签，搬箱子。聊天知道他家住在罗托鲁阿方向，距离这边大约45分钟的车程。上班到晚上11点多，他再开车回家，已经是第二天了。这班上得，从头天早上上到第二天凌晨，关键是几个小时之后还得开始新的一轮折磨，原来他才是悲催之王！

　　在无聊的选果过程中，我回忆了之前读过的小说、看过的电视剧、听过的歌，想起《小芳》这首歌，不是特别清楚李春波创作这首歌曲的背景，我揣测应该是知青年代，下乡男青年爱上了当地好看的姑娘，恋爱了一场，人家陪他走过一段难熬的年月，结果，等到回城的通知下来，毅然辜负姑娘，头也不回地离去。还有严歌苓的《一个女人的史诗》，小菲是那个笨笨傻傻的女人，一辈子只爱过欧阳一人，飞蛾扑火一般，全然无所顾忌，在革命年代居然未婚先孕，在吞灭一切的文化大革命中，她拼了命地保护欧阳。欧阳关牛棚的时候，她坐整宿的火车，带上家里所有的吃食，翻山越岭来看他。没有尺度，毫无保留，一味付出是值得歌颂的吗？

做完了地毯式的记忆搜索，我不能免俗地陷入到聊天里面。在生产线上太无聊，大把的时间，除了聊天不知道还能做什么。什么都拿来聊，生产线上无秘密。苏西阿姨的一生，Sky 家里 3 个姐妹的不同性格，Mod 的芬兰男朋友。主管看不下去，不断地调换生产线上的人员组合，结果调到新的一条线，刚好可以了解另外一个人的故事。主顾纳闷，亚洲人怎么那么爱聊天？嘴巴除了吃饭，另外一个重要功能就是说话啊，哈哈！

车间是 24 小时运转的，白班和夜班两班倒。机器耗损非常厉害，所以偶尔也会出现机器罢工的情况。一天下午，机器出现故障，忽然就停电了，灯管一下子暗掉，车间里爆发出一阵掌声，大伙没 Hold 住啊，可见大家心里都多么希望机器停下来啊！紧急调了机械工来修理，机械工修理的空档就是我们的休息时间，我们或倚着机器，或坐在水泥台阶上，猛地松弛下来，全都散了架。这片刻的休息比一整天放假都来得珍贵。我们在心里祈祷机器修理的时间长一点，这样可以多休息一会儿，可是不可避免地它还是被修好了。

选果的时候，时间总是很慢。抬头指针在那个地方，再抬头指针还在那个地方。我总怀疑中控室的钟表有问题，于是用最原始的方法检验，心里默数 300 下，看分针能否转一格。结果，分针还没转一格，我把自己快给催眠了。

奇异果的前世今生

Kiwi fruit、Chinese goose berry、奇异果、猕猴桃，你能分得清楚是什么关系吗？

在没有去新西兰之前，我模糊地知道奇异果品牌 Zespri（佳沛），这是一个很成功的营销案例。到了新西兰之后，我才算彻底地了解这颗神奇的果子。

大家在媒体的宣传下应该都知道新西兰的奇异果，但是应该没有多少人知道奇异果的老家是中国吧！1904 年，伊莎贝尔女士去中国探望在扬子江宜昌传教的妹妹，见到了猕猴桃，非常喜欢，就带了种子回新西兰，送给朋友栽种，从此开始了猕猴桃在新西兰的栽种历史。因为外形似鹅蛋，奇异果最开始叫做鹅莓。直到 1959 年才更名为 Kiwi fruit（奇异果），和 Kiwi bird（几维鸟）一样成为新西兰的骄傲。在栽种过程中，果农不断改良品种，研发出了金果，口感上较绿果要更甜。因为在包装厂做工的关系，我们有幸尝到了很多新品种，比如 Sungold，是金果的加强版，吃到嘴里是蜂蜜一样的味道。红心的奇异果，打开果子，鲜红色的瓤，据说维 C 含量很高。不过这些最新的品种，在中国内地很少销售，大多销往美国、日本等消费能力比较高的地区。在新西兰本地，很多人还是叫它"Chinese goose berry"（中国鹅莓），而且坚持只吃原始的品种绿果。

　　说到 Kiwi fruit（奇异果）的生产就不得不说 Te Puke，就是我们所在的小镇。因为周边果园众多，包装厂密集，Te Puke更被称为 Kiwi fruit capital——奇异果之都。在进入 Te Puke的高速路旁边竖起一面巨大的圆形广告牌，一面是金果，一面是绿果，标示着你进入了奇异果之都，这就是游客中心 Kiwi 360。在这里，你买到的任何一种产品都是以奇异果为原料。Te Puke只是一个人口几千人的小镇，但是在奇异果收获季节，涌来大批的季节工，收工之后超市里满满当当的都是采购食物的季节工，被 Ko 姐戏称为国际民工潮。

　　Kiwi fruit（奇异果）产业的发展，也是走过了曲折的道路。20 世纪 70 年代奇异果开始广泛种植，80 年代价格下调，经历了一拨儿破产倒闭整合，1997 年的时候，成立了 Zespri（佳沛）公司，所有出口的奇异果全部统一在这个品牌下进行营销，1998 年开始推出金果，同时也迎来金果致命的病害 PSA。至此，奇异果发展成一条完备的产业链，研发、种植、采摘、包装、运输，并远销到世界各地。只 2011 年一年，就为新西兰实现创汇 10 亿纽币。这一颗棕灰色的果子名声大噪——Kiwi fruit（奇异果），仿佛是新西兰土生土长的一样，跟当初的鹅莓已经了无瓜葛。伊丽贝尔女士肯定也想不到当初她的一个无心之举日后会成就这么大的产业，并且成为新西兰的骄傲。

　　奇异果的产业链建立，Zespri（佳沛）品牌的经营模式，确保果农参与最终的利润分配，成功避免了中间商。

在奇异果的经营中，涉及三方:growers（果农），Packhouse（包装厂）、Zespri（佳沛）品牌营销商。三者都是直接联系，不存在中间人。Zespri（佳沛）考核符合自己包装要求的包装厂，果农从包装厂的名单里选择各方面适合的厂子来包装，果农最终的结算也直接针对 Zespri（佳沛），没有中间商，不会被盘剥。

在果子快要成熟的时候，果农雇人采摘果子，通常有两种方式付酬，按列和按箱。按列的话就是按照果树的行数来付酬，3.7纽币/列，按箱的话就是填满一大木箱多少钱来计算，15纽币/箱。果子采摘之后送到包装厂进行包装，包装的费用也是果农直接结算给包装厂，2.7纽币/列。果园的管理、采摘对于果农来说需要比较大的成本，大约占到总成本的1/3。

包装厂按照 Zespri 的标准来选果，主要依据两个原则，一是果子是否有病虫害，果子是否熟透。两者的危害是相同的，一个不达标的果子会导致整个包装箱里的果子都烂掉。二是果子长得美不美，天生畸形的自然要扔掉，一等果、二等果之间的 PK 主要就是看脸蛋了：宽度过宽，扁果；长度过长，长果；表皮的疤痕宽度超过 5 毫米，不行；表皮有凸起的小疙瘩，不行。总之，在奇异果的世界里，也是长得光溜圆滑、三围完美的果子最吃香。我严重怀疑这个标准的制定是为了迎合日本人，日本是 Zespri（佳沛）很重要的市场。这个民族对于精致、完美的苛刻要求是一贯的。曾经拎了一箱次果回去吃，Poppa 翻看之后问我为什么这些是次果，我一一指给他看。老头气得大怒："What's wrong with those fruit? Bloody！"（这些果子有什么毛病？可恶！）我也觉得，无关口感，无关营养，只是外表上的一点瑕疵，这些果子就被贴上次果的标签实在是冤枉。在包装完成之后，每个箱子都贴上一个条形码，根据这个条形码可以追踪到这箱果子是哪个果农种植的，是哪个包装厂包装的，真正做到产地可追溯。

果子包装之后存在包装厂的冷库，Zespri（佳沛）收到订单之后会通知包装厂。包装厂要再一次打开箱子，做再包装，避免坏果和烂果，之后装进集装箱，运往世界各地。Zespri（佳沛）和果农之间的结算是这样的：在包装之后结算20%，剩余款项每销售一次，结算5%，直至结清。这种模式让品牌与果农直接联系，避免了中间商，果农从产品的销售中直接分成，参与到最终的利润分配，同时也避免了同类产品的无序、混杂的市场竞争，统一了市场。当然，这个对果农的实力要求比较高。新西兰的奇异果都是大面积种植，果农资金实力雄厚，否则这样每次结算一点，跟挤牙膏似的，资金链都拖垮了。作为品牌 Zespri（佳沛），它的收入比例是产品销售额的11%，用作品牌的经营和管理。

一颗奇异果就是这样走完整个产业链的各个环节来到中国的。我虽然了解奇异果的产业链，却无法理解运输到中国之后的奇异果一颗要卖10多块，还大多都是二等果。除了本身的成本、运输的成本，中间商也是我们无法规避的。奇异果在新西兰的生产过程中成功地避免了中间商，只是进入中国到达零售环节，我们还是无法逃脱 Middle man（中间商）的盘剥。

神奇的机器

在新西兰的奇异果包装车间，我算是见识了什么叫"科学技术是第一生产力"！

在奇异果包装厂工作是我第一次在工厂工作，也是生平第一次与这么多庞大、精准的机器一起工作，好奇心被引爆，我可以不眨眼地盯着这些钢铁工友一直看，想要探索其中的奥秘。

首先是分拣生产线。果子倒在一个大容器里，通过传送带运送过来，在传送带上设置有挡板，根据挡板的倾斜度，果子被分配到分拣工的流水线。琢磨出来挡板的倾斜度决定了分配果子的多少之后，我们就偷偷自己调节。想偷懒的时候，就掰过来一点点，果子立马锐减，只是后面几排分拣工就遭殃了，手忙得像鸡爪。分拣流水线是滚轴式的，果子被送到一整排的滚轴上，360度翻滚，Grader（分拣工）的工作就是看到不合格的果子就把它拈出来。果子被分作一等、二等之后，又分别沿传送带前行。

果子分级之后，被安置到卡槽。卡槽的底部不停转动，确保一果一槽。果子进入到包装区域之前还要进行两个步骤，贴标签和分大小。卡槽确保一果一槽也是为了打标签的时候果子次第经过，每个果子都能被打上标签。在迷你流水线，我见识过分大小的操作。打过标签之后，果子一颗颗放置在底托上继续旅行，运行到特定的位置，果子"咕咚"就从底托上掉下来，滚到相应的出口。我猜想这些底托有称重的功能，因为每个特定位置会设置这个果号的果子重量区间，在这个范围之内的就会自动滚落。举个例子，36 号果，如果设定重量范围是 70~85 克，那么果子运行到 36 号的出口，符合重量区间的果子就会掉下来，大于这个重量的继续输送前行，直到适合自己重量的出口。果号、果子大小就是这么确定的。

在果子进入包装区域时，后面还有一拨人配合包装工的工作，是传送工，负责提供包装工所需的纸箱。这就不得不提到折纸箱的机器，一叠扁平的纸板塞进去，另一端出来的就是方方正正已经折叠好的纸箱，太神奇了！我很恶作剧地想到一个笑话——一头猪从香肠机器的一头塞进去，另一头出来一堆香肠，反方向塞一堆香肠进去，那头又出来一头猪——这令我好想试一下，叠好的纸箱反方向塞进去，那头能不能吐出扁平的纸板来，哈哈！

人工包装环节没有太多科技含量，只是在出口处有计数的功能，每一次出果子只出符合箱子规格要求的数量。真正好玩的是一个机器人包装工，果子从出口滚出来之后，两个包装工把果子码到硬塑料的蛋壳凹槽里，机器用吸盘抓取相应数量的果子，"啪"地码放到箱子的包装壳里，抓一次放一箱，箱子从底部出来，后面有个人负责合箱盖。机器人的几十只手 PK 人的两只，强度可想而知，与机器配合一个回合下来，手累得直抽筋。在包装厂的流水线上，我算是真正见识了什么叫做"科学技术是第一生产力"！

Say goodbye to Kiwi fruit

离开包装厂，划掉必做事项里这一条，重新上路，到更广阔的天地去！

6月6日，六六大顺，选择这个日子来结束这一季的包装，莫非老外也对数字迷信？

带了相机过来，录下了迷你流水线，我们的分拣工、包装工、传送工的流水线工作，也算是完成我的一项愿望了。最后一天工作，每一分钟似乎都很漫长，借用老外说的一句话：I can't wait for 7pm（等不及到晚上 7 点才下班）。是啊，众心所向。最后完工的时候，主管跟所有人说谢谢，大家还得到一大块巧克力。完工了，我们也不再是分拣工和主管的关系，似乎 Pen 看起来也慈祥和善很多。

明天吃员工餐，之后就如作鸟兽散，留下做再包装的继续面对要呕吐的奇异果，要南下的陆续开拨过去，将回家的完美落幕。在一间包装厂工作两个多月，现在我才发现很多人都不认识，可能以后也没什么机会再见到了，我太慢热了……

可能住在Poppa家的关系，太安逸了。工作又是一周五六天，一天 11 个小时，我几乎是在复制北京两点一线的生活，再打造一个新西兰版本。重新打包行李的时候，我才意识到自己本应是在路上的状态。

做奇异果包装工，虽然辛苦点，但我总算可以划去一条 Must do list（必做事项）了。不得不承认，原产于中国的猕猴桃在这里被发扬光大，做成了奇异果产业，新品种的研发，流水线的包装厂，果农、包装厂、品牌之间的关联，让我看到一颗 Kiwi fruit（奇异果）所产生的巨大魔力。

不管怎样，撤掉闹钟，明天我要一觉睡到大天亮！

Hey，你家沙发借我睡

我很庆幸自己选择了沙发客这种方式来旅行，能够了解 Kiwi，也了解其他沙发客的故事。

走的路多了，认识的人多了，知道的事儿多了，你的世界也就不再拘于那个格子间。

又或者，事情的实质并不在于外出旅行，而在于你有没有开放的心态。

只是在固有熟悉的环境中，人更倾向于锁闭通道，板起一张脸来生活。

生命本身就是一场旅行，祝你旅途愉快！

沙发客聚会

也许大家都在旅途，彼此有惺惺相惜的感觉，可以真诚地开怀畅谈，
如果在城市就只能够擦肩而过，因为——不要和陌生人说话。

我办理完税号就去和沙发客网站上认识的 Fung 见面，爬长长的上坡路去 YHA（国际青年旅舍）见 Ivy——在北京约好在奥克兰碰面的旅友。Fung 来自香港，大学毕业没多久就来新西兰打工度假，已经待了一年三个月，马上就要回去学习画画了，这是一年多来她找到的方向。也许是因为语言的隔阂，她话不多。在原有的语言环境，她应该是那种很活跃，很招大家喜欢的人吧。我们非常开心地待了一刻钟，Fung 提供给我们很多有用的信息，这些为我们后面带来了出乎意料的便利。

Fung 真是小孩子心性，用画图的方式给我们介绍 Te Puke 的包装厂，Trevelyan（奇异果包装厂）是她极力推荐的，是☆☆☆☆☆，还说 East Pack 工头很凶，是×××××。她告诉我们在哪里可以搭奇异果包装厂的班车，留了她先前住的屋主电话给我们。这些对于她来说可能都是举手之劳，但是对于人生地不熟的我们来说就是救命稻草。

说起跟 Fung 的相识还挺有传奇色彩的，因为我决定到了之后就直奔 Te Puke，所以就在沙发客网站上找那边的信息，Fung

回复了我的留言，这样子就联系上了。我开通当地的手机号码后就发短信给她，恰巧她回到奥克兰要搭飞机离开，就相约见面。你看我们的传奇就始于沙发客上的一次勾搭，后面这样的传奇也一再上演。也许大家都在旅途，彼此有惺惺相惜的感觉，可以真诚地开怀畅谈。如果在故乡的城市，你我只能是行色匆匆、擦肩而过的路人甲、路人乙，因为——不要和陌生人说话。

贴身毛利文化——沙发客第二站

给女儿一个世界，这是毛利爸爸 Jacko 爱 Te ao 的方式。

罗托鲁阿以地热温泉和毛利文化为亮点，是北岛著名的旅游城市，也是我离开 Poppa 家的第一站。早在一周前，我就联系了罗托鲁阿的沙发主人——Jacko & Te ao。选择他们是因为他们在沙发榜上高居第一，这是一个毛利家庭，爸爸和女儿一起生活。沙发客的评论说主人会带你去毛利部落私有的温泉泡澡，但是要裸身沐浴，这听上去很疯狂。很多部落民族有一些"城市文明人"看来匪夷所思的习俗：在缅甸边境地区，妇女用颈环把脖子抻得跟长颈鹿似的，还有非洲部落的妇女下唇扯得有一匹布那么长，当然，赤身的更不在少数。不入虎穴，焉得虎子？不戴有色眼镜看，只当文化体验即可。

混合着忐忑和兴奋的心情，在 I-site（游客信息中心）等 Jacko 下班来接我。傍晚 6 点钟左右，一个身材浑圆，裹着半长大衣的中年男子走进来，扫了一眼大厅，径直向我走来。"Are you Nimo（你是 Nimo 吧）？"得到确认后，Jacko 给我一个结结实实的拥抱，然后拎起我的大包扛在肩上。路上，Jacko 谈起他在中国的旅行经历（当然，仅限于广州），他选择待在广州的乡下，而不是待在市区的宾馆里。"住在宾馆的都是游客，我来看中国，又不是来看游客。" Jacko 笑得很爽朗。

车到家，是 Town house（联排别墅），几家房子都连在一起。Jacko 在窗玻璃上敲打，女儿 Te ao 拉开窗帘，好漂亮的一张脸，溜圆的大眼睛，圆鼓鼓的脸蛋，一绺卷曲的刘海调皮地贴在脑门上，父女俩就这么隔着玻璃打招呼。单身父亲的家，不能期望太多，不过倒也符合毛利人一贯的率性，他们都是不拘小节的。像 Jacko 的家，两间卧室，他和女儿各一间，可是居然还可以再招待 3 个沙发客。路上碰到的旅友 Jutta 也说去毛利朋友家做客，真的让你当自己家，直接给一把钥匙请自便。毛利人的大方和热情在 Jacko 家我都有体会到。沙发客的原意是提供一个沙发，一个落脚地。很多主人会注明要自带睡袋，自备食物。Jacko 是我碰到的少有的食宿全包的主人，甚至还分享了 Te ao 自制的甜点。饭后我刷碗，这样挺好，大家都放松随意。

他们给我看他们家庭的相册，Te ao 的妈妈住在奥克兰，是幼儿园老师。不知道 Jacko 有几个孩子，其中一张是他的孙女和 Te ao 在一起玩耍，可是两个孩子分明年龄不相上下，这也是毛利人率性的另一个表现。很多毛利人是大家庭群居的，有很多 Half-sister、Half-brother（同父异母或同母异父的兄弟姐妹）这样的关系。如果父母无法照看孩子，家族中的叔父或是其他亲戚就会照看，因为孩子是属于整个家族的财富。

谈起毛利民族的起源，Jacko 问我有没有觉得我们两个的相貌相近，有一种说法是新西兰的毛利人起源于台湾的原住民，几百年前来的新西兰，在这里繁衍生息。真是想不到，我们居然和毛利是近亲，Jacko 很希望有一天带 Te ao 去中国看看，当然不只中国，还有全世界。这也是 4 年前他开始接待沙发客的初衷，搭建一个平台，让女儿接触全世界的人，把世界带到她眼前。

不是周末，主人没时间带我去泡裸身温泉，我满心忐忑地期待，最后倒落了空，心中不免遗憾。唉，虎穴入了，虎子没得，哈哈！

我爱地球村——沙发客第三站

在文化日益融合的今天，民族的才是世界的，根植的是对自身的认知和认同。

离开了罗托鲁阿，奔赴陶波。陶波是新西兰面积最大的湖，到底有多大呢？ I-site（游客信息中心）的资料自豪地告诉游客，陶波湖的面积等于整个新加坡的国土面积。两个岛国还互相攀比，这正是 Kiwi 式的幽默。在小镇 Franz Josef（镇名），服务员听说我来自北京，就开玩笑说，欢迎来到大城市 Franz Josef，这里有 5 条街道呢，小心别迷路。机智不落俗套地幽默，给生活增添很多料。不过看了 I-site 的资料，我立马放弃了环湖走一圈的念头，湖边溜达溜达就好。

陶波的沙发主人 Sam & Fiona 非常热情地回复邮件说，Welcom Beijing Hua'er（欢迎北京花儿）. 我很意外，他们对汉语的认知都到儿化音了！图书馆要闭馆的时候，瘦高个的男子走进来，我以为是 Sam，他却转而拥抱了旁边的西方女孩，继而走向我，原来真的是 Sam。他一次接两个沙发客，另一个是沙发客 Brooke。Sam 的自行车驮着我的大包，三人一行去酒吧等 Fiona 来汇合。酒吧是西方生活的重要组成部分，比如爱尔兰人的周末晚上全是泡在酒吧里。这于我却是全新的体验，啤酒的牌子只认得 Poppa 钟爱的 Tui（啤酒品牌）。等 Fiona 赶来，Sam 宣布了一个好消息，他今天应聘成功，要去一所学校教书。这个必须得找个餐厅庆祝一下。

美食又怎能没有美酒相佐？更何况，Sam 和 Brooke 都是美酒爱好者，用 Sam 的话说，Life is too short to waste on bad wine（生命太短暂，绝不能浪费在不好的红酒上）。红酒商店的酒从地板摆到天花板，各个国家的都有，这要是全都品尝一遍，时间和钱都是个问题。我们一行四人，Sam 和 Brooke 是美国人，Fiona 是 Kiwi，我是中国人，一起坐在印度餐厅用餐，这就是世界人民大融合啊！席间才知道 Sam 和 Fiona 在中国教过英语，住在北京东四环的东风桥，不要离我太近哦！我住在东四环的朝阳公园桥，公交车就两站。真是没想到，万里之外碰到在北京的邻居，世界真奇妙！

吃饭的时候 Sam 谈起对独生子女政策，对"文革"，对毛泽东的看法，我很窘迫。他们所关注讨论的这些事情，于我只是历史书上记载的事情，我从未认真关注过，也没有严肃思考过自己的看法。自问这么些年，我都在关注什么？对中国的事情尚且如此，对别的国家就更闭塞了。路上，我常常感觉自己还生活在闭关锁国的清朝，而非 21 世纪。哪怕是生活在偏僻山区的 Kiwi 都可以跟我谈一谈蒋介石、毛泽东，还有中国现在的经济发展，而我却对"二战"的战争形势无甚了解，也不知道苏联解体对东欧各国的毁灭性影响。对世界一无所知，对中国也一知半解，我真不是合格的地球村村民。思考了一下，造成我不及格的原因有两个，有我自身的原因，关注面窄，对外部世界没有多少好奇心；当然更有国家层面的原因，作为世界第二大经济体，中国护照的好使程度还不如马来西亚的，很多中国人一辈子都没有出过境。而像Sam 和Fiona，他们真的是模范地球村村民，满世界地跑，这段时间在新西兰，回头就到了瑞典，中间回美国度个假，再去卡塔尔教书。世界在他们那里就真的是地球村，丰富的游历使他们得以形成大的世界格局观。如果说走过大山大川拥有大胸怀，那么走过不同的国家，见过不同的人，才有大视野！要进化为合格地球村民，我的路还很长。

西藏，西藏——沙发客第四站

关于西藏，你了解多少？没想到，我会跑到尼尔逊接受一次西藏知识的普及。

尼尔逊是我环南岛之旅的第一站，Jamie 是我在南岛的第一个沙发主人，也是我沙发客体验中文化最多元的一家。Jamie 的家庭成员有他、爱人、一个不怎么喜欢我的小孩（他说我总找他说话，让他觉得很累，我感觉很受伤），以及喜欢各种文化的Danny。 Danny 最有趣，裹头巾，穿中东样式肥腿的裤子，妈妈带给他的新加坡 T 恤也让他爱不释手。

　　这一家人都很喜欢音乐，当然，我指的不是吉他、钢琴这些普通的乐器。他们家里有一根长长的竹筒，初看见，我以为是云南边境类似的大竹筒用来抽烟的，没想到居然能发出声音，这也是一件乐器！不过，这乐器演奏起来可不轻松，深吸一口气，对着竹筒缓慢用力地吹，也许可以听见闷闷的，像是拉长的牛角的声音，只是更低沉一些。我腮帮子都吹疼了，也只听见自己呼吸的声音。

　　Danny 来自基督城，出生在一个基督教家庭，却对别的宗教都很感兴趣，最近正沉迷于佛教。Danny 对宗教信仰有自己的探索："我不先听听他们都说些什么，怎么来判断自己喜欢哪个，相信哪个呢？"当 Danny 邀我参加一个西藏的活动时，Why not（为什么不）？我毫不犹豫就答应了。这也是沙发客对我来说最大的吸引力，可以轻松地融入当地人的生活，而且不知道接下来会碰到什么状况，永远有惊喜。

　　如果不是 Danny 和 Jamie 的带领，我不可能知道尼尔逊这里还有一个藏传佛教的修行室。房子在背街区，屋子里挂着经幡，供着佛像，满目的金黄色、暗红色。今天的活动是观看纪录片，了解藏民的生死轮回。片子里刚刚去世的藏民用白布裹起来，身体缩得小小的，像是重回到母亲子宫的状态。管这个事情的人，有一本厚册子，每个人的生辰都细细密密地记录在上面，我感觉他就是阎王。

观看结束回到家里，Jamie问我对西藏问题的看法。我对于政治没有什么关注和兴趣，我更关心的是和我一样的普通人的状况。作为一个少数民族，确实在信仰、文化、习俗方面，藏族人民和我们有着很大的不同，保持自己民族的独特性，不被同化，在这一点上，我觉得应该充分尊重。这种尊重不是一个政党对一个民族，而是作为一个人数众多的民族——汉族对另外一个民族藏族的尊重，是平等的尊重。

失业的玉器艺人——沙发客第五站

毛姆有一句话说，躺在河床，睁着眼睛看水漫过头顶。失业是这样的感觉吧。

毕业之后的第一年，我被动换了好几份工作，每份工作之间都有间隔，有一次甚至失业了小半年。我不停地跑招聘会，可是连面试的机会都很少，把自己关在出租屋里很少出门，怕电梯阿姨问我，大白天的怎么不去上班。屋子里就我一个人，听水龙头"嘀嗒嘀嗒"的声音，我的日子就像老鼠这样过？！心里不停问自己。看见David，仿佛看见7年前的自己，可是情况又完全不同。

David的家是一栋绛红色的木质建筑，建在一个土坡之上，看上去有些历史了。我背着大包终于翻上了土坡，门口的大狗狂吠着扑过来，幸好拴着铁链。听见外头的动静，门吱扭地打开，里面的人探出脑袋："Nimo 吧？"

　　玉器艺人也是半个艺术家吧，David 的家不整洁但有特点，屋子里满满当当都是年代的痕迹和粗犷的质感：餐桌是一种特别的松树制成的，据说这种树生长速度极慢，要几百年才长够材料制这样的餐桌；餐椅也是同样材质，像是一片木块儿随意拼的条凳；壁炉嵌在墙壁里，用煤炭而非木柴取暖，泼煤油上去，再划一根火柴，就熊熊燃起了；门廊摆着一架钢琴，老式的，原木色，光柱透过玻璃打在泛黄的琴键上，像是阳光在弹奏无声的旋律。最后是 David 的手工坊，窗户正对着后山，没有什么风景，只是土和草。台灯、打磨的机器、散落在工作台上的草图，全都覆着厚厚的粉尘。

　　David 向我介绍玉分为两种，一种是 Nephrite，一种是 Jadeite，也就是通俗意义上的软玉和硬玉。新西兰的绿石头属于软玉，而中国盛行的翡翠属于硬玉，硬度比绿石头高 0.5。新西兰的绿石头与毛利文化有着很深的渊源，每一种玉石矿物质比例不同，呈现的颜色也有差异，都有着不同的毛利名字。玉石产区集中在 Greymouth（格雷茅斯）至 Franz Josef（弗朗兹 约瑟夫）这一片河域。David 以前也沿河搜寻采集玉石，不过现在很少机会找到了，河床都翻了好几遍，而且大部分玉石产区都是毛利保留地，在毛利人的控制之下。市面上的玉器更多是由亚洲进口的玉石加工制成，这听起来有些讽刺。

整块儿的石料，毛利图腾的饰件，加工到一半的摆件，最妙的是一个吊坠，水滴形状，顶部开极细的孔，可以装一滴香水进去。我仿佛徜徉在绿石头博物馆。不过，一切都过去了，David摇摇头。呶，我又掉回到废弃的手工坊。

店租很贵，原料很贵，生意很差，David结束了生意，转行学做厨师，最起码可以喂饱自己，没想到学成之后真的只做给自己吃。Greymouth本身就不是一个大镇，只是游客的中转地，很少人经停。没有餐厅要聘人，他考虑过去别的地方找找机会。他搭车去基督城半路遇到意外，折回来就再也不出去了，这里是我的家啊！现在他已经失业一年多了，每天从中午开始，偶尔骑自行车去图书馆转转，上上网。我和David面对面坐在几百年的松树餐桌前，橄榄油加一点醋，蘸着面包吃，味道真不错。他说着这些事，口气平静得好像发生在别人身上。

第二天David说要活动一下，喊上一个朋友，开车带我去抓贻贝（一种贝壳类的海产品）。停在土坡脚下，看上去废弃的车就是David的，没有挡风玻璃，方向盘下绕着一团线路，很怀疑它能否发动起来。真的上路了，却是我生平坐过最酷的车，风从四面八方吹过来，人坐在车里却好像随时会漂移出去。一人50只Mussel（贻贝），开开心心回家。David真不愧是厨师，贻贝放一宿，沙子排出去，清水煮开，蘸着他调的酱汁，我吃得停不下嘴。

送我走的时候，David站在土坡下面，耸着肩，说后面不再接待沙发客了。他的房客不乐意他的做法，会额外增加水、电的用量，这样我就成了他的关门沙发客。

我家门前一条溪——沙发客第六站

我出外，小屋是我快乐的起点；
我归来，小屋是我幸福的终点（摘自《我的空中楼阁》）。
这就是 Sona 家给我的感觉。

虽然一路都沉醉于新西兰优美的自然环境里，但是在旅游城市瓦纳卡，在 Sona 的家看到门前蜿蜒而过的小溪，我仍然惊喜得溢于言表。Sona 来自斯洛伐克，目前和 Kiwi 男友都在餐厅工作。在瓦纳卡湖前接上我，Sona 带我回他们租住的房子。这是一栋两层的楼，楼下 Sona 他们住，楼上房东住。

我放下行李，走到院子里查看。门口是一片草地，我纳闷刚才进院子听见的哗哗声从何而来。蹀到草地边缘，答案就在眼底：房子建在一处高地，下边低洼地溪水潺潺而过，一架袖珍小桥搭在上面连接两岸，这边是绿草茵茵，那边是杨柳依依，树荫下还支着儿童蹦蹦床，立着秋千架，好一个"小桥、流水、人家"。从小桥过到对岸，柳枝低垂，溪水清亮，忽然就瞅见一团黑影在水中游动，定睛，好大一条鱼！溪水很窄，这鱼儿与水面相较就显得太庞大了，我都担心河道会堵塞。鱼儿见人也不惊，自顾自地玩，不疾不徐，那怡然自得的神态，跟我在惠灵顿火车站超市碰到的鸽子有一拼，那鸽子收起翅膀，在超市里漫步，这个货架看一下，那个货架绕一圈，仿佛主妇采购物品在比价，超市也不介意多一个这样的顾客，大家都各忙各的，互不打扰。

回到屋里，我当做 Discovery（探索节目）讲给 Sona 听。她笑笑，说这溪里好多鱼的。我说你们都不捕来吃吗？话讲到一半，我想咬自己的舌头。永远的中国思维，看见活物首先想到吃，而且免费的便宜更要占。Sona 的男友笑着给我讲了一个法国人的故事，这个法国人初到新西兰，也是我这样的思维，免费的鱼干吗不吃？从溪里捕了鱼各种吃法，煎炸烧烤。Kiwi 朋友来访，他就夸赞说你们这里的鱼味道真鲜美。朋友问他哪来的鱼呢？溪里不都是嘛！这个法国人被举报私自捕淡水鱼，为他的行为付出了相应的代价。

新西兰的水产资源非常丰富，但他们更懂得有效保护这些资源，才能长久享用大自然的恩赐。每个地区都有一个专门的部门 Fish & Game（专门管理捕鱼和狩猎的部门）来管理相关的事宜，在捕鱼季，数量的限制、捕鱼执照，以及捕鱼的方式方面都有明确的规定。和 Poppa 出海捕鱼，船上有一个刻度尺，明确告知在这个地区可以捕哪种鱼，长度小于多少和大于多少都是必须放生的。没有相关执照的捕鱼者，捕获的海鱼不可出售，只能自用。和 David 一起去抓贻贝，海滩上立着标志，贝壳一人限 50 只，鲍鱼限 10 只，不要心存侥幸，一旦发现数量超出限定将会课以重罚。

1	2
3	

1. 陶波湖玫瑰园，园丁教我认识 N 多玫瑰品种
2. 陶波湖与鸭子嬉戏的小朋友，脑子里响起那个旋律：我家门前游过一群鸭⋯⋯
3. 在陶波湖的俱乐部看见一群老太太在玩麻将，真的是民族的就是世界的

1. Andrew 在学习演奏苏格兰风笛，艺术
   不在高堂之上，就穿梭在日常生活之中
2. 最爱皮划艇，哪怕冬天冰冷的河水都无
   法阻挡他的向往
3. 术后的 Andrew 安心地在家里作画
4. 朋友说这顶帽子是 Andrew 个性的写照，
   随性、乐观，又有游牧民族的浪漫

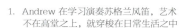

1	2
3	4

相较于法律条文的严格规定，给我印象更深刻的是人们有意识地自觉维护。和 Andrew 去海边划船，他会在岩石上找生蚝，小刀撬开直接吃，每次两个刚刚好，也会带贝壳回去煮，虽然每人可以采 50 只，但他总是采 10 来只就好，用他的话说，Just for a taste（尝尝鲜就好）。Reena 弟弟家旁边有个小湖，湖里有野生的鳗鱼，不仅不会捕来吃，家里吃剩的鸡肉还会喂给鳗鱼吃，好像那鳗鱼是他家里养的宠物。

看见 Sona 门口的小溪，我也会想起家乡的小河。记忆里，夏天天气炎热，一群淘气包在河里捉鱼摸虾，嬉水玩闹，村妇在岸边洗晒衣物，笑作一团；再后来，采沙船停一排，下面是抽空的漩涡，有人下水再也上不来；一潭水，一根雷管丢进去，大大小小的鱼翻着白肚皮漂在上面；现在河床也干了，可以直接走到对岸去，桥都用不着了，小河就只存在记忆里。

Andrew——天使在人间

如果上帝要寻找散落在人间的天使，我会安个光环在他的脑袋上。
虽然这位天使有些散漫，也很孩子气，但他真的是天使，隐匿了翅膀在人间。

初识 Andrew 是因为要来布莱尼姆，所以在沙发客上面发了邮件给他，留了我的手机号码。Andrew 是所有我发送邮件的人当中唯一一个给我发短信回复的人，告诉我他要出差一周，所以没有办法接待我，并告知我他招待过的一个沙发客，目前在背包客栈住，也许可以提供一些信息给我。差不多过了一周，Andrew 出差回来，一天傍晚发短信邀请我吃晚饭。Andrew 自己准备晚餐招待我们：我、住背包客栈的露西，还有他的同屋 Rohan。Andrew 是一个很快乐的人，准备晚餐的时候还一边忙活一边吹口哨，我也是第一次听到口哨也可以吹出各种旋律。晚餐是很正宗的 Kiwi 餐，主食是土豆，蔬菜是胡萝卜、豆子，搭配香肠。虽然简单，但是氛围很好，大家都吃得很开心。席间露西说在国内，她妈妈很担心她的个人问题，一直催她多见、多接触一些人。我问露西多大，结果只有 22 岁。天哪！ 22 岁你妈就开始着急，29 岁的我，我妈得急成什么样啊？ Andrew 听了哈哈大笑，真的是大笑哦，笑声很爽朗，还笑完一拨儿又一拨儿，有余音绕梁三日不绝的劲头。真的有那么好笑吗？我很想问。

Andrew 和 Rohan 住在单位给租的房子里，是三居室，目前只有他们两个人住，有一间空出来的卧室，Andrew 就时常用来招待沙发客，就像是写《聊斋志异》的蒲松龄，好茶好饭地招待大家，只是换取每个人的故事。认识了 Andrew 之后，我在布莱尼姆的日子变得很快乐，用几个词来形容，就是蹭吃蹭喝，游玩听故事。有的时候是在他家里沙发客大家动手来做，有的时候他带我们去空军基地他工作的餐厅吃。点餐的时候他会注意点餐相对集中，不给厨师增加太多工作量；吃完饭，把所有的盘子摞起来，方便服务员收拾餐具；用餐之后，真心地向服务员致谢，还跑去厨房向厨师表达谢意。他有着朴素的劳动观念，做任何工种都一样，当别人为你付出劳动的时候，就值得你真诚地道谢。他有的时候会突发奇想，晚上八九点钟拉着大家一块儿去爬山，只为从山顶俯瞰一眼灯火通明的市镇。他喜欢音乐，无论是周末教堂的赞美歌，还是太平洋岛民的音乐会，都一样喜欢。他家里摆着电子琴、手风琴，口袋里时常揣着口琴，在沙滩上散步的时候，不经意掏出来吹一曲。要是恰巧什么都没带，也没关系，他还有口哨呢。他喜欢划船，经常想组织人一起划船，但人员、地点、时间总协调不好，更何况他自己也比较随意，对于时间没有什么概念，常常挂在口头上——又不是世界末日，不着急，慢慢来。这一点也体现在他的画作里面，他的画都是精工细作、慢慢雕琢的，一片草叶用 3 种不同的颜色反复调和涂抹，直到完全满意。同是画家的 Uncle 说好的画作通常完成得更快，因为画已经在那里了，只是自然地流淌到画布上，可是这在 Andrew 那里行不通，他的画都好像是工笔画，完成一幅画需要很长的时间，中间又会有各种一时兴起的念头就又跑出去了，所以就不奇怪有很多画了一半的作品堆在那里。

Andrew 可能有许多想法，像画画、弹钢琴、学习西班牙语，都是进行到一半儿就搁置了，但是有一件事情他是每天身体力行地彻底在做——"Meet the needs（满足所需）"，这也是他在沙发客的资料上写的标题。和我同时期认识 Andrew 的一对法国情侣，也在葡萄园做工，他们自己有一辆车，为了省住宿费，就干脆睡在车上。Andrew 时常会邀请他们到家里吃饭，有空房间的时候，也会请他们到家里住。每次过来，他都很关心地问要不要洗热水澡，要不要上网收邮件。他们在车上住，这些都是没有办法实现的。还有我的朋友 Joy，要离开去旅行，临时联系 Andrew 问能不能够到他家里借宿两天。Andrew 的回答肯定是没问题，开车来接 Joy 过去，改天还借自行车给 Joy 四处走走看看。最让我不能理解的是他手术后的第二天，居然想开车去接一个美国来的沙发客。这在平常也没什么，但是他昨天刚刚在手术台上躺了 4 个小时，回来的时候走路都迟缓。这里的医院也真是的，手术动完之后直接让回家休养，说是小手术无需住院，可是再怎样肚子上也划了口子啊！我很想敲开他的脑壳看看，里面哪条筋搭错了。他一再保证，坐在车里不会碰到伤口，身体不适马上喊停。拧不过，我只能陪他去接人。大巴车来了又走，他说再等等，还从车里翻出一袋糖，几只蚂蚁爬在上面。他拈掉蚂蚁递给我，还说蚂蚁知道什么最好吃。为了打发时间，他给我讲他唯一给差评的沙发客，是一对美国的夫妻，来新西兰旅行度蜜月，给他发了请求住宿的邮件。考虑到人家夫妻是来度蜜月的，住在他们的房子里不太方便，他特意跑去空军基地给人家预定了一套房子，按照他的办事风格，八成还装饰了一番，希望给这对夫妻留下一个美好的蜜月旅行记忆。结果，他被放鸽子了，甚至连邮件都没有。这如果换做我，肯定把美国人全拉入黑名单。可他照样颠颠地跑来接这个美国姑娘，在手术后的第二天。所有的巴士都过点了，还是没有人影，那个美国姑娘没留电话，只是邮件联系。回家才收到她的邮件，说今天来不了了，明天可能来。他嘟哝一句，他们肯定以为所有的人都用智能手机，随时随地查看邮件。不过，既然人家回了邮件，就很有诚意，他又欢欢喜喜地回复人家没问题。

　　Meet the needs（满足所需），这个源于 Andrew 的信仰。其实对于信仰这个事情，我从来没有认真地考虑过。从小家里的人拜神拜佛，我总觉得是有功利心在里面，要么就是要保平安，要么就是求财求运。在新西兰遇到很多人，尤其是信仰基督教的人，像 Andrew 这样，没有什么缘由地就对你好，虽然你只是个过客，甚至哪怕只是一个陌生人，在短暂的相处中，你却总能够感受得到浓浓的关心和爱。我想他这么做是为了 "Make the world to be a better place to live in（让世界更美好，更适宜居住）"。

走近以色列

以色列是一个战火不断，硝烟漫天的地方。认识了很多 Jew（犹太人）之后，我才对以色列有清楚的认识，说不定哪天我也去耶路撒冷。这也是旅行的妙处——为你打开世界地图。

因为宗教信仰的关系，Andrew 招待很多以色列人，我也得以有机会走近他们，了解以色列这个国家。在《圣经》里，以色列是神许诺给亚伯拉罕以及他的后裔的土地，是流着奶和蜜之地。圣城耶路撒冷是每个虔诚的基督徒都向往的地方，所以接待以色列人是基督徒义不容辞的事情，这样仿佛离神的国度更近了一步。

以色列人称自己为 Jew，信仰的宗教为 Jewish，也就是犹太人和犹太教。虽然犹太教与基督教在教旨、教义上有很多类似之处，但还是有很大区别。有趣的是，在上帝划给子民的国——以色列，信仰基督教的比例并不高，只有 5% 左右，大部分的以色列人信仰犹太教。犹太女孩 Sarah 告诉我，只要你生为 Jew（犹太人），无论后来怎样改变信仰，死后仍然按照 Jew（犹太人）来审判，有点生为 Jew（犹太人），死为 Jew 鬼的感觉。

作为 Jew（犹太人），他们在饮食方面的规定非常严格。无一例外地，我遇到的 Jew（犹太人）都自带餐具、炊具，这些是不可以与非 Jew（犹太人）混用的。想想在国外长途旅行，还带一堆厨房用品，真是头大，但宗教从来都不是图方便、图省力的。

在吃的方面，他们忠实于自己的饮食习惯，同样有着诸多规定。像海鲜，无鳞的不可以吃。犹太男孩 Simon 下海捕鱼，看见龙虾都会放走，在他眼里，那个生物无鳞，不可食用。我开玩笑逗他，那得因此错失多少美味啊！他摇着头跟我说，世上最好吃的是鹅肉，什么都比不过鹅肉，有了鹅肉，别无所求！

碰到的很多 Jew（犹太人）都是家庭旅行，要么父母带着孩子一家人，要么兄妹和朋友一起结伴。能够和亲人一起旅行，看起来蛮温馨的，老了之后也是很棒的回忆吧。迄今为止我只带父母游过桂林，还挑冬天的时候去游漓江，江风一吹，冻得发抖，不过现在想来，坐在老爸的膝盖上，挨冻也是美好的。我猜想在他们国家，家庭的概念肯定很重要。周五是一周中最快乐的时候，经上说从周五的日落到周六的日落是休息时间，周五的晚餐盛大而隆重，妈妈要忙乎一下午，这可是她期待的一家人周末团聚的时刻。也是在周五的晚上，我们和以色列三兄妹一起吃盛大的晚餐，他们根据妈妈的配方制作当地糕点，蛋黄和面粉混合，涂抹蜜枣酱，撒花生核桃碎，放到烤箱烘焙，出炉的时候外焦里嫩，软糯香甜。虽然远离家乡，但是循着这香味我似乎又回到了家里的餐桌。

因为国土面积小，而且跟巴勒斯坦冲突不断，所以以色列人人皆兵，保卫国家。我碰到的每一个以色列人都在部队服役过。在以色列的公共场所，安检非常严格，进出都需要检查，因为时常会有人把自己当作炸弹，要来个鱼死网破。出乎我意料的是，在"二战"之后，大量东欧的社会主义人士涌入以色列，曾经在以色列国内兴起一股 Kibbutz（集体公社）热潮。从我跟以色列三兄妹了解的情况看，非常像我们集体公社时期的状况，社会主义大锅饭。不过随着时代变迁，这些都逐渐衰败，成为旅游景点了。

皮毛地了解一点以色列，在我脑子里，它还是很遥远。不过现在知道那里不光有炮火，也有鲜花，还有飘香的点心。哪天我也会去一趟耶路撒冷吧，就奔着那新鲜出炉的点心，谁让咱是个吃货呢！

我恨爱沙尼亚

国家是一个地理、文化范畴，溶于骨血，是打在每个人身上的烙印，而政党是一撮人，是集团的利益代表，是历史舞台上的匆匆过客。这是我在新西兰最重要的认识之一。

我喜欢集邮一样收集路上碰到的人都来自哪个国家，最多的是德国，好像全德国的青年都涌到了新西兰，最少的是爱沙尼亚，我只见过一个——Kooliky.

和 Andrew 开车去接 Kooliky 的时候，感觉她跟我们不在一个季节，我们都穿着短袖进入夏天了，她依然穿着毛衣靴子，像是被留在了冬天。Kooliky 嗓门高，说话也快，词语像连珠炮一样发射出来。她结束了澳大利亚两年期的 Working holiday

（在澳大利亚做满3个月的农业工作可申请延期一年），来新西兰 Working holiday（打工旅行）。她之前一直在北岛做工，目前等待延签，就下来南岛旅游。接下来，她还要申请加拿大的 Working holiday（打工旅行）。呵，这一趟出来，都不知道什么时候才回去。Kooliky 力气很大，拎着大背包像手提袋一样轻松，当然，体力好也就吃得多，用她自己的话说，可以吃下一匹马，倒头睡20个小时。这可能跟她在部队的经历有关，离开爱沙尼亚之前，她一直在部队服役，拿了退伍金才出国的。

酒足饭饱之后，Andrew 请 Kooliky 讲讲她国家的故事。我觉得 Andrew 很像写《聊斋志异》的蒲松龄，摇着一把蒲扇，在树荫下支个茶摊，过往行人，随意喝茶歇脚，分文不取，只是留下你的故事。这一回合，我们听的是爱沙尼亚的故事。

爱沙尼亚在"二战"中被德国和苏联轮番占领，还出现过只存在一天的短命政府。"二战"中，将近20%的人口死亡，8万人逃亡海外。德国战败，苏联趁机扩大版图，把许多东欧国家收入麾下，爱沙尼亚就是其中之一。在苏联解体之前，爱沙尼亚与俄罗斯的关系，就是不断输血，按照 Kooliky 讲的就是掠夺，财富、资源源源不断地送到俄罗斯，爱沙尼亚却已经是皮包骨。在苏联解体之前，爱沙尼亚普通人的生活都很艰难，Kooliky 的父亲因为有一份相对稳定的工作，所以才能勉强维持家庭生活。

也许是过往的经历留下的阴影太深，现在说起来 Kooliky 仍然很激动，说她讨厌爱沙尼亚，恨这个国家，再也不回去了。

这让当时的我很震惊，一个人怎么会恨自己的祖国？我搞不清楚 Kooliky 那么强烈的憎恶从何而来，也许国家被反复侵略，缺乏基本的国家认同感？又或者跟她在部队的经历有关系？又或者分不清政党与国家的区别？在我的概念中，国家是生你养你的这片土地和文化，而政党则是一小撮人，在历史的舞台上轮流登台演戏。国家是一个地理概念，是一个文化范畴，是孕育你的根基，儿不嫌母丑，母不嫌家贫，作为孩子，怎么能恨自己的国家呢？希望 Kooliky 那些激动的言语，在她大睡一觉之后全都飘散。

地下室岁月

以史为镜，可以知兴替。在二次世界大战中，我们的祖辈遭受过的苦难、进行过的抗击，不应该成为历史的留白。

晚饭后到 Andrew 家小坐，故事就要开始了。这次招待的沙发客 Bella，来自以色列，但是她的爷爷，以及爷爷的爸爸，都是在德国生活的。是的，我们今天听到的就是第二次世界大战中犹太家庭的遭遇。

Bella 的太爷爷当时在做一些买卖，跟德国人有生意往来，其中一个关系不错的德国人欠了他一笔钱。战争开始之后，太爷爷找到这户人家，主动免除这笔债务，但是请求他们收留保护他的儿子。当时 Bella 的爷爷只有 10 岁上下的年纪，就这样被寄养到别人家。说是寄养可能也不确切，应该是被藏在这家。当时德军执行的政策是要消灭所有的犹太人，所以 Bella 的爷爷是被藏在这户人家的地下室，时常他们会送一些土豆下来，以维持 Bella 爷爷的生命（吃土豆可能有两个原因，一个是食物紧张，另一个是犹太教对于食物有严格的规定）。就这样，Bella 的爷爷在地下室被藏了五六年，等到战争结束，可以重新回到地面上，已经是十五六岁的他，还是和 10 岁时的身高没有什么差别。在地下室的五六年，真的只是维系生命，身体基本没有发育。即便这样，他已经很感恩了，最起码逃过了集中营，留下了一条命。他回到自己读书的犹太学校去查看，整间学校，战争过后，存活下来的只有他和另外一个同学。

　　"二战"题材的电影我看过很多，但是亲耳听到这样的故事，却是第一次，这对我冲击非常大。我不能想象在战争的几年间，有多少家庭经历了这样悲惨的遭遇。谈到纳粹的极刑，Bella 情绪显得很激动，说无论是什么人，无论犯了什么样的错，都不能处以死刑。来自犹太家庭，祖辈经历过大批的死亡，我特别能够理解 Bella 的激动，没有什么比生命更宝贵。

　　Bella 说经历战争的一辈，像她的爷爷，年龄都已经很大了，如果没有人去记录整理他们的故事，可能这些宝贵的经历就此流失了。现在有一些机构已经着手做这些事情，好使上一代的经历能够保存下来，警惕后世，以免类似的惨剧再上演。其实来到新西兰，看到无数小镇上的战争纪念碑、纪念馆，我才真切地感受到"二战"的影响。我们一直讲自己的八年抗日，中国也是一个主要的"二战"战场，但是说实话，我在国内其实很少看到与战争相关的东西，除非特意去纪念馆。有关战争的记载，八年抗战中间都发生些什么，除了官方的记录，我们的民间记录很少见，教材上讲的都是庞大的数字、战事战况的信息。如果能够选择，我希望看到类似 Bella 爷爷这样个人遭遇的记录，历史是宏大的，但是同时也是由个体构成的，于细微处见惊鸿，在个人的遭遇中我们更能感受到战争带来的切肤之痛。近些年看到崔永元他们有开始整理的一些抗战记录，历史的作用就是知古惜今，警醒后人，如果没有人整理，没有人做这个事情，历史岂不是就白白地过去了？

乡间小时光

Chapter 5

在布莱尼姆，经历了许多人生第一次：

第一次睡阳台，第一次经历地震，第一次遭遇醉酒人的调戏，第一次欣赏南太平岛的音乐，第一次住豪宅。所有这些，让布莱尼姆的冬天不再寒冷。

Nomads, True mad

这是我在新西兰第一次住背包客栈，因为囊中羞涩，
选择住的是 Mix 男女混合间，不住不知道，一住吓一跳！

早上 10 点乘车，下午 5 点半才到达惠灵顿，而我居然还
没有定下住宿，甚至把这事儿彻底抛在脑后，直到早上搭车前
才想起这档子事，刚好 Facebook（社交网站）群里有人推荐
Nomads，说在 I-site（游客信息中心）旁边，但电话、地址都不详。
这搁以前我绝不放心，我想我是真学到了 Poppa 的 Don't worry,
be happy 的精髓。

天下着雨，路面湿湿的，往来的车辆都打着灯，Taxi 上面亮
着的灯箱，公交车的站牌，火车站的指示，街道两侧的酒吧音乐
飘出来，已经打烊的酒店门口挂着 Closed 的牌子，所有的一切都
在提醒我：欢迎回到都市。在小镇 Te Puke 待了 3 个月的我，看
到霓虹闪烁的都市，有怔住的感觉。

还是找住宿先，我问了路人，借助 Brooke 留给我的地图，
往 I-site 方向走，最后问路时碰到一对情侣，男生看不出国籍，
女生是日本人，干脆送我到 Nomads 的门口。交钱，拿房卡，放行
李，虽然住的是最便宜的 10 人 Mix 房间（男女混合间），居然也
要 28 纽币。不过，送了一张隔壁酒吧的 Free Snack（免费小食）。
房间是 305，刷卡进去，里面 3 个男生在聊天。放下行李，我跑

去酒吧领 Free snack。呵，酒吧里人潮涌动，音乐很大声，戴了亮粉色假发的女生扎在吧台前，调酒师是 Lady(女士)，手很快，打啤酒，冰块加威士忌，还顺带收银，当然，她本身穿着也很诱人，秀色可餐。我拿了号牌坐下等，在想小食会是什么，薯条吧？还是买袋泡面来煮吧，我超级想念面条的味道，昨晚看到豆瓣九点美食讲葱油拌面，嚼着饼干，我哈喇子流到下巴。没到 5 分钟，小食就端上来，居然是一盘通心粉，和着厚厚的芝士酱，里面竟然有火腿丁和蘑菇，有赚到，有赚到！这一餐要是单买，也要 10块吧。而且通心粉嚼起来 QQ 的，很弹牙，算是一解我的面条相思之苦。

　　饱餐之后再回到 3 楼，我估计 3 个男生还在聊天，就先上趟厕所。厕所和浴室是在一起的，因为内急，也没多看，就扫开浴帘。结果，蹲下没多久，就听到有人进来去洗澡。这一下给我卡住了，这一会儿怎么出去呢？会不会撞见什么？那边水流哗哗的，我这边都没心情上厕所了，而且听到那边的咳嗽，很明显是个男生。我刚才进来也没仔细查看大门，不知道是不是有门栓，只是锁了厕所的门，现在给自己搞得如此"囧"。出，我是没胆量出去的了，唯有待在厕所里，等那个人先走吧。我还害怕那边的人扫眼过来，看到门板下我的脚，知道厕所有人，干脆把腿伸平了抬起来，这叫一个狼狈啊！好不容易等那人走掉，我才敢出来。满地都是肥皂沫，差点把我滑到。我仔细查看了一下，大门确实没有任何的门栓和锁，浴室有浴帘，也自带一个门。可能刚才门贴在墙上，我没仔细看。自己并没有忘锁门什么的，人家就是这样设计的。出了厕所回305，我居然看到地毯上湿湿的脚印也是通往305的，眼珠顿时从眼眶里掉出来。刚刚，和我一起，一个在浴室，一个在厕所的那个人居然和我住一间Mix。推门进去，看见长长的腿，和我人一样高，上半身埋在床铺里整理东西。人家很随意地打招呼，我这里已经是小鼓乱敲，脸羞得通红。整理好东西，T恤，牛仔裤，和我一样漏后脚跟的袜子，那人就跑出去，估计八成是去酒吧了。

隔没一会儿，操法语口音的两个女生进来，嘀嘀咕咕说了一会儿，其中一个居然坐在床上换裤子，光腿只穿内裤的哦！且不说我们是Mix room（男女混合间），就是旁边还躺着一个半睡的男生呢，当他是空气吗？女生换上粉色的紧身裤，又扭着走了。又过一会儿，来另外两个女生，也是背着大包小包。她们放下行李，对着镜子猛扑粉，然后也扭着走掉了。我估计这几个室友应该会在隔壁的酒吧相逢。房间里静静的，只有昏睡的男生和要补日记的我。庆幸，现在房间里男女比例已经是3：5了。

凌晨4点钟，我被吵醒。靠门的男生睡觉打鼾那叫一个恐怖，好像是嗓子眼被一口痰憋住，风箱一样呼哧呼哧的，严重怀疑他会不会就这样直接嗝过去。我估计房间里面的人八成都被吵醒，反正已经睡醒了，索性起床把日记敲进电脑里。我刚打算起床，就听见另一张床"吱吱嘎嘎"的声音，持续很久，然后是另一个男生喘气的声音。天啊，这都是些什么人哪！哪里是No mads，分明是True MAD（太疯狂）！

城市我是待不住了，还是赶快回乡下。

1. 我的朋友 Elva 战斗在葡萄园
2. 波浪起伏的葡萄架，像是一片紫色的海洋
3. 这是我唯一保存的十人大宿舍合影，人与人之间的联系多么偶然、脆弱，转一个弯，人都不见了
4. 多彩的朝霞，若不是早起上工，我也无法捕捉，有得有失

1	2
3	4

1. 南太平洋岛音乐会上展出的地区服饰
2. 女红、手工在南岛小镇依然是被珍视的技能，传统不分国界
3. Mt cook 山脚下的木栈道静静延伸至山底，人与自然安
   静融合，这正是新西兰最著名的国家公园库克山——Ivy 供

1	2
3	

蜗居阳台

在北京，我住过没有窗户的地下室，一小窄条，进门就得上床，也住过阴湿的小平房，搬走的时候褥子长一层绿毛，但还没有机会住过阳台，没想到这一课在新西兰补上了。

和马来女生结伴到了布莱尼姆之后，第一件事情就是找地儿过夜。她联系了之前的工头，也是马来人，可以收留她住宿，就剩下我一个人了。工头来接她的时候，顺带捎上我到他工人的家里，打听有没有空房间出租，就这样我见到了代代他们一屋子的人。代代很热情，说我可以留下来，房东可能晚上过来，问问他别的地方有没有房间出租。就这样，我和我的行李成功地从工头转手给了代代。

下雨的缘故，大家收工早，聚在客厅煮东西。一张桌子围坐七八个人，我包里没有备着食物，就好像吃百家饭的小孩，Peggy 匀我一包方便面，代代拨我一些青菜，也吃了个半饱。傍晚房东来，代代介绍我说是过来串门的朋友，并询问有没有空房间。房东说有，是他新买了的房子，但要两天后办完手续才能够入住。可是这两天怎么办呢？代代怕房东疑心我留宿，当着他的面儿送我出门。一转身，她就把我从阳台的门又送进他们卧室。她的机智，不输沙家浜的阿庆嫂。阳台的方寸之间，就是我这两天的栖身之处了。一张单人床，中间挂一条床单隔开主卧和阳台，代代和她男朋友小钊住主卧，阳台的空间不大，但放我和我的行李足够了。睡觉的时候，代代拿来新的床单和加热器，怕阳台密封不严夜里会冷，怕冻着我。其实有地儿住，我已经很知足了。

接下来的两天，阴雨连绵，他们都没有出工，大家宅在房子里给自己找乐子：代代正在尝试做苹果派，青苹果水煮一下，和着面糊，放烤盘里加热；小钊从二手店淘来了日本茶具，正玩在兴头上——有朋自远方来，先敬茶一杯；同屋的小胖拿到了工签，请大家吃匹萨，饭后还组织卡拉OK大赛。没工开，一伙人也乐得清闲。

两天之后，我搬去房东的新房子，不用再住阳台。第一晚住进去，新房子就我一人，我关上所有的窗户，锁上大门。没想到代代他们晚上开车来看我，说是暖暖房子，驱驱寒气，怕我一个人待不住。深夜探访，简单的两句话，让我感觉一股暖流，一直暖到心里。

后来，葡萄园的工作结束，大家陆续离开布莱尼姆，各自讨生活。再后来，我回国，停掉了新西兰的手机号码，就与他们彻底失去了联系。偶尔，我还是会想起住阳台的那两天，那一大屋子穷但是傻乐呵的朋友。

酸甜苦辣葡萄园

电影《将爱》里徐静蕾奔跑在葡萄园，延伸到天际的公路，湛蓝的天空下，绿色波浪一样的葡萄架，多饱满的色彩，多浪漫的情景啊！我呸，那是因为压根没在葡萄园做过工，干两个月试试，眼里什么都没有，只剩一棵棵、一排排永远干不到头的葡萄架。

马尔堡地区是新西兰最重要的葡萄酒产区，布莱尼姆更是马尔堡的葡萄酒生产重镇。我两次来到布莱尼姆，6月份和11月份，都在葡萄园做工，这里的葡萄园似乎一年四季都有工做。

6月份至8月份是新西兰的冬天，在布莱尼姆是葡萄园修剪的季节。这时候的工种有3个：Pruning，Stripping，Wrapping，就是剪枝、扯枝和绑枝。剪枝使的是手臂那么长、十几斤重的大剪刀，主要是甄别一棵葡萄树要保留哪几根枝条，剩下的"咔咔"剪断，通常有两枝、三枝和四枝几种。剪枝时扛着大剪刀，看起来很酷，却不是谁都能做得来。力气是一方面，经验也很重要，这一剪刀下去，留下的枝条是否健壮就决定了这棵树今年的产量。剪枝之后是扯枝，主要是把前面剪断的枝条扯下来，方便后面绑枝的人作业。这个工种相对简单，没有经验的男生可以做这个。选男生还是因为需要臂力，虽然已经剪断，但枝条夹在铁线之间，扯拽的过程中会反弹，拍打在脸上，女孩子可就毁容了。最后是我们的工作——绑枝。这个工种是女孩子的天下，把剩下的枝条剪到合适的长度，并固定在铁线上，用绑带拧紧。枝条的方向不能弄错，绕铁线三圈，绑带拧三圈。如果是两枝的，一左一右；三枝，一下两上；四枝，两下两上。说来这个是最轻松的工种，可实际操作的时候，常常已经固定好的枝条会"嘎嘣"断掉，这样就需要重新绑一枝。剪枝通常会多留两枝，重新来过就意味着速度慢，而速度与钱挂钩。两枝的是两分五一棵，三枝四分，四枝八分。结算工资的方式很简单，就是数你一共做了多少棵树。

速度慢的一天绑 100 来棵，速度快的可以做 500 多棵，甚至更多，我在速度慢的一拨儿，总被工头催促快一点，快一点。天色已经暗下来，马上要天黑，一会儿就收工了，这一排还没有绑完，如果明天换新的园，就意味着这一排的树白做了，只有完整的一排才计入工资，真是恨不得自己多生出几只手。做得快的人各有各的秘诀，有的给自己设闹钟掐时间，有的背着包，包里放着食物，直接在田里喝水吃午饭，省下中午吃饭的时间。但总体来说，还是手快。工头这样给我们传授秘诀——手不离剪，剪刀放回腰包一秒钟，再取出来一秒钟，所以无论绕枝还是绑枝，都要剪不离手，时间就是这样被挤出来的。手快再加上作业时间长，真的能多赚钱。一对已经移民的中年夫妇，修剪季早上 6 点来葡萄园，晚上戴着头灯干到 11 点，一整个的葡萄园，第二天我们去开工的时候，发现已经给他们做完了。不奇怪他们一个月能赚一万多纽币，都是这样 2 分、4 分、8 分码出来的。

自己在葡萄园做工的时候会频繁更换工头，跟《打工女孩》书里讲的女孩子跳厂一样，也许就因为这个园的葡萄枝不好剪，就休息两天，跑去别的工头那里做，反正都是 2 分多的行情。有朋友一起做工可以搭顺风车，也许就跟着换工头了。所有的决定都很随意，其实做来做去也都蹦跶不出葡萄园。这可能也是体力劳动者的底气所在，到哪里都是出力气换钱，能做工就不怕没饭吃。不用想什么不可替代性，只是链条上的一个螺丝，无论高矮胖瘦，是个人塞进去都管用。

朋友 Joy 做了不到一星期就举白旗了，她在台湾学二胡、学钢琴，手指很重要，这样下去，手指会废掉。绑葡萄枝码起来的 2 分、4 分，还不够她交的学费。拇指粗细的枝条，一天下来剪几百上千枝，累积起来，是不小的工作量。戴一天的橡胶手套，晚上脱下来的时候，指尖都泡得发白，怎么搓洗都去不掉橡胶的臭味。我在葡萄园的那些日子，经常是一天下来，手掌虎口的地方因为不停用力压剪刀，撑得快要裂开，晚上吃饭拿筷子的手一直在颤抖，夹不住菜。半夜因为一侧胳膊麻木，我睡得半梦半醒。在这半梦半醒之中，我想明白一个道理，这世上的确有很多事情我做不来，比如绑枝。工作辛苦，赚钱却不多，在葡萄园工作的那段时间，我买食物的时候总是要换算一下，这袋面包换算过来要绑多少棵树，这块肉买了又得多绑几枝，换算一下，买东西都不忍下手，辛苦又穷酸。那段时间犒劳自己的方式就是买鸡架来煮汤，浓浓的一锅汤，好喝又便宜。

当然，不是说在葡萄园工作没有它快乐的一面。冬天在Seddon（镇名）做工，那是距离布莱尼姆半个小时车程的小镇，丘陵地形，非常适合种葡萄。因为路途遥远，要早起晚归，我却因此看到了朝霞和晚霞，绚丽的色彩布满整个天空，大自然是最妙的画家。做工的园区有一个湖，常常有野鸭子在里面戏水，车子经过的时候，鸭子扑棱着翅膀从窗前飞走，搞得我很想念北京的烤鸭。晴朗的天气里可以望见远处的雪山，峰顶一抹白雪，衬着瓦蓝的天空，似乎一直走一直走就能够到达。经常绑完一排葡萄架，不觉已经爬上了一道梁，放眼望去，漫山遍野的葡萄架，绛紫色的海洋，蔚为壮观。大多的葡萄园采取田间套作，葡萄架与葡萄架之间的草地用来养羊，这是我们工作的场所，但更是羊的领地。我遇到过小羊从栅栏里钻出来，怕过往的车辆撞到它，想送它回家，结果越追它越跑，两条腿的终究跑不过四条腿的。我也碰到过羊群从一个园赶到另一个园，车子停在中间，300头羊在窗外奔腾跳跃，像是不小心误入了羊群阵。

春天的葡萄园主要是抹芽和挂铁线的工作。抹芽是把根部的芽抹掉，避免偷走主干的营养。而挂铁线是把枝条都夹在铁线之间，再把铁线挂在木桩的钉子上，这样葡萄藤蔓才可以攀爬结果。照例仍然是按棵来计算的，其实这样做是不合法的，新西兰法定最低工资是 13.5 纽币 / 小时，低于这个薪酬是可以投诉的。冬季一起工作的中国朋友，大家也知道这个事儿，但是没有人认真去讲这个理，太易于变通和妥协。我在陶波的时候曾被 Sam 和 Fiona 问，中餐店为什么在新西兰都不做正宗的中餐，反而跑去做 Fish

& chips（炸鱼和炸薯条）。第二天，我转过去问 Fish & chips 店的广东老板，他说要变通才能生存，这里是洋人的国家，当然卖 Fish & chips。可是明明也有好多印度菜、泰国菜、日本菜馆也做得很红火啊！我们的民族真的是一个太过于灵活，太容易妥协和变通的民族吗？不过我春季做工的这一伙都是德国人，他们可不好妥协变通。做了两天之后，第三天早上，工头说开工，一个戴眼镜的小伙子举起手臂，说大家都等一下，我们想先明确一下工资。工头是一个戴棒球帽的老太太，晒成棕褐色的皮肤，松松垮垮的皮肉，看起来年岁很老，应该在葡萄园做了些年头，看样子也不是好对付的主。小伙子回头招呼工友，大家都聚拢一下。不知道是不是他心里也打鼓，希望借助同伴的力量形成威慑。一群 20 左右的年轻人包围着一个老太太，我很担心如果谈不拢，会是怎样的局面。也许是小伙子的策略让老太太确实感到了压力，最后老太太松口，会给我们 13.5 纽币 / 小时的最低工资，但是她会考核速度，达不到要求的人以后不用来了。可以开工了吗？看得出老太太压着火。小伙子看一眼表，今天从 7：10 开始计时。一场较量就这样落幕了，我们终于拿到了 13.5 纽币 / 小时的法定最低工资。

做工的时候，小伙子在我旁边干活，我直起腰很郑重地跟他说，谢谢，为大家争取到 13.5 纽币 / 小时的工资。他只是微微笑，继续干活。权利要争取，如果没有人出头说话，都指望别人来做这个事情，到最后极可能的结局就是集体沉默，或者叫做顺受和妥协，所有人的利益都受损。这是德国小伙给我上的一课。

震后余生

新西兰真的是一个地震国家，大震小震接连不断，没有一天消停的。
不可避免地，在新西兰经历地震也是一种必需的经历。

在新西兰的布莱尼姆我居然经历了人生第一次震感如此强烈
的地震，地震发生在晚上 10 点钟左右。因为这两天 Peggy 工作
很累，所以很快就入睡了。而我，白天小睡了一会儿还不困，还
在想事情，忽然就感觉房子在晃动，当时还不在意。我们的房子
紧邻着马路，时常有车辆经过，以为只是大卡车经过带来的震颤，
我还试探着去摸墙壁。仔细听，似乎也没有咣当的卡车声。于是，
在黑暗中我就叫 Peggy，想问她的感觉。喊了她两声，Peggy 睡
得迷迷糊糊的，我问她有没有感觉到晃动，她清醒了一些，答是
有晃。紧接着，就听到门外台湾女生 Joy 在喊"地震了，地震了，
大家都快出来"。不愧是从宝岛地震带来的，经验就是丰富。我
匆忙抓了件外套就出门，而 Peggy 居然还手忙脚乱地套了两件外
套，抓了双袜子跑出来。到了门口，才发现大家真是各有不同反应：
Joy 是短打扮，汲着拖鞋就出来的；我是手里抱着外套；Peggy
从广州来最怕冷，套了羽绒服，还忙着穿袜子呢，用她自己的话
说，别没被震死，回头被冻死就不划算了；隔壁屋和 Joy 一间的
Yoke，还是惯常的宽大外套，凌乱头发，光着脚丫立在那里；另

一间屋的四个人那更是不着急不惊慌的，先是香港女孩子 GiGi 和她的德国男友跑出来，她的男友还很 high，问发生什么事情。我们说是地震，他那个兴奋劲，还建议不如我们来开个 Party（派对），似乎灾难也是一种狂欢。等到没有震感，我们都快散了，另一个香港女孩子 Alfa 才款款走出来，这种气度和淡定真的需要修炼；自始至终，住另一间屋的台湾 Couple 和四人间的香港男生 Michael 都没有出屋门。可能是因为地震，还有屋外的寒冷，大家都睡意全消，开始很热烈地讨论这个事情，先是上网搜索，看看地震发生在哪里，震中距离我们有多远，结果查到这次的震中在南岛和北岛之间的海峡，名字叫做 Opunake（奥普纳基）的附近，居然有 7 级呢，怪不得我们震感这么强烈；查看之后更崩溃，居然 2012 年 7 月 2 日的时候也有一个地震，只是我们没有感觉罢了。新西兰真的是一个地震火山频发的国家，看来，我在这边一年，应该还有很多的地震等待着我去经历，能不能带着我的小命回家是个问题哦！

http://www.geonet.org.nz/earthquake/quakes/recent_quakes.html 这个网站可以查到近期的地震记录，查看之后，我彻底崩溃，7 月份头 4 天居然都震了 7 次！知道了震级，大家又讨论威力会有多大，房子会不会都倒塌什么的。Joy 最搞笑，居然问那葡萄树会不会倒。因为这两天葡萄枝很细很好绑，有人都可以绑到四排，一天净入 183 纽币哦。本来我们也打算天亮之后去抢两排来绑的，好像容易得就像地上种的都不是葡萄树，是散落的一地金元宝。Joy 很担心地震之后元宝是不是完好地在地上等着我们去捡。这孩子，也是要钱不要命的主儿。于是，顺带普及了赵本山的"人死了，钱还在"这一课，居然被她演绎成升级版本：地震后，人没了，葡萄树依然屹立。虽然目前我们只是有震感，但是以防万一，我和 Peggy 很兴奋地开始讨论万一真的地震来了，如何逃生以及震后的吃饭问题，还说要和台湾夫妻打好招呼，他们房间有一扇门通到院子里，比我们跑到门口的距离近多了。还有就是要随身带着钱，以防无法购买震后物资。后来想想应该不用吧，我们就住 Countdown 超市对面，如果地震，超市也会倒塌的吧？我们直接去捡吃的就可以了。

哈哈，虽然讨论很热烈，但想想明天还要做工，要到地上捡元宝，只能睡去！

你快乐吗——Pacific islands concert

快乐是什么？我觉得是内心的满足，无关乎金钱、物质，只在于内心感受。

葡萄园的主力军除了 WHVER（打工旅行者）之外，还有来自南太平洋岛国的居民。他们通常都是从同一个地方结伴而来，也住在一起，给固定的庄园或者工头干活，一年两次——葡萄采摘季和修剪季——往返于南太平洋某个小岛和新西兰之间，像候鸟一样来来去去。虽然都在葡萄园做工，但各自有各自的圈子，而且做工的人也很少交谈，我没有认识到一个来自南太平岛国的人。所以当 Andrew 邀请我参加南太平岛国音乐会的时候，我很爽快就答应了。这是一个教堂组织的活动，在南太平洋小岛上，基督教的普及率很高。因为地理上相邻，宗教信仰相同，这些小岛与新西兰的关系都很密切，无论是劳动力还是像这样的民间文化交流都很频繁。

进到会场，两面的墙壁上装饰着色彩鲜艳的岛民服饰，还原岛民捕猎场景的壁画，在教堂后排站着一群高个子，皮肤黝黑的岛民，看来我们真的会听到一场原汁原味的南太平洋群岛的音乐会。Andrew 好像认得其中一个人，走过去打招呼。这应该也是我第一次跟黑色皮肤的人打交道，我的英语听力有些障碍，他们的发音也不够纯正，但脸上的表情我看得真切，是很真诚的态度。后来 Andrew 问我对深色皮肤的人是什么看法，我一时说不上来。在没有接触之前，一般人都会有一些成见的吧，会觉得黑色皮肤的人大多来自贫穷的国家，没有什么文化教养，多少有点危险吧，还是不接触的好。在大学里有一次上课谈到这个问题，如何教育孩子去接触不同肤色的人，当时有个同学想的办法是，可以跟小朋友说深色皮肤的人像巧克力一样。我个人不觉得这是好主意，其实在小孩子的眼睛里，是看不到肤色的，他看到的只是一个和他年龄相仿的孩子。只有大人才会看到肤色，看到更多的东西。像这里的教堂每年都会邀请在这里做工的南太平洋岛的人一起办音乐会，这里的小朋友有机会和他们一起同台唱歌跳舞，大家一起度过一个美妙的晚上。创造接触的机会，增进了解，我觉得是消除偏见最好的办法。

还是回到音乐会上，我也是第一次亲耳听到太平洋岛民的音乐。他们有自己的一支乐队，成员都穿着统一的亮色衣服，紫色、蓝色，很鲜亮惹眼。除了通常的吉他乐器，他们还有一种很特别的乐器，一只方形的木箱，中央打一个孔，穿出来一条绳子，绳子另一头系着一根棍子，在箱子的一角，设有一个圆形的孔，是刚好可以把棍子嵌进孔里的。固定好之后，人跨坐在箱子上，一手固定棍子以使绳子绷直，一手拨动绳子来发出声音。会后我试着拨了一下，是那种闷闷的绳子弹动的声音，音不高，但是沉闷有力。说到他们的音乐，虽然我不是特别听得懂，但是他们的音乐节奏欢快，现场很多人都跟着一起打拍子，他们表演时候的那份快乐感染了全场。还有他们的舞蹈，没有很高难度的动作，抖抖手腕，跺跺脚，转个圈，举起手，只是很自然地随着音乐扭动身体，最重要的是露出雪白的牙齿。我猜想在南太平洋小岛上，女子都是以丰腴为美的。跳舞的姑娘都看不出腰身，戴着羽毛头饰，佩着塑料花环，抖动着身体，圆乎乎的像熊猫一样可爱。

质朴的底子、乐天的性格，与技巧比起来，这些是更难能可贵的东西。只要音乐响起，他们的快乐就是随时随地的，这是金钱买不来的。

后记：回到国内，我觉得自己重又进入到焦虑、恐慌、迷惘的包围圈。周围的人总在奔跑着，想要抓住些什么，但东奔西跑，内心的那个空洞仍然在，怎么都填不满。回来之后我又很少做面部运动了——微笑，快乐也不知飘到哪里，都不回头看我一眼。

房东醉酒之后

很多华人在移民的时候考虑的是"一切为了孩子",孩子得多大的压力啊,你把一辈子搭给我,我得拿什么报答你才相称?自私一点,自己的一辈子也只有一回,人首先得对自己负责,自个儿过舒心了,生活才有奔头。

我在布莱尼姆的第一个房东是华人,房子是他新买的,还没收拾好我就搬进去了。房东组装床架子的时候,我在边上唠嗑。房东是沈阳人,以前在国内做安防检查,大小也是个官儿。后来老婆要移民,就跟着过来了。老婆继续读书上学,他四处打工赚钱。等到老婆毕业找了空军基地的稳定工作,他也妇唱夫随南下来到布莱尼姆。他英文不好就只能做体力工,在 Talleys(海鲜厂的名字)开贻贝。他开贝壳的技术应该不错,速度很快,不然哪有钱买三套房子。租金的这些收入都拿给儿子念书,儿子在基督城有名的男子私立学院读书,学费很贵。不过儿子英文很好,学习很好,这就值了。说起儿子,似乎他的生活都美好很多。

冬天不是贻贝的季节,房东闲着没有事情做,就开车到两套出租的房子转一圈。印象中,他总是一件绿色的户外防寒服,也不拉拉链,两个对襟左右一裹,抄着手,一副老头冬天晒太阳的架势,虽然布莱尼姆的冬天根本达不到沈阳的温度。房客做的菜会让一让,酒也会敬一敬,房东有时接过杯子喝一口,但更多的时候，就在椅子上坐一会儿听他们说话。房客多是20多岁从中国来的WHVER（打工旅行者），似乎也没有太多可以聊的，坐一会房东就出门了，悄默声地来，又悄默声地走。

大家就这样面上和气地相处着，直到那天房东来我们房子喝酒。舍友工作的葡萄园发了红酒，大家都尝尝，房东喝开了非要一醉方休，到最后大家都各自回屋了，只剩下房东和德国人Yano对饮。房东拉着Yano的手一直喊"兄弟"，两个人根本无法对话，还拉上Yano的女朋友在中间做翻译。不知喝了多少瓶，门外"哐当"一声，大家都探出头来看，原来Michael扶他上厕所，站都站不稳摔地上了。我急着联系另一处房子的房客代代，让给房东老婆打电话好接他走。这边忙乎，那边就炸开了锅：Alfa被他追得躲在门后边，拼命顶着门不敢出来；Peggy居然被他摸屁股；回过神，他居然躺倒在我的床上，嘴里嚷着"我有钱，我要包养你"。各种丑态毕现。

醉酒事件之后，我搬到朋友介绍的Kiwi（新西兰人）家里，房客们也不再搭理房东，他收了房租就悻悻离开。然而事情还没有结束，忽然房东说要装修房子，要与我相熟的代代他们一屋子人都马上搬走。怕房东不够坚决下逐客令，房东老婆特意陪同老公一起驱逐，临走还阴阳怪气地说，他们只想安稳过小日子，可不敢得罪什么大人物。这是在含沙射影地说我吗？事后只有我搬到了Kiwi（新西兰人）家，而给我介绍房子的沙发客主人Andrew跟房东老婆同在空军基地工作。新西兰本身就地广人稀，社区的联系比较紧密，信誉简直关系着这个人是否可以在社区生活下去。房东一个房子住 10 个人，这在当地听起来是不可思议的事情，再加上酗酒闹事，传出去这家人基本上是信誉扫地了。应该出于这些考虑，房东老婆先发制人，彻底把我的朋友都扫出去。意识到给代代他们带来的问题，我积极地给房东老婆打电话想要谈判，被她直接挂掉；找投诉的机构 Citizen Bureaucracy（市民可以投诉、建议、解决问题的一个机构）反映问题。结果代代他们找房东单独谈，最后以涨房租收场。整个事件莫名地荒唐和乌龙！

当时的我处在愤怒的情绪里面，眼里除了对房东的厌恶什么都看不到，Andrew 劝我说房东需要帮助，我根本听不进去。现在回过头来看，客观地说，他本质上不是一个坏人，房客没有修剪工具，他会借给人家用，在租金方面，也要比外国人收得少。刚开始的时候，我甚至还觉得人情味挺浓的。只是后续发生的一系列事情，彻底改变了我对他的看法。现在想想他确实也可怜，出国也许不是他的意愿，但有一个强势的老婆，只能跟着出国。老婆有稳定的工作，他则只能在海鲜厂做季节工。如果他是在中国，找三两好友喝个大醉，发发牢骚心里也能痛快点，但是在这里，他喝酒都找不到个人，只能一个人喝闷酒。内向的性格、心理落差加上心里窝着的这些事儿，想来肯定过得很压抑，发生任何的荒唐事都在意料之中。

如果说黑面大叔（见《另类人生》）是卡在中间回不去也进不来的人，那房东则是整个连根端起移植到新西兰了，但是根却始终扎不进去。所有的这些隐忍、忍耐，如果要找个缘由，那应该就是孩子，祖辈的牺牲换给儿子一个宽松的环境、美好的前程，一切就全都值了。可是自己呢，自己难道一点都不重要吗？自己的一辈子就可以潦草地度过吗？父母把所有都押在孩子身上，感觉像是一场赌博，捆绑得太紧，双方都会感觉窒息。留一些空间爱自己，谁的一辈子都是一辈子，没有此轻彼重。

一个人的豪宅

花园洋房、游泳池、SPA 池、果园、马场，理想的豪宅生活，
但是如果一个人住，没有人气，这样的房子是冰冷，不是享受！

在北京的时候，大家经常谈起的一个话题是谁家房子有多大，房子基本上就代表了这个人的身家。每每参观别人家三室两厅的房子，复式跃层动辄 200 多平方米的房子，再回头看看自己可怜巴巴的小公寓，总是羡慕不已。希望哪天也有大大的落地窗，在客厅可以骑自行车的大房子。别说，我到新西兰还真有住进这样的大房子。

在房东醉酒闹事之后，经 Andrew 介绍，我搬到他朋友 Greg & Cathy 家里住。房子在布莱尼姆的近郊，步行到镇中心需要半

个小时。马路对面是成片的葡萄园，旁边一户人家的草地上放养着马，另外一户养着羊，环境很田园。我第一次去 Cathy 家，很诧异她家院子怎么两头各有出口呢？搞了半天我才明白，一个是进车道，一个是出车道，车不用掉头转方向，兜一圈就能出去。入门的房檐下泊着一辆车，是方便下雨天出行，不必淋湿。这个还不是最让我惊讶的。最让我惊讶的是这个房子居然分前后院，前院一块大草坪，角落种着橘子树、柠檬树，后院简直不能称作院子：从客厅落地窗望出去，那一大片绿油油的啊，简直就是个公园。房檐下栽种着一溜儿各种颜色的花和应季的蔬菜，一角是自家的游泳池，Cathy 喜欢游泳，索性就在自家建个游泳池。沿房子搭出一块露台，遮阳伞、木质桌椅，好晒个阳光浴。院子周围种了一圈杨树，密密地像是栅栏，把整块土地圈起来，自成一个王国。

这么大面积的房子，我以为 Greg 和 Cathy 应该是富豪呢，其实不然，Cathy 因为母亲年迈，辞职在家照顾，经济比较拮据，他们居然和我这个背包客一样吃便宜的超市自有品牌面包。看来，不是富豪也可以住得起大房子。曾经跟 Dave 聊过房产价格的问题，他说在新西兰通常工作五六年就可以买得起房子，这在我看来也太容易就买上房子了。在我的思维里，要想有个容身之处，得掏空了父母的老底，借遍周围亲戚朋友，再搭上自己的一辈子。可是 Cathy 家这么大的房子，售价 67 万纽币，折合人民币 335 万元，也就相当于北京一个普通的两居室，但是在这里你买到的是 8615 平方米的土地和永久产权。想想我们活得真憋屈！还记得"两会"的时候，前领导人发言，说要改善民生，让人民活得有尊严。我当时真的是噙着眼泪看完节目的。结果几年过去，国家的政策越收越紧，但房价却越蹿越高，尊严都不知该从何谈起。头顶有片瓦，碗里有口粥，百姓求的不过是这些。人最基本的生活需要都搞成奢侈品，真不应该！

Cathy 要去参加妹妹的婚礼，一家人外出 10 天，偌大的房子留给我一个人住。本来是翻身农奴解放了的感觉，一个人享用这么大的豪宅，结果收工回到家，客厅、厨房、餐厅都转一圈，看着阳光一寸一寸消失，心里就有一些恐慌。等到那天从 John 家里吃晚饭回来，一个人在空荡荡的房子里，情不自禁地就联想到他给我们看的棺材的照片，越待越怕，越怕越冷，搞得我之后回家就直接进卧室蒙头睡觉，或者长时间待在卫生间，这两个都是房子里面积最小的空间，四面都是墙，没那么大的空间，让我觉得安全一些。徒有大房子而没有人气，住起来真的没有看上去那么美好，我以自己的亲身经历得出的结论。

好风景在路上

在新西兰，你可以欣赏到大自然的原始风景，那种美是天然无雕琢的。

走的路越多，看的风景越多，越觉得人是渺小的存在，

以这渺小能够一窥大自然的秀丽与奇伟，何等幸运！对于自然的敬畏，长存心底。

云雾穿行罗托鲁阿

这是我一直向往却没有寻觅到的原始森林景象，想不到在红木林撞个满怀，
这也是旅途的一大收获，快哉！

第一次经过罗托鲁阿，是换车去 Te Puke（蒂普基）。我在 I-site
（游客信息中心）门口等车，大厅里立着木雕，红色的小人吐着舌头，
贝壳嵌的眼睛，空气里弥漫着硫磺的气味，这真是一个神秘的城市。
后来我才知道，罗托鲁阿是北岛有名的旅游城市，地热温泉和毛
利文化是这个城市的亮点。

罗托鲁阿的温泉数不清有多少处，反正走两步就看见空气中
飘着一团热气。我经过的时候刚好是冬天，草叶上都结着霜，白
花花一片，但是临近温泉的树叶，被热气熏得泛着新绿，仿佛一
个城市过着两个季节，一个冬天，一个春天。踩着温泉的石阶，
鞠一捧水，撩在手上，温温滑滑的，比擦手油好用。有时候三两
处泉眼聚在一起，水雾缭绕一大片，像是一脚踏入仙境。罗托鲁
阿的博物馆就是一处泉眼密集的地方，单看富丽堂皇的外表，真
是猜不出这里曾经是个澡堂。我打心底佩服 Kiwi 旧物翻新利用
的能力，老瓶装上新酒，还不失老瓶原来的风采。

来到罗托鲁阿，好像不泡一泡温泉就特别对不起这大自然的
恩赐。我选择了 Polynesian SPA（SPA 馆的名字），号称全球排

前十的 SPA。我想这家的优势在于依湖而建，SPA 馆临着罗托鲁阿湖，其中的 Lake SPA（临湖 SPA），更是与湖只有一道石头相隔。躺在温泉里，风从湖面拂来，只有露在水面上的脑袋感受到丝丝凉意，身体都浸在泉水里，冷热相交，打个激灵，所有的毛孔都打开了。Lake SPA 并没有什么人工装饰，丝毫看不出豪华，石块错乱分布着，石缝里还长着衰草，更像是自然而为，就这样，让你感觉自己是湖的一部分，与自然融为一体。自然和谐，这是最高的标准。

罗托鲁阿的另一亮点——毛利村落，我没有参观。据说有毛利欢迎仪式，毛利族长会吊着玉米、鸡蛋到滚烫的泉水里煮，现煮现吃。在毛利传统的会客厅，欣赏毛利歌舞音乐，一两个人的歌声就可以充满整个房间。相较于毛利村落，我选择了 Redwoods（红木林），一条柏油路将森林劈成两半，密密实实的红木林，多少年凋落的枯叶层层堆在一起，踩上去松松软软的。树木高大笔直，阳光从树缝间渗进来，一道道光柱洒在朽烂的枝叶上，刚刚抽芽的嫩枝沐浴在阳光里，无法言说的静谧、恒远。这是我一直向往的原始森林景象，始终没有寻觅到的感觉，却在 Redwood（红木林）撞个满怀，也是旅途的一大收获，快哉！

小贴士：在罗托鲁阿有巴士的一日通票和两日通票，在巴士上当时购买，当时生效。路线安排合理的话，既可以游览到所有的景点，又节省费用。

魔戒山，9个小时的穿越

我的旅行目的性不强，没有指哪打哪非要去的景点，更像是乘一叶孤舟，漂到哪儿算哪儿，有了好风景也不拒绝。这样的机缘下，我有了和易庭一行穿越魔戒山的机会。

凌晨 5 点多钟，我站在 Sam 家门口的路灯下等易庭她们来接我。如果我一个人，可能 Tongario（唐格里拉山）就这么放过了，没有向导没有车，我也不可能真的像霍比特人那样迈着小短腿走着去魔戒山。偶然得知易庭 4 个小女生要去穿越魔戒山，车上刚好还有一个空位，我就申请加入了。真的是匆忙入伙，甚至食物都没有准备，如果不是在加油站买了点吃的，我很有可能就横尸魔戒山了。这里的景区真的只是纯风景，最多有厕所和过夜的小棚屋，人都没有一个，更别提商店了。靠着导航，我们顺利接上头。女子闯天下，GPS 怎能少？哈哈。

两个多小时的行驶，8 点钟到达山脚，但是天空却飘起了雪花，把这些没有见过雪的马来女孩子兴奋得！左等右等，等不到别的车。Tongario（唐格里拉山）的起点和终点不在一处，中间有 20 多分钟的车程，最好的办法是找到一个车搭对，一个停在起点，一个在终点，方便结束的时候搭车。没有等到搭对的车，倒是等来一个全副武装的向导，严厉地跟我们说，今天天气不好，她会先去探路，如果爬山的时候碰到她，让我们回去就必须回去。

我们干脆不再等车，直接先爬吧。

雪花越飘越大，落在地上，白茫茫的一片。长长的草叶先覆上清晨结的霜，再覆上一层雪，枯黄的草茎像是不堪重负，要被压断了。爬山的前1/4是惬意的，木板搭的栈道平平整整，体力上没有什么消耗，走走停停，看看拍拍，天空中一片云被山峰打散，一丝丝一缕缕投影在山腰。翻过一道梁，整个颜色发生了变化，植被变成灰白的枯草，山也是灰扑扑的洒了一层薄雪，像水泥一样的色泽，毫无生气。积雪越来越厚，越走越难走，脚底开始打滑，我们这才明白向导为什么穿钉鞋，山里的情况千变万化，在山脚下看来很夸张的钉鞋，这时候成了踏冰而行最好的装备。没有钉鞋，没有手杖，只有自己，在积雪和冰面上缓行。没有人再拍照，也没有人说笑，全都低着头，扛着包，拖着步子往前挪。肩上的包只有食物和摘掉的围巾，这会儿，包带紧紧箍在身上似有千斤重，敞着拉链灌着风，真是想一屁股坐在雪地上，一步都不走了，就在这儿睡一觉。再越过一道山，进入到雪白世界。路是白的，山是白的，就连天空也被散开的云遮个严实，看不到一星的蓝，目之所及，全是白色。我经历过这种单一色彩的恐怖，那年在菲律宾搭舢板船去赶飞机，前不见岸，后不见岸，只是海天一色的蓝，像是要把你也吸进去变成蓝色。长时间的单一色彩会让人绝望。现在的白也是，前后左右上下全是它，让人觉得一辈子都走不出这白色。站在山顶远眺，山坳里向导带的一队人，在茫茫的白色之中，像是一群蚂蚁在移动，那是我们前进的方向。从指示牌知道离蓝湖和绿湖越来越近了，翻山越岭就是为了看它们一眼啊！这两个湖是火山喷发之后形成的盆状火山口，由高山融雪和雨水汇集而成。因为蕴含不同的矿物质，所以湖水呈现出浅绿和深蓝色。绿湖处在半山腰，周围的岩石呈现硫磺的颜色，缝隙里冒着白烟，湖水面积不大，表面结有冰纹，仿佛火山口鞠着一捧翡翠。蓝湖在山顶，登顶之后再无遮拦，白云在你身边飘荡，太阳悬在头顶，周遭一片刺眼的白。蓝湖是宽广的一大片，强光太刺眼，看不出来蓝色，反倒不如绿湖的温润小巧。登顶像是唤回了大家的精气神，人又活过来了，模仿记者的马来男生举着话筒逐个采访大家的登顶感言，好像我们登的不是Tongariro（唐格里拉山），而是珠峰。

到达蓝湖之后就开始下山，白色逐渐被枯黄的灌木取代，齐腰的草木漫山遍野，萧杀一片，好一派秋冬景象。望得见远处蓝色的天、黛青色的山，以及山峰间夹着的湖，一切仿佛又活过来了，体力也回到身上。天色愈来愈暗，大家低头疾走，我们的车还停在起点，要天黑之前走出去。亚洲人的小短腿真是比不过Kiwi（新西兰人）的大长腿，身后的两个Kiwi（新西兰人）长腿叔叔，原来听着声音还在山谷回荡，不一会儿工夫就走到我们跟前了。可能怕5个小女生天黑下来更加不知所措，长腿叔叔放慢脚步，走走停停，不超越我们。最后一段路，没了灌木丛，应该是临近山脚了，生出一片树林，长着青苔的枝干还伸到小径上想绊我们一跤。最后一程，几乎是一路小跑，我们终于在天黑前杀出树林。

在山根歇脚时再次遇到长腿叔叔，他们的车如我们所料是停在终点的，于是拜托他们载两个女生去起点取车。等啊等，终于等到易庭她们回来，却载回来一车的人。原来这些人想法跟我们一样，车停在了起点，也是守株待兔地在等人搭车呢。大家像是一盘棋，一个子松动了，一盘棋全活了。长腿的 Kiwi（新西兰人）叔叔就是那粒关键的棋子，不经意的善举，解救了一群人。

后记：在惠灵顿，碰到山顶做脱口秀表演的马来男生，说我们登山之后第二天就封山了。下到南岛，看到报道说沉寂多年的 Tongariro（唐格里拉山）火山大喷发，我心有戚戚，幸好没有踩那个时间去，不然就葬身魔戒山了！

千年冰，万年雪——Franz Josef 冰川

人的一辈子只是短短的几十年，于这短短的几十年当中却能够一瞥这成千上万年的存在，甚至能够踏足在这庞大的存在之上，真的是三生有幸，对于自然的那份敬畏，长存心底。

我觉得新西兰的打工旅行是个一箭双雕的项目，既补充了农业生产所欠缺的劳动力，又拉动了国内的第三产业，促进就业。打工旅行者通常赚了钱都会南北岛玩一玩，把钱又留在了新西兰。新西兰可玩的项目太多了，Skydiving——高空跳伞，蹦极，开直升机，乘滑翔伞。我有恐高症，对这些惊险刺激的游戏都很抵触。

不过，我倒是很想尝试一个活动——走冰川。朋友在Facebook（社交网站）秀走冰川的照片，人钻在冰洞里，雪白中透着浅浅的蓝，一下子就把我征服了，必须尝试走一下冰川。冰雪一直对我都有着致命的吸引力，哈尔滨的冰雕、雪雕，雪乡的白桦林，都令我流连。自然，这冰川也绝不能错过。新西兰的冰川有几处，Franz Josef，Fox Glacier 以及 Mt Cook 的 Abel Tasman 冰川（新西兰的三大冰川）。我最终选择了 Franz Josef，这个有着5条街道的冰川"大城镇"。

Franz Josef 建在冰川脚下，处于群山怀抱之中，在大街上抬头就可以看见雪山。我入住的背包客栈，厨房正对着雪山，像是给雪山裱了个画框来装点厨房，好美的一幅风景画啊！Franz Josef 就是一个为冰川而生的小镇，一条街道是餐厅，一条街道是住宿，还有一条是招徕各种冰上活动的店铺，小镇上的每个人似乎都与冰川有某种联系。我离开时乘坐的巴士的司机，她在转做司机之前就是冰川向导，她丈夫也是冰川向导，就连她的孩子也很喜欢冰上活动。

到达小镇的第二天，我预约了4个小时的冰川行走，耗资299纽币，折合人民币要1500元呢，考虑到直升机接送往返冰川，就当是乘坐一次私人飞机吧。机舱很小，只可以乘坐5个人，结果我被放在副驾驶的位置，这是我第一次没有后悔坐在视野全开阔的位置俯视。飞机升到空中，我看见白色的一条河，夹在两侧的山中间，气势汹汹地从山谷里冲出来。侧耳倾听却没有滔天的水流冲击声，原来这是一条冰河。千万年的积雪沉积挤压移动，才成就这么一条冰河。飞机降落在冰川一处平坦的冰面，放我们和向导下来又折返回去。我踩在冰面上，打量周围，往上看，看不到冰川的源头，最顶端是蓝天，似乎这冰川连着天，是直接从天空泼出来的一大盆水凝结而成。两侧的山体覆着一层青苔，山腰有崩裂的碎石，好像是守卫冰川的两头巨兽。我以为冰川之上少人涉足，应该更加晶莹洁白才对，可是脚下的冰雪脏兮兮的，像是北京大雪之后被车轮碾过，被行人踩踏过的残雪，一片破败。看来这冰川一路奔腾而来，沙砾石块是裹挟了不少。向导交代完注意事项，扛着铁锄在前面开路，短裤长靴，飞溅的冰花，整个季节错乱。我第一次穿钉鞋，试图在冰面上练习行走，其实都不算行走，根本是狠狠一脚跺下去，恨不能把冰面踩个窟窿，似乎钉鞋的钉子楔进去冰面才能走得稳当安全。向导在旁边看得直乐，叫我放松，说就好像自己平常走路一样，不用特别用力。冰川在脚下什么感觉呢？不像普通的冰面那么滑溜，也不如雪松软，是介于冰与雪中间的质地。向导在前面开路，我们紧随其后，马上要开始冰川探险了。冰川裂开一条缝，窄得只容一人侧身而过。两侧的冰墙晶莹洁白，好一堵厚实又剔透的冰墙！人在冰缝中行走，前后左右上下都是冰，被寒气裹挟着，也感觉不到冷了。冰缝之后是钻冰洞，向导楔一个钉子在冰上，冰川的冰不像普通的冰块薄脆易碎，质地更像是木头，把钉子拧进去，拉一根线出来，向导先走一遍，看看有什么状况。冰川每天都在移动融化，也许今天探好的路明天就找不到了。向导经过一个有积水的冰窟窿，把锄头伸进去探不到底，这要是掉下去可就和冰川同眠了。我们拽着绳子慢慢下到冰洞底部，雪白之中透着莹莹的蓝——这是冰川特有的颜色，和大海、天空呈蓝色的道理一样，波长短的蓝光在冰川之中被吸收散射，所以呈现出莹莹的蓝色。小小的一方洞穴，冰天雪地的空间里体验一下爱斯基摩人的生活。

飞机离开的时候我最后回望一眼冰川，冰川升腾起的寒气与天空的云雾混作一团，像是织起了一条细密的盖头，这冰川就又重新被掩映起来，归于神秘。在这些雄伟的自然景象面前，我常常觉得自己像只蚂蚁。这些冰川、这些雪山存在于这里有上千、上万年吧，人的一辈子只有短短的几十年，于这短短的几十年当中却能够一瞥这成千上万年的存在，甚至能够踏足在这庞大的存在之上，真的是三生有幸。我对于自然的那份敬畏，长存心底。

那一湖的温柔——Lake Tekapo

如果让我选新西兰最美的地方，我选 Lake Tekapo（蒂卡波湖）。
这里没有别的，单单一个湖 Tekapo，可就是让人看不完，看不够。

Tekapo（蒂卡波）以延绵的雪山作背景，够大气；湖水由雪山积雪融化而来，颜色多变，够奇幻。太阳没有升起来之前，群山、湖泊都掩映在沉沉的暗色中，只有山与天相交处一抹淡粉的朝霞，衬着静谧的深蓝天空，像是给群山镶了一道边。借助着微弱的霞光，看得到湖里群山的倒影：黑得严严实实的就是山的影子，泛着清亮的就是广阔的湖面。天慢慢放亮，粉色渐渐消褪，湖边的一棵松树从黑暗里跳了出来，湖中山的影子淡了，高高矮矮的倒影勾勒出山的轮廓，湖水宛若一面镜子，里面瞧得见天空的容貌，沉静的蓝，泛白的粉。天完全透亮，近处的雪山映得这一角的天空格外白亮，更远处的雪山倒是淡粉色镶边，这群山手挽手绕了个圈，把这湖圈了起来，湖边有一长椅，让你坐拥这一整个的湖。

美食与美景通常是搭对的，在 Lake Tekapo（蒂卡波湖）有一家店——湖畔，从名字就听得出这家店是依湖而建的。我在小镇上偶遇在 Mt Cook（库克山）一起徒步的 Jutta，人在旅途，碰见哪怕只是一面之缘的朋友，都是大大的惊喜。我们决定奢侈一把，去湖畔共进晚餐。湖畔有大大的玻璃窗，坐在餐厅可把整个湖尽收眼底。傍晚时分，就像清晨 Lake Tekapo（蒂卡波湖）渐次打开的样子，蚌壳又要合拢在一起了，暮色四合，湖光山色又披上黑色的外衣了。古人讲秀色可餐，湖畔据说有南岛最好的日本料理，食材、厨艺好是一方面，我想它的地理位置也很重要——倚着 Lake Tekapo（蒂卡波湖），以湖光山色佐餐，焉有不美味的道理？

晚上的 Tekapo（蒂卡波），雪山睡了，湖也睡了，静悄悄的，只有满天的星星眨着眼睛。Tekapo（蒂卡波）有新西兰最美的星空，为了维护夜景，路灯调低了亮度，让星星更加璀璨。连绵的雪山，宁静的湖，最亮的星星，美得心醉却不肆意张扬的小镇，如何让我放得下？

Mt Cook——因为山在那里

一路上碰到的朋友都告诉我，冬天的 Mt Cook（库克山）没有什么可看的。
我很庆幸，坚持了自己的选择，来到新西兰最高峰瞻仰，更近距离地了解 Kiwi 精神。

　　Mt Cook（库克山）其实并不是一座山，而是隶属于 South Alps（南阿尔卑斯）山系，是其中最高的山峰，毛利名字是 Aoraki，英文是以最早登陆新西兰的 Cook 船长来命名的。Mt Cook（库克山）高达 3764 米，这里孕育着冰川、雪山，当然更培养了无数的登山家，其中最著名的当数 Sir Edmund（埃德蒙得先生）：1948 年，他登上 Mt Cook（库克山）；1953 年，他和尼泊尔向导 Tenzing（丹增）同时登顶，打败珠峰（Sir Edumund 一直对外称 Tenzing 和自己同时登顶珠峰，直到 Tenzing 的自传披露 Sir Edmund 先于自己登顶的细节，而且他本人拒绝在顶峰拍照）；此后，他又陆续征服喜马拉雅山脉全部 11 座山峰；1958 年，他驾车穿越南极；1985 年，他踏上北极，成为同时踏遍"三极"的第一人。与这一系列成就形成强烈反差的是，读书时的他身材比同龄人矮小，害羞又不爱说话，没想到他最后不仅长成身高 1.88 米的大个子，而且人格上也是无可指摘的巨人。

　　成功登顶珠峰之后，Sir Edmund 建立了喜马拉雅基金会，投入大量的时间和精力来回报喜马拉雅山区的人民。他 120 次往返于尼泊尔，在那里建立了 30 所学校、2 所医院和 12 间诊所，尼泊尔是他当之无愧的第二故乡，甚至妻子和女儿也因空难永远地留在了那里。

这趟 Mt Cook（库克山）之行，了解 Sir Edmund 之后我才发现其实自己认识他已经很久了，新西兰 5 纽币的纸币上，头发乱蓬蓬、一脸皱纹，微笑着凝视远处 Mt Cook（库克山）的人可不就是他嘛！ Otago（奥塔哥）大学里的博物馆，捐赠了很多登山装备和个人藏品的也是他。有着诸多成就的 Sir Edmund 谦逊地称自己只是一个养蜂人（他在青年时期，跟随爸爸和兄弟学习养蜂，时间相对宽松，他才得以投入更多精力在登山训练上），不外出探险的时间，就待在老年公寓看看探险科幻书，很少对外界发表言论。征服自然更心存敬畏，辉煌一生却淡泊名利，恪守回报且谨守诺言，这就是一个巨人能够达到的高度吧。

如果说 Sir Edmund 是一个巨人，那么 Mark Inglis（马克·英格里斯）则是一个狂人。1982 年攀登 Mt Cook（库克山）时遇险，他和同伴 Philip（菲利普）被困在雪洞 13 天，他自己戏称住在中峰宾馆。虽然最终成功获救，他却因为冻伤失去了双腿。似乎失去双腿更激发了他生命的多重可能性：学习生物化学专业的课程，成为布莱尼姆的一名酿酒师；参加复健，学习滑雪、自行车，夺得 2000 年的悉尼残奥会自行车项目的银牌；当然，最后仍然绕不过登山，2002 年，时隔 20 年他戴着假肢终于登上了 Mt Cook（库克山）顶峰，2006 年，他踏上了世界之巅——珠峰，钢管假肢，锯齿脚掌在浅蓝色的冰雪背景上触目惊心，为他的成功作了最好的注解。

展览馆的照片上，巨大、陡峭的冰面闪着寒光，亘在那里就是无法征服的庞然大物，一个小黑点在上面缓慢却坚定地向顶峰移动，那是一种怎样的热爱，才有力量去挑战这不可能？因为山在那里。

我与企鹅有个约会

和其他物种一样，人类只是地球上的一种存在，并没有对其他物种的生杀大权，如果因为人类的活动威胁甚至灭绝了其他物种，这是人类的罪恶。

《非诚勿扰》电影里面有个脑筋急转弯，为什么北极熊不吃企鹅宝宝。给出的答案是北极熊生活在北极，企鹅生活在南极，双方生活没有交集啊！显然，编导没有来过新西兰，在这个海洋性气候的温带国家，也有很多企鹅。这里的企鹅主要有两种，黄眼企鹅和蓝企鹅。黄眼企鹅的眼睛周围有一条黄带条纹，虹膜也是黄色的，因此得名。蓝企鹅的羽毛呈淡蓝色，腹部是白色，看起来很像是穿燕尾服的绅士。企鹅在新西兰的海岸线都有分

1. 站在半山腰仰望，一条冰川天上来
2. Lake Tekapo 的背景是连绵的雪山，磅礴大气，看起来亦真亦幻
3. 冰窟探险，过一把爱斯基摩人的瘾
4. 独孤求败———只苍鹰，面向远处的库克雪山

1	2
3	4

```
1 │ 2
  │ 3
──┼──
4 │ 5
```

1. Tekapo 的黎明静悄悄
2. 远处的库克山像是戴了一顶白云帽，
   在冰川消融的岩石上晒晒太阳
3. 罗托鲁阿一颗粗壮的银杏树，
   方圆十米之内，一片金黄
4. 罗托鲁阿的热泉，
   让整座城市都笼罩在云雾缭绕中
5. 千呼万唤始出来的黄眼企鹅，
   一切辛苦都值得了

布，但是比较集中的点只有几个，我去过 Oamaru（奥马鲁）和 Invercargill（因弗卡吉尔）的两个企鹅聚集地。

想要看见企鹅可不是一件容易的事情。企鹅的生活习惯是早出晚归，通常天刚亮就离开家，到海里去捕鱼，一直忙活到天色暗了才回来。所以，想要约见企鹅，要么是天不亮就起床，要么就得晚上等企鹅出海归来。我定了早上 5 点钟的闹钟，和麦克一起去看企鹅。我们到海边的时候，天才蒙蒙亮，草地上的羊还窝在那里休息，也不知道企鹅是不是起床了。我们耐心地等在看台上，下面的海浪拍打着沙滩，留下一道道水沫。人群里有了一阵小小的骚动，我们的主角出现了，有只黄眼企鹅走出灌木丛的家，抖抖脑袋，晃晃尾巴，拿爪子挠挠头，如果不是它的颜色在提醒我，真的会以为这是只鸟——它和鸟也是亲戚关系。它抓挠了半天，却没有一根羽毛掉下来，长时间在海里捕鱼，羽毛已经变成鳞状，细密的一层贴在身上。梳妆打扮之后，它要出发了。灌木丛离沙滩有 10 多米的高度，企鹅摇摇摆摆的，速度却不慢，一会儿工夫，已经踩在沙滩上了。先要做一下热身，企鹅沿着沙滩兜了一圈，留下一溜儿的脚印，摇摇摆摆地奔向大海，汆进水里，出海了！

比起黄眼企鹅，蓝企鹅个头要小得多，平均身高只有 33cm，体重 1kg，也就一只小猫的模样，怪不得是世界上最小的企鹅。可能因为个头小吧，蓝企鹅跟人的关系也更亲密一些。有的蓝企鹅并不住在岸边的灌木丛，而是安家在废弃的房子里。在 Oamaru（奥马鲁），沿海滩有一排废弃的老房子，许多蓝企鹅就把家安在这里。晚上9点钟，我们坐在角落的石凳上，看企鹅回家：游到海岸上，穿过灌木丛，来到马路上，彼此还发出声音呼叫同伴。路灯下，企鹅像是小学生过马路一样，排着队伍，穿过空地，回到家里。看样子，企鹅应该视力不太好，距离我们不足1米却完全看不见，只要不发出任何声音，它们丝毫觉不出周围有什么异样。等到所有的企鹅都钻进房子里，我们静悄悄地起身，不打扰它们家人团聚。与企鹅约会圆满成功！

　　小贴士：我后来查看资料，知道很多中国旅客选择到新西兰旅游，观看企鹅也成为热门的旅游项目。通常，白天是看不到企鹅的，如果白天你在岸边看到企鹅，说明企鹅正处于更换羽毛的时期，身体非常虚弱。请不要靠近企鹅，以免它受到惊吓，慌不择路游到海里，这极有可能会造成企鹅的死亡。人类和企鹅一样，也只是地球上的一个物种，和谐相处是共存之道。

透视 Kiwi 社会

Chapter 7

一分各色旅友，三分底层华人，六分寻常 Kiwi（新西兰人），再撒一把思考的小葱花，

炖一锅大杂烩，好，我的 Kiwi（新西兰人）社会观出锅了！

找呀找呀找工作

在奥克兰找工作，把自己想象成一枚钉子，寻觅任何一个可能的缝隙，
把自己楔进去这个铁板一样的城市。

环南岛旅行之后，我没有了目标，干脆就回到奥克兰——这
一趟新西兰之旅开始的地方，试试自己有没有能力在这个城市存
活。因为之前短暂停留过三天，我并没有感觉太陌生，市中心主
要的大街就一条——昆街。YHA（国际青年旅舍）、超市、图书
馆、公交车站以它为坐标都可以找到，我开始调动所有的神经——
找工糊口。

天维网上找的信息，12点面试。我拿着地图找到了地方，是
一家移民中介。没有经验，没有资源，没有人脉，我怎么忽悠人
来这里办理移民？第二个我发现自己做不来的工作——移民中介。
从移民中介出来，我看见对面的橱窗摆着TNT的箱子，很好奇，
就过去跟人攀谈，结果被人当作TNT的工作人员，听了一通抱怨。
天啊，我是已经离开公司半年的人，只是想找份工作而已。我拿
了他们的名片，并被邀请有空再过来玩，鼓励我加油，并且帮我
留意工作信息。我从他们门口拿了免费的华文报纸，夹缝里有专
门寄送奶粉的快递公司广告，逐个儿打过去问，看看有没有招人
的。居然真被我问到，4家公司有两家可能会招人。其中一个我

留了电话，隔一会儿老板打回来，可是他们招海运集装箱的销售，我没有经验。另一家老板在忙，员工居然直接给了我老板的手机。我在街上游荡，干脆试试 Recruitment Agency（招聘中介），昆街上有 4 家，挨个上门去问。Kiwi（新西兰人）的只是让我填个表格，说等通知。中国人的就很热情，但是宗旨只有一个，交服务费，交钱马上就能够安排，而且工种还随你挑，怎么看怎么像骗子。这是找工作的第一天，赤手空拳。

　　第二天早上 7 点钟起床，我约了报纸上登广告的朱太 10 点钟见面，她要招一个看店面的服装销售。我在 Britomart 车站查了公交车的信息，先坐火车，再换公交，一路走一路问。我要去的地方在郊区的工业园，巴士司机都不清楚，我是车上最后一个乘客，他干脆拉着我在工业园里兜了一圈，最后把我放在他认为最近的地方。宽阔的马路，来往的车辆，没有一个行人，向左还是向右？最后我终于走到一个杂货店门口——难得这个地方竟然有杂货店——像是沙漠里跋涉的人看见绿洲一样，我跑上去向老板娘问路。老板娘也不确定，帮我找来旁边 AA 店的员工（AA 店是新西兰专门办理驾照、车险等业务的连锁店），最后搬来他们大开本的地图手册才确定方位。在新西兰一路上我都被这样的小事感动着，每次我拿着地图在街上试图找到方向，都有热心人上来问我，Are you lost（你迷路了吗）？毫无关系的路人，一个温和的笑容，不经意的一个善举，都让在异乡的我感受到温暖。终于，我找到了地方，是两间仓库，墙壁上挂着各种大号的运动衫，中间两张办公桌、两台电脑，老公管仓库，老婆管店铺，典型的夫妻档。没聊两句，就说我的工作旅游签证他们不接受，不能刚把生手变熟手，人就要走了。我很无语，电话里明明讲了我拿的是工作旅游签证，他们有认真听我的电话了吗？害我白跑一趟，十多块的车票哪！出门口的时候，我看见院子里晾着盘成盘儿的面线，面对这些移民，我始终很困惑：他们当年怎么会有勇气远渡重洋来到南半球的这个小岛？语言不通，文化不同，但是他们像是一颗钉子，硬生生嵌进去，在这里做着洋人的工，赚着洋人的钱。他们仍然固执地坚守着自己的饮食习惯、生活方式、交往圈子，与 Kiwi（新西兰人）划一条线，泾渭分明。我由衷地佩服他们勇往直前的无畏和旺盛的生存能力，什么恶劣的环境都能够扎下根。公交车久久不来，我盘腿坐在马路上看书晒太阳，享受工业区的空旷和安静，看着我这辈子也许只来一次的地方。下午回来去另外一个地方见工，老板是马来华人，在购物中心里有一家马来快餐店，要做的工作就是招呼客人点餐，收款下单盛饭。工作听来不复杂，老板却跟我攀谈起教育背景和之前的工作经历，以及与这个工作完全不相关的事情，还跟我说他有一个儿子在这里读书，搞不清楚他是要招工还是招儿媳妇。他留了我电话，说是会再通知我。找工作的第二天，上天入地。

　　第三天我仍然起个大早，到一家咖啡店门口等。我在天维网上看到这家店要找一个临时工，周日替班 5 个小时。5 个小时有 50 多块呢，苍蝇也是肉啊！11 点钟，老板娘来开门，我过去打招呼。老板娘却疲于应付我，说是昨天登了信息之后，居然有 50 多个人陆续来应征，门槛都被踩平了。她自己都奇怪，只是 5 个小时的临时工，又不是长期工，至于吗？闲聊了一会儿，我知道这50多块的零花钱也没戏了。我又打听去时尚华城的路，里面927号的店铺招服装导购。店铺绕了一圈又一圈，我始终找不到927店铺。问了别家店的小姑娘才知道，店铺号在门下方贴着。小姑娘是奥大的新生，看我样子也是找工的，就传授经验给我：手里的杂物都装进包里，清清爽爽的，因为服装店的售货员本身就是活招牌。不用害羞，一家一家去问，有的店是可请可不请人手的，多问一句，机会也许就来了。她自己就是一家店一家店地问，问出这份工的。终于找到927店铺，老板说让我搭一套衣服出来。望着皮裤毛领、短袖长衫，我真是犯怵，自己都是随便搭配乱穿衣的，如何给别人搭衣服？老板说衣服搭得好，客人觉得合适，才可能买了上衣买裤子，再配包包和鞋子，东西才能卖得多。我知道这在销售上叫做交叉销售。磨蹭半天，我也没拎出搭配成套的衣服，老板在一旁苦笑，搭个衣服有那么难吗？这个行当的这口饭，看来我也吃不上了，抱着我厚重不入流的羽绒服走开，又发现一个自己做不来的工作——服装导购。找工作的第三天，焦头烂额。

　　找工作的几天，我从鼓鼓的皮球变成泄了气的瘪皮球，开始怀疑自己可以做点什么。突然觉得自己好没用，连零工都找不到。幸好碰到台湾的男生CZ，他也是来打工旅游的，刚刚到达，入住在同一间YHA（国际青年旅舍），两个人结伴出去找工作，可以互相壮个胆。尝试了所有的途径之后，我们决定扫街——一家店铺一家店铺挨着问过去，我问一家，他问一家，两个人轮番上阵。以前在TNT做销售的时候，我们经常会扫楼，一栋办公楼从上到下全都敲门进去问，结果到了新西兰，还要扫！有的店铺很干脆说不招人，有的店铺让留下电话，需要的时候再联系，我头一次发现，原来洗碗工、小超市的理货员也都有自己的门槛。听人说倒霉路上全是中餐馆，招工的机会大，我和CZ拿着地图就奔过去了，真的是满大街的中餐馆，火锅、烤鸭，川湘粤各色菜系。走完了一整条街，我躲在花家怡园（花家怡园是北京一家有名的餐厅，在倒霉路上有分店）的门檐下避雨，隔着玻璃看里面的热气腾腾，觉得自己就是那个卖火柴的小女孩。

这样持续一个星期之后，事情有了进展：在布莱尼姆时朋友给了一个电话，是奥克兰蔬菜厂的劳务公司，我持续骚扰了一个星期之后，老板说可以带我去试工；CZ也找到一个Au-pair（流行于欧美的文化交流方式，有点类似于住家保姆）的家庭，可以去做住家保姆，就不用担心吃住的开销了。我们前后脚离开了YHA（国际青年旅舍），散到奥克兰的不同角落，去开始自己新的开始。

另类人生

旅行的一大妙处就是可以见识、接触不同的人，完全不同于你原来的小圈子，
然后方知道其他人的精彩、世界的广度和多元。

@ 只要烟花一瞬

认识艾米是在 Westport（韦斯特波特）西港的背包客栈，
当时我一个人初来乍到，就想着跟人搭讪聊聊天。先是认识了和
艾米一起做工的马来西亚小朋友，听说我来自中国，就介绍艾米
给我认识。开头的时候她还逗我说，艾米是菲籍华人，可是她长
得没有那么黑啊！不过也是一闪念，反正这间背包客栈也是菲律
宾人在做清洁打扫，所以有菲籍华人也不稀奇。当我真的以为她
是菲律宾人的时候，她们才笑着告诉我她来自厦门，而且世界不
要太小哦，她居然是 H 任教的教育学院毕业的，H 是 2005 年去
教书，她 2006 年毕业，前后脚的事情。

2006 年艾米毕业之后，没有像大多数同学那样进入学校成
为小学教员，而是应聘了一家华文学校，大老远地跑到菲国去教
中文。讲起背后的原因，简单到让我觉得不可思议：只是因为 F
省的男生形象都很猥琐，不想将来生个宝宝也这样，就一脚跨出
了国门。她在菲国待了三四年的样子，先是教书，后来到东方大
学读了一个英语教育的硕士学位。也许就是在菲国的这几年，一

个人四处走走看看，日子过得悠哉游哉，成就了她的自娱自乐精神。看她拍的马尼拉街头照片：一边是耸立的高楼，另一个角落就是穷人的棚户区；赤脚的穷人拉起井盖，从下水道的管道里取水；17岁的妈妈衣衫不整，怀里抱着第二个小孩；大雨天，赤条条的小孩走在雨里，就是冲凉了；年迈的阿婆推着自己的垃圾车，车上用铁线绑着几只野猫，倒不是虐猫，相反，艾米买给她的便当，她只是分给孙子一点，自己一口都没舍得吃就全都拿给这几只猫吃。也许，阿婆希望能完完全全地拥有这几只猫。

之前也去过菲国旅行，模糊地知道那里的贫穷状况，但是我也知道那里的学校很强调英文教育。学校墙上赫然写着"Let's speak English and talk to the world（学好英语才可以与世界沟通）"的标语。我问艾米，为什么那么多人不想着出去做外劳赚钱。艾米解释说，真正的穷人是没钱进学校接受教育的，也根本不会讲英文。小孩子都是在街上跑，没有学上，政府也根本管不过来，太多了。我们看到的外劳，无论是香港的菲佣还是新西兰的清洁打扫工人，都是在菲国受过教育，英文还不错的，而真正的穷人，下顿饭都没有着落，更别提什么护照签证的申请费了。（PS: 那张小孩子光着身子在雨里跑的照片一下子让我想起"赤贫"这个词。）

讲起菲国的人，我和艾米都觉得他们长得很漂亮，大大的眼睛，双眼皮，深色的皮肤更加衬得眼睛黑白分明。艾米给我看她在菲国的男朋友，很典型的菲国人，深色的皮肤，厚厚的嘴唇，一双大眼睛。看着照片又勾起艾米美好的回忆：这是他给我做的点心，这是我给他做的拖鞋，虽然只是纸糊起来的，但是他穿上去好开心啊！那时候应该是真的喜欢着他，所以在本子上很用力地写下"我爱你"。可是为什么后来又离开了呢？因为他呆呆的啊，而且我不想要个黑皮肤的小孩，我要白白的小孩。完成了硕士学业，艾米很快就逃走了。

在新加坡旅行的时候她偶然找到呼叫中心的工作，就在新加坡停留了一年。在新加坡的一年，用艾米自己的话说，过得很压抑，在呼叫中心的工作就是接听客户的投诉电话，芝麻绿豆的事情他们都能抱怨一大通，无怪乎他们说新加坡女人是complain queen（抱怨皇后），新加坡男人是complain king（抱怨之王）。所以，一年之后艾米就逃来新西兰了。

说来真是巧合，艾米和我居然都是2011年3月4日到的奥克兰，后来也先后到Trevalley报到，只是班次不同。Te Puke（蒂普基）那么小的镇，我们居然从没有碰上过。在包装厂的日子就是这样过的：上班的时候无聊地选果，没班上的时候又抱怨工时不够。原以为在包装厂的日子就这样无声地滑过去了，没想到最后跳出个Jason来。Jason是艾米班上的主管，本来没有什么特别的，季节快要结束的时候，忽然就擦出了火花。我看了他们Farewell（告别）时候拍的照片，空无一人的选果车间，两个人站在机器中间接吻。照片拍得很唯美：蒙蒙的灰，长长黑发的艾米和戴着亮粉色假发的Jason。季节结束了，Jason留艾米继续做re-pack（再包装），艾米却已整理好行囊要南下了。分别的时候，两个人都哭得很凶。Jason约艾米在南岛的达尼丁他的家乡再相见，可是艾米觉得美好的都已经美好过了，没有再见面的必要，也不想去惊扰这份记忆中的美好。我问艾米，这次男主角不是白人吗？不是可以生白白的、漂亮的宝宝吗？艾米说她想要的是有一点才华、有一点梦想、对世界有一点好奇心的男人。整天、整年、整辈子只知道选果，那不是她要的生活。

最后一张照片，艾米一个人踩着单车，背着睡袋，找一个地方，在鹅卵石的沙滩上睡个暖暖的午觉。

@ 小宇宙发光

Ko 姐是浙江人，脑子、胆子兼具，说话直爽不绕弯，不吝惜帮人，大家都是朋友嘛！这种人想黯淡都不行。

Nimo：名号？

Kokomi：攻略姐。

Nimo：年龄？

Kokomi：比你大。

Nimo：理想职业？

Kokomi：别人出钱让我玩的工作有木有？

Nimo：有的话，Ko 姐捎带上我呗！（流哈喇子）

Nimo：是文艺女青年吗？

Kokomi：是女汉子。

Nimo：都上哪儿溜达过？

Kokomi：泰国、马来西亚、新加坡、新西兰、土耳其、韩国、日本、尼泊尔。

　　Nimo：这么多地儿，富二代吧你？

　　Kokomi：怎么骂人呢？不说了，伤感情。

　　从中国出去新西兰打工旅行的很少有人不知道 Kokomi 攻略姐的。我去之前也给 Ko 姐发过豆邮，询问保险的事情，回复很快，但是感觉口气冷冰冰的，耍大牌。

　　去到 Te Puke（蒂普基），Ivy 在微博跟 Ko 姐勾搭上，她也来了小镇，便拉我一起去会会大牌。我们走着去图书馆，Ko 姐开车来，在图书馆门口的长椅上会面了真人，微胖，说话跟竹筒倒豆子似的，兼眉飞色舞，这才是真实的攻略姐嘛！

　　我是导游，大家跟我这边走

　　我一点都不好奇 Ko 姐说她想做导游，她是为旅游而生的。这点在 Ko 姐带我们丰富湾一日游时就充分显示出她超强的组织能力。查攻略、翻看《寂寞星球》旅行手册、规划线路、安排时间、征集人员，Ko 姐会筹划好一切，我们只等时间到了她来接我们即可。那天一共跑了三个地方，Ko 姐命名为"特色小镇一日游"：壁画小镇、金矿小镇和汽水小镇。中间还在怀黑的沙滩上，5 个人一溜儿坐在一根枯木上野餐。Ko 姐不仅是个好司机，还一路爆料，停车游览，上车听故事。Ko 姐，我真想小费塞满你的口袋，虽然最后我们只是分摊了油费，只因咱囊中羞涩呢。

话痨 Ko 姐

Ko 姐语速极快，声情并茂，且跟人自来熟，不做攻略姐，天地都不容。攻略姐的工作主要分两块，一块是口头上跟 WHVER（打工旅行者）交心，另外一块是笔头交流，惠及众生，在网络上发表自己的旅游经验。WHVER（打工旅行者）分两个年龄段，一个是大学刚毕业出来闯世界的，另外就是 Ko 姐和我这样卡在年龄上限，博最后一把的。Ko 姐是两段通吃，跟谁都聊得来，青春、理想没问题，工作、社会更不在话下，完全零障碍交流。她的攻略方方面面都涉及：找工作，买车，车险赔付，退税汇款。她的想法大概是授人以渔，与人分享吧。Ko 姐一不留神捎带着培养了老外粉丝，她来参加 Poppa 生日会时聊起她卖车的经过，抓住一个粉丝在麦当劳狂侃三个小时，最后以满意的价格把车卖给粉丝，她自嘲说，I'm not selling my car, but selling my reputation（姐卖的不是车，是声誉）.Poppa 的家人一下子就记住了这个健谈的女孩，因为一下击中老外的要害——幽默。

吃货一枚

如果说让 Ko 姐选择两样不能舍弃的东西，毫无悬念地，美食 & 美景，这是生活继续下去的原动力啊！哪怕是在穷乡僻壤，Ko 姐也想办法让自己吃得有滋有味：一同捕来的平鱼，我们油煎一下就直接下肚了，Ko 姐却拿回去精工细作，居然包在锡箔纸里面做成了麻辣烤鱼，味蕾被瞬间引爆；超市里的特价鸡脖子，Ko 姐用老干妈文火炖，生生做出武汉鸭脖子的味道。清贫的日子可以挨，但是于尘土里开出一朵花儿，却要看个人本事了。

挥刀斩情丝

Ko 姐是女汉子，但女汉也有柔情时，在路上她就碰见这么一位让她感觉特别的人。Ko 姐开车载他一起游山玩水，借以培养感情，还拿出看家的厨艺好吃好喝伺候着，怎奈他心里装着别个人。Ko 姐放手让他选择，你若留，我欢喜，你若走，我不留。最后二人分道扬镳。难过一会儿，转头 Ko 姐就跑向她的粉丝，享受特别待遇去了——男粉丝的熊抱，拿得起、放得下、撇得清才是我们的 Ko 姐。

拍照更新发微博，Ko 姐非常热衷于培养和扩大她的粉丝，说自己粉丝几多的自豪劲儿就跟皇上炫耀自己后宫佳丽三千似的。盛名之下的 Ko 姐依然真实，因为她清醒，你我皆凡人，只要活出自己的精彩就 OK。

@ 黑面大叔

我猜想如果黑面大叔有机会读到我写的他，肯定会嘿嘿一笑，说哪有那么多道道？就是过日子，混口饭吃呗！

黑面大叔是我的工友兼二房东珍妮的男朋友，第一次见到他是帮我搬家到珍妮那里去住。大高个，黑面孔，脖子上一根粗粗的金链子，张嘴一口浓重的东北腔，我的身边从没有过这样的人，疑心他有黑社会背景，直后悔搬去珍妮那里住。

真的住在一个屋檐下，我才发现他黑面之下的另一副面孔。大叔是劳务输出来的新西兰，在菜场做过，在服装厂也做过，还学过西厨，当然是为了混学签以便合法地待下去，最后走上了建筑这条路。先从学徒做起，手艺精了就自己出来单干，从老板那里分包活儿，他主要是做屋顶，从早到晚猫在房顶上，这不，人都晒得黝黑发亮了。我问过大叔有没有考虑回去，他是家里的独子，父母年纪应该也不小了。他猛抽几口烟，说回去咋整？这么大年纪，回去都废了，就这么待着吧！说着"啪"地把烟蒂弹出去，这事儿就不再烦恼他了。

大叔来了新西兰就一直漂着，一眨眼就单到了35。35岁的大叔应该是第一次谈恋爱，对珍妮上心着呢。珍妮小他十来岁，两个人在一块儿就有点老夫少妻的意思：收工回来不论多晚，大叔都马不停蹄地开始张罗饭菜，珍妮说吃面条，大叔捋起袖子就和面；拿出制衣厂的手艺给珍妮缝午餐包；珍妮抱怨鞋子没地儿放，大叔就拜托木工给打了鞋架。终于拿到鞋架，两人又一通倒腾看搁哪儿合适，珍妮再给鞋架缝个布帘子，就有了居家过日子的感觉。和国内的情侣一样，他们也要面临一穷二白拿什么结婚的问题，还有身份的问题。大叔没有PR（永久居民身份），横竖不能一辈子拿学签在这里待下去。我感觉他是卡在那的人，家回不去，新西兰又不能顺利进去。好在珍妮原来学化妆，找到了一家美容院肯接收她做兼职，当然，是要付钱给美容院的。有了相关工作经验，PR申请就更近一步了。

大叔在圈子里颇有大哥的范儿，周末空闲就招呼大家过来热闹热闹，打打麻将。谁待不下去了，要回国了，他总是张罗着送行。待了短短的两个月，我在蔬菜厂的工做不下去也要离开了。照例，大叔做了一大桌子的菜给我送行。酒下肚，大叔就动了情：你们离开的每一个人，我心里都会记着。

黑面大叔，我也会记得你的。

@ 极品萍姐

家家都有一本难念的经，独自支撑家庭的萍姐，故事里透着无奈还有认命。

萍姐是蔬菜包装厂里有传奇色彩的一个人，我第一次看见她的时候，她头上裹着纱巾，纱巾下面是光头。我很奇怪这是怎么回事。做了一段时间，我也慢慢了解了萍姐的事迹。大家早上都谈论着今天包装盒上要打几号的日期，转眼就听见萍姐在那儿叫，今天应该打几号啊？我是不是打错了？大家都低头无语，就见萍姐一个盒子一个盒子地把刚才贴的标签再撕掉。我严重怀疑，来上班的只是萍姐的肉身，她的灵魂不知道在哪里游荡。择菜的时候，听见萍姐在那儿嚷眼前有一只虫子飞，正说着，就没声音了。隔一会儿，就听见萍姐的吞咽声。紧接着她宣布，我把它吃了。这是为了补充蛋白质吗？

工作中的萍姐看起来多少有些不着调，但是生活中的她却非常努力。萍姐家里人口众多，萍姐的爸妈、他们夫妻两个以及三个孩子，七口人只有萍姐一个人在全职上班。萍姐的老公在移民新西兰之后，他的任务似乎就结束了，养家的重担就转移到萍姐肩上，他的主要工作就是睡觉，不让在床上睡，就跑到阳台椅子上睡，屋里有丈母娘照看，屋外有萍姐赚钱，他还宣称懒才是社会进步的原动力。萍姐做过清洁，干过包装厂，一天都没有闲着，忙忙碌碌养家糊口。但是包装厂一周只有400块的收入，萍姐家的房贷一周也要400多块。真是好奇，他们家怎么过日子。不愧是八仙过海，各有各的招儿：萍姐的收入是全部贡献给了房贷，但这样就有房子是地主了，把房子分割租出去就有了租金收入。萍姐的爸妈都已经过了 65 岁，拿着政府的退休补贴，家里有三个孩子，政府也会补贴孩子，老公没有工作，可以拿失业救济，再有一些爸爸帮人修水管、萍姐养花卖花的钱补贴家用，日子也能过得去。就这样，背靠着政府萍姐撑起了这个家。萍姐剃的光头就是一个声明，她不想再有孩子，也不敢想象没有工作、没有收入怎么去维持家庭，怀女儿的时候挺着肚子跪在地板上做清洁的时刻她都不忍回头去想。

在蔬菜包装厂是没有秘密的，每个人家里那点事儿全被抖落出来。工友撺掇萍姐和她老公分开，现在的状况不见得比她自己带孩子强到哪儿，反倒像是多拖着一个没断奶的大孩子。对于这桩婚姻、目前的生活状况，萍姐选择继续维持。看见萍姐，我总觉着她是一个矛盾体：一面是背井离乡，到别人国家开创新生活的勇气，辛苦做工，腾闪挪移的坚韧，挤出钱来养活家人；另一方面是脑子里固有的传统思维把自己捆绑得牢牢的，不敢奢望自己的生活和婚姻有更好的转机。有了孩子，总是顾念着一个名义上完整的家也好过破碎的家，离婚对孩子的影响，离异且年过四十单身女人的生活，只是想一想，就足以打消离婚的念头，沿着这条路一条道走到黑。可是谁能保证这条路走到底就看得到光明？

@ 旅行 & 寻找

包装厂新来了一个女孩，Kitty，个子比我还矮一点，黑黑的健康的肤色，很光亮的额头，一双大眼睛。那天付油钱的时候，我瞥见她钱包里面有一帧照片,大红底的一寸小照片,两个人侧头碰在一起的合照。虽然我还没有结过婚,但只一眼,就确定那是结婚照无疑了。昨天和 Kitty 在车里坐着闲聊,我忽然就很突兀地问了一句:你结婚了吧? Kitty 的大眼睛忽闪了一下,说还没。顺着照片聊下去,她就道出了她的故事。那张是结婚照没错,拍了照但是没有领证。挺像《北京青年》的情节,都讲好了去登记结婚的,却临了又反悔了。Kitty 与男朋友谈了 6 年,也不是没有认准这个人,只是想到后面就是结婚生子、尊老爱幼,眼瞅着一条轨道就直直地奔人生尽头而去了,就是不甘心。站在 30 岁的当口,她总想着跑到野地里去撒撒欢,就这么斜刺地来一下。

对于旅行,对于这一年,我也给予了很高的期望,希望自己能够想明白想通一些事情,站在十字路口的时候不会再徘徊、迷惘。我赋予旅行太多的重担,结果肯定是什么答案都不能得到。旅行给不到任何的答案,它又不是云南白药,撒下去就见效,恨不能包治百病。最近我又在重看带来的唯一一本中文书《迟到的间隔年》。关于旅行,书里有一句话:旅行是寻找不到答案的,它只会让你多了选择,甚至更加迷茫,但完全值得。我个人觉得说得很中肯。

@ 陪你去流浪

因为下雨不做工,大家都待在家里,所以有机会聊聊天,互相多点了解。我对 Joy 的同屋 Yoke 一直都挺感兴趣的,她算是我见过的人中很特别的一个,单是从外表就可以看得出来:从我见到她到现在,她似乎就一直穿一件破烂的卫衣,手都可以从破洞里面整个伸出来，冷的时候加件男士绒衣，宽大地套在身上，下摆都能到膝盖下了。头发弯弯地整个贴在头皮上，感觉乱蓬蓬的，用她自己的话说，已经好很多了，之前和她男朋友一起住在车上的时候，很多天都不能够洗澡，头发打结，以至于后来不得不用剪刀剪掉打结的部分。我真的是很难以想象，那是得打结到什么程度啊！经常两只袜子都不是一个颜色，偶尔穿一双同色的袜子吧，只有脚脖子那里能够看出底色是白的。鞋子可能也不是特别合脚，在葡萄园做工的关系，鞋面上泥点斑斑的，鞋带也不会费劲弯腰去系，倒是奇了怪了，也没有发生踩着鞋带摔倒的事情，她自己还说，怎么可能就摔倒呢！我估计也是她这个装束帮了大忙，她去 New World 超市那边的救济站领免费食物的时候，人家也都没有问什么，因为看样子就像流浪汉，没得吃没得穿的。结果，她从救济站领回两大箱食物，面包、茶叶、罐头什么都有，当然，差不多都是要过期的。

如果说 Yoke 是外国人或者自己本身情况就很糟糕的人，我还不难理解。可是她是内蒙古人，在同济大学读的书，然后到香港念的硕士，毕业之后也是在写字楼上班，都是坦途一路奔着过去的，我很难理解她怎么中间斜刺里就选择了这样的生活方式。我估计跟她的男朋友有很大的关系，听她自己的描述，她男朋友是不工作的，之前在法国就是一帮人住在车库里，从垃圾桶里面捡拾别人扔掉的过期食物，就这样还整天看画展，欣赏艺术，反对政府。后来在香港遇到她，就是她一人赚钱，两个人花，后来她男朋友旅游签证到期，两个人就一起申请了新西兰的 Working holiday（打工旅行）过来。现在也是，她在葡萄园拼命剪枝存钱，她男友先行到澳大利亚，也是待着什么也没有做，等她过去一起旅行。今天听她讲这些的时候，我觉得很不能理解，甚至很气愤，一个男人怎么可以厚脸皮地让女人赚钱来养？倒是我的反应让 Yoke 很不解，她认为这个对于她自己来讲是再正常不过的事情，还说他待着我来赚钱总好过他赚钱我待着。我真的是无语，该说她很有奉献精神呢，还是说不同观念的人根本就生活在两个世界呢？

漂泊在异乡

奥克兰的底层华人，虽然身在异国，却始终生活在新西兰的边缘，
游离在主流文化之外，自成一体地生活在自己的小圈子里。

重返奥克兰，让我感觉自己就是生活在中国，周围全是中国面孔，吃的是中国菜，听的是各地方言，甚至有熟悉的勾心斗角以及各种倾轧。奥克兰的底层华人，虽然身在异国，却始终生活在新西兰的边缘，游离在主流文化之外，自成一体地生活在自己的小圈子里。

@ 婚姻买卖

结婚也可以是一座桥，这头是没身份，那头是PR（Permanent Resident，永久居民）。

听 Ko 姐说，他们的二房东终于想通了，打算通过假结婚来拿个身份。事情的起因是这位房东的一个同乡终于拿到了 PR 的身份，让房东觉得很焦虑，因为自己还没有拿到 PR。Ko 姐的二房东我见过一面，长长的头发，人很白净，和我同岁，都是 1983 年出生的，可是居然来新西兰 7 年了，当然，这与她生在福建，有出国的传统有关系。在新西兰的这些年，她都是靠学签的身份待下来的，奇异果的季节就摘果选果，她手很快，做计件工，收入比较高。像现在出租的房子，也是她先租下空房子，然后用具添置齐全再分租出去，也有一部分收入。

女孩拿身份的计划是这样的，先存一笔钱，找那个拿到 PR 的同乡，商量着假结婚。然后分期把钱付给他，等拿到 PR 之后再离婚。有了 PR 之后，也就有了资本，她再想办法找同样想通过结婚拿到身份的人，再次假结婚，把先前的本金捞回来。听到这样的计划，我很骇然，结婚也可以是一座桥，这头是没身份，那头是 PR。在新西兰，PR 连着工作、教育、医疗、失业救济和老了之后的补贴。没有 PR，所有的福利都跟你没有关系。从某种程度上，PR 意味着基本保障，难怪一群华人聚在一起，PR 是永恒的话题。

离开 Te Puke 已经一年了，不知道与我同岁的女孩是不是实施了自己的 PR 计划？或者以婚姻为桥梁在做着国际搬运工了？通过捷径拿到了 PR 之后，不知道她是否在某个时候会后悔自己所失去的？真的不是所有都可以拿来交易的，人还是要有一些固守和坚持。

@三个女人一台戏

有人说三个女人一台戏。所以，你能想象一个车间十多个中国女工的情形吗？那真是一台大戏啊，还精彩连连，高潮迭起。

刚来包装厂两天，我就嗅出空气里的火药味：每个人有自己的任务定额，大家倾向于结成小组，搭配着干活，那肯定是找与自己相投的人结对子，整个车间分为几个小组，像是运行在各自轨道上的几颗小行星，互无交叉，互不干扰。甚至吃饭也是如此，分三拨人先后去：先是大婶组，第一方阵有四个人，善良不着调的萍姐，人生有三乐的北京胖婶——吃、逗贫、打击萍姐，幸福指数最高，喜欢充当和事佬的广东媳妇，直肠子、以美丽为事业的东北姐。第一方阵吃饭快结束的时候，第二方阵就出发了，这一方阵的领头人是车间主管，20多岁的小姑娘，要说老外看人也挺有水准的，她干活麻利，手脚勤快，一个人当三个人用都绰绰有余，而且还对上头的指示执行彻底。让中国人管理中国人，这是老外的"以夷制夷"吗？跟她形影不离的是两个福建女孩，不光工作中，平常也私交甚密，这在工厂中是很少见的。大多数人是不介入彼此的个人生活的，人家只有一个身份——工友。也许作为一个年轻的主管——上面有资历长的老员工，下面有一群新员工——她需要这样的友谊来支持，使自己看起来不那么形单影只。等到所有的人吃完饭都离开，第三方阵才迟迟入场，这样就可以拥有整个餐厅，无所顾忌地说些笑话，享受这片刻的放松。是的，这就是夹心的第三方阵——没有老资格可以摆，又开罪不起拿着鸡毛令箭的主管，只希望可以在车间好好做个隐形人。

表面上第一方阵与第二方阵是井水不犯河水的，大婶们都识趣地给主管足金足两的面子,但心里都不忿,不就是个黄毛丫头吗,我进厂的时候还不知道在哪个犄角旮旯呢!主管刚当上主管那会儿,想杀一儆百,烧个三把火,挑北京胖婶的刺儿,结果胖婶秀口一吐,京片子噼里啪啦拽过来,骂了个祖宗十八代,上下五千年。等到拿东北妞开刀的时候,就从言语交锋升级为肢体冲突,车间差点变沙场。打那以后,两个方阵就由表面较量转为暗地较劲儿,不显山不露水地斗。周末第二方阵轮班,订单数量多没有完成。周一上班第一件事,就是撺掇萍姐把这事捅给老板。订单没完成主要是人员没有安排好,人员谁安排的呢?主管哪!通盘考虑问题的能力还是薄弱,毕竟年轻嘛,20多岁管10来个人,也是挺难为她一个小女孩的。第二方阵会束手就擒?闯荡江湖,大家都不是吃素的,迅速反击,要稳、准、狠。中午吃饭空档,主管约谈萍姐,萍姐,周末的订单客户打电话给我,包装重量都有问题啊!我先按在这里还没有报上去,这事往大里说就是质量不过关,会影响厂子生意的,老板最不能容忍这类事情。但是你家里有三个孩子,一大家子人都得你养活,我真是不忍心这么做啊!就芝麻大点官,还总得罪人,卡在中间,左右难做啊!再看萍姐,鼻尖都沁出汗珠了。

第一、第二方阵的战事告一段落,接下来就是第三方阵的戏码了。可怜的第三方阵,只希望像空气一样,当透明的不存在即可,可仍然逃不脱被卷入战争。主管对第三方阵持怀柔政策——拉拢拉拢,敲打敲打。拉拢过来呢,是扩大群众支持,巩固地位;敲打呢,是敲山震虎,让所有人明白各自的位置。主管逐渐让第三方阵做些择菜之外的工作,像是码盒子、操作机器、盘点数量这些高端工种，而这以前是由第一方阵的人来操作的。难听的话是在嘴边常备着的，呦，这就是传说中的上位吧？看架势是要取而代之了，也不掂量掂量自己几斤几两！第三方阵干着活，挨着骂，却无还口之力。干不下去，离开总可以吧，惹不起躲得起吧。不久，第三方阵的人就有人辞职了，离开之前还找老板谈了次话，在这里干活，不光有体力上的挑战，还要承受很大的精神压力，真累！主管听了这话，请了半天假回家休息，估计是去消化这句话了。这算是第三方阵的成功逆袭吗？

Lotto，乐透

> 如何摆脱看似没有尽头的日子，Lotto 就充当了这个救星。以为抓住的是定心丸，却不过是裹了层面粉的糖豆儿；以为是灯塔，结果只是海市蜃楼。

第一次接触 Lotto 是在 Poppa 家，4 月份的 Lotto 产生了一个大奖，26000000 纽币，电视、报纸铺天盖地的，都是这个幸运儿的报道。电视里采访那个人会如何分配这个钱，以后是否还会工作什么的，我们私下也在讨论这个事情，像是中国"中了500 万元之后你会做什么"的新西兰版本。问到 Poppa，他怎么说的呢？I look through the shop window, want to buy nothing（看过橱窗，无所欲求）。可能熬到这个年岁，也没啥物质欲求了，该享受的都享受过了，百万的私家游艇也开过，鹦鹦螺的海景套房也拥有过，一切都是浮云尔尔。临了，他也只是孤单的一个老人，每天开车出去遛弯，开着电视却会忘记打开声音。但是对于在蔬菜包装厂的工友们来说，Lotto 就绝不是那么轻描淡写、无足轻重的一件事。

在蔬菜包装厂的人可以分为两类，一类是年龄 40 上下的阿姨大婶，终于取得身份，在这边拖家带口的，另一类是 20 出头的年轻小姑娘，通过各种途径来到新西兰，先办学签再转工签，没有身份但是也还算是合法的，赤手空拳，唯一的资本就是年轻的自己，大多都傍着个男友。成家的大婶基本都已置下房子，当然也都拖着贷款，和老公一起扛着，或者办着穷人卡，享用着社会福利，让国家帮忙兜着；未成家的小姑娘也望不到那一步，一周 400 块的薪水，吃吃喝喝，再逛街做个头发、买个名牌包包，兜就比脸还干净了，靠自己是没希望了，只能靠身边的男人。400块的周薪真的很不经用，且不说花钱大手大脚的小姑娘，就是勤俭持家的大婶也疲于应付：房子贷款要还，家里的吃喝用度，老人小孩有个头疼脑热的，太多的窟窿，400 块根本就堵不过来，缺钱成为生活的常态。在这困窘的生活中，幸好有 Lotto。

周四是发薪日，也是保留的 Lotto 节日。这一天的核心话题就是 Lotto，工友热烈地讨论生活中偶尔看到的数字或者是梦里呈现的数列，下班之后大家开车到最偏僻的杂货店去下注买彩票。据说越是偏僻的地方中奖的概率越大，头奖通常都是在名不见经传的小地方产生的，所以听说有人去南岛玩，大家都会叮嘱不要忘记去某个曾经产生头奖的偏僻小镇买上一注。Lotto 我觉得是华人融入新西兰文化最快的一个方面，我在包装厂也参加过这种周四集体买彩票的活动。新西兰的彩票有几种形式：一种类似于刮刮乐，刮开涂层，如果有几个相同的图标，就可以获得相应的金额，最常见的奖项就是再来一张，我买过一张一块的，就中了这个奖项；有一种新西兰特有的形式——Bullseye 牛眼，花两块钱买一个数字，如果你选的数字最接近开奖的那个，你就是赢家；最大的奖项是选号码的彩票，Power ball（魔力球）是 6 选 40 外加从 10 个数字选 1 个，Big Wednesday（星期三大赢家）6 选 45 外加猜硬币的正反面，这两种中奖概率分别为 1/3838380 和 1/16290120，当然概率越小，意味着当分母的人越多，奖金也越高。

车间最乐于传颂的就是那个谁的朋友的朋友的朋友，开奖中了多少多少钱，一下子就衣食无忧了。绕了 108 个弯，真实性无从考证，但是让你觉得这事儿真真就发生在身边，下一个就轮到你了！选号码的大奖是周六和周三开，一周抠出个十块八块，哪天来了灵感，或是做了个有好兆头的梦，就买上一注，像是买了一个希望，小心收好，到日子再来兑现。谈不上这是不是可悲，生活总得有个指望，有个奔头吧。在这里日日择菜，如何摆脱看似没有尽头的日子，Lotto 就充当了这个救星。以为抓住的是定心丸，却不过是裹了层面粉的糖豆儿；以为是灯塔，结果只是海市蜃楼。Lotto 带给人的是一份憧憬，就像它的名字——乐透，一旦中奖，乐透，乐翻天啊！三五块买上一份希望，你要不要来一份？

细说媒体

在节目里祝自己母亲生日快乐的气象播报员，报道在位的长官挥霍纳税人的钱的记者，在我们看来的天方夜谭，却是新西兰媒体的实际情况。

@ 温情的电视

晚上看电视的天气预报，居然在 2 频道看到播报员在播报结束的时候说今天是他母亲 60 岁生日，在此祝母亲生日快乐，还打出一张照片和 Happy birthday 的祝福。简直不能想象，这个 2 频道应该是类似于我们 CCTV2 的地位，经常播放各种经济、政治新闻，这样一个主流、正式的频道怎么能够容许播报员在电视里做这样的事情？ Poppa 说，新西兰是一个人口规模小的国家，他们更乐于把精力投入家庭。他自己也乐于看到电视节目里有这样的场景。

回观黄健翔的事情，我想如果是在新西兰，他应该不会有任何事情吧，反而会被看作是富于激情的解说。我们的电视节目太一板一眼，讲究政治正确，严肃得让人觉得冷冰冰。电视的功能早已是娱乐和打发时间，我想电视台工作人员也大可稍微轻松一些，从布道者的圣坛上走下来，温情一点也未尝不可。

@ 舆论监督

看报纸的时候，头版头条赫然写着国家的重要长官，都是什么什么Minister(长官)挥霍纳税人的钱，花在酒店住宿上多少钱，瓶装矿泉水多少钱，内衣多少钱，洗衣服多少钱。我很好奇新闻媒体怎么挖到这些信息的。Poppa说这是他们的工作，还强调说They should do much better（他们可以做得更好）。要知道，我看的这份是新西兰发行量最大的报纸，这上面报道的人物都是重量级，而且都还在位上，怎么这些事会被捅出去？我有朋友在很大的报社上班，据说每一篇报道都会被审核的，强调注意舆论导向。我很难想象媒体胆敢报道尚在位上而且如日中天的高官。

我问Poppa，这些大人物被曝光乱花纳税人的钱之后，会被下台吗？Poppa说不会，一切该怎样还怎样。好吧，他们也有他们的顽疾，但是总有一点值得借鉴，他们不会拿一块遮羞布盖上来粉饰太平。他们的媒体，自由、独立，不是谁的喉舌，要自己发音，真正起到了舆论监督的作用。

我回国之后，刚好赶上一拨贪官落马，来自微博渠道的举报是其中的亮点。微博是自媒体，人人都可发表言论，如果说自媒体单枪匹马都可以起到舆论监督的作用，那么我们的传统媒体、媒体的从业人员，可以做的空间岂不是更大？

纽澳军人节

节日被模糊了原本的意义，沦为旅游消费的代名词。

马上国内就要过五一了，因为新西兰不会放假，跟我也就没有什么关系了。倒是这边的节日，跟我现在有了密切的关系。今天是 ANZAC Day——纽澳军人节，放假一天还多给一天 Holiday pay。

4 月份的节日格外密集，像是先前的 Eastern——复活节，也是放假两天，商店大都歇业，橱窗里都摆着复活节的彩蛋。今天的 ANZAC Day（纽澳军人节），好像从上周起报纸就开始介绍制作各种仿旧的战争纪念品，这期介绍的是战争风格的擦鞋箱的 DIY 制作。从我的个人感受而言，他们真的有把节日当作节日来过的兴头，而我们的五一、十一都是旅游消费的代名词，最大的价值就是提供了一个假期，这个节日原本的意义早就模糊了。

说到纽澳军人节，这里的小镇每个都有自己的 War memory hall——战争纪念馆。新西兰从来都不是一个人口众多的地方，可以想象经过"一战"、"二战"后的情形——男人全上了战场，只有女人和孩子留守在家里。引用当天报纸上的描述：Dozens of young men died or were injured from towns of only a few hundred souls, all those mothers and sisters and sweethearts left to run the place while their men went away

（只有几百人的小镇，成打的男人死在战场或在战场上负伤，留下母亲和姊妹来打理没有男人的小镇）。战争就在你的身边，或是丈夫，或是兄弟，或是儿子参与其中，像是 Poppa，他的哥哥们参加了"一战"，他自己参加了"二战"。这样的情形，就很容易理解建立 War memory hall（战争纪念馆）的意义了，总需要有一处地方来慰藉我们对逝去亲人的思念。

引用报纸上的一句话吧：I don't know those soldiers and they don't know me, what can I say to those who made us come here and kill each other without reason(我不认识对面的士兵，他们也不认识我，但是谁让我们来到这里，还毫无理由地互相残杀）？摘自当年一位士兵的日记。

结婚？不结婚？

结婚、不结婚对于她们来说也许就是一枚硬币的正反两面，完全在于自己的选择。但是在中国，这枚硬币正反两面都写着结婚。

在新西兰的一年跟各国青年交流，我发现人家都不把结婚当作人生必需的，而我们，无论是我这种传统型的，还是 Kokomi 攻略姐那种西化的，似乎都把在 30 岁之前嫁掉当作一件头等大事来对待的。

Sky 是我在奇异果包装厂的工友，马来西亚人，持 RSE 季节工签证过来的。她每年在 KKP 包装厂做 6 个月的包装，然后回马来西亚待 6 个月。我很奇怪马来西亚那么热的天气怎么有她这样白白胖胖的人，她说做完 6 个月回到马来西亚就基本上不出家门，开着电风扇打游戏或者上网看小说，她贡献了很多钱给晋江小说网。Sky 的妈妈有三个女儿，老二已经嫁掉，老三也马上高中毕业，这两个都瘦得皮包骨的样子，很臭美。不知是出于对老大的偏爱还是担心，Sky 妈妈用 Sky 没有上大学省下的学费在吉隆坡郊区买了公寓，说是以后留给 Sky 的。Sky 想她有地方住，如果再有足够的食物，是没有必要出门的。在我向她介绍了中国蓬勃发展的电子商务后，Sky 很开心，如果将来马来西亚也发展成这样，她岂不是只用开门就好了？Sky 的理想是将来有够生活的钱，老了可以住进老人院，有护工，有相投的老人可以聊聊天、喝喝茶，悠哉游哉的，结婚这件事情是没有进入过她的视野的。身边的表哥表姐十七八岁未婚先孕的，结婚再离婚的，让她对婚姻看得很淡，想想要养小孩，如果老公不行，说不定还要养老公，她觉得还是一个人比较自由。

　　听我说中国的相亲模式，Sky 很奇怪问这个不是古时候的事情吗。是啊，相亲算是我们一直沿袭下来并且近年不断发展壮大的一项伟大事业。很多写相亲经历的书、非常火的电视相亲节目《非诚勿扰》，甚至纳斯达克上市的相亲公司，都让她很新奇，说是一定要从网上下载这个节目来看看怎么个电视相亲法。我想在马

1 | 2
3

1. 我在新西兰的第一餐就开始全新的 Kiwi 生活了——经典 Kiwi 早餐 Toast with Vegemite（烤面包抹维吉麦），这可是个好预兆啊！
2. 我的第一个 palvola 出炉啦，草莓是花园里新鲜采摘的，你要不要来一块？
3. 在 Dave 家里，Reena 手把手地教我制作 Kiwi 传统糕点——palvola

1. Andrew 妈妈端坐在电脑前，一个字母一个字母地敲击提交给市政的倡议书，老两口在争取种植白菜树的倡议获得批准（Andrew 妈妈 87 岁仍在学习打字和使用打印机）
2. Poppa 带我们去网鱼，我和攻略姐 Kokomi 在船上各种造型，脸上是无忧无虑地笑容
3. Maketu Newdick's Beach——这个在《寂寞星球》旅行书里只有寥寥几行的小众海滩却展示了新西兰人最真实自然的生活家园，了无生烟的太平洋海岸上海鸥才是最自由的主人——Ivy 供

1 | 2

3

来人 Sky 看来，把结婚当作一件 Must do（必须做）的事情，把相亲发展成一项庞大的事业，也算是一个中国特色了。

Noona 是住我们楼下的泰妹，刚刚 28 岁，很大的眼睛，黝黑的皮肤，一张典型的泰国脸。谈及 Working holiday（打工旅行）之后的打算，她说会再回学校读书。按照我的中国思维，如果再读个两三年书，就 30 多岁了，再工作一段时间，结婚成家这个事情何时才能实现呢？Noona 很奇怪我的想法，她从来没有考虑过一定要结婚这个事情。她很奇怪我和 Kokomi 都会有很大的要结婚的压力，她的家庭从来没有给过她这方面的压力，她也一直在随心做自己想做的事情，而且她向我强调并不是每一个人都会结婚的。有交往 5 年男友的 Mod 也在旁边说她只有在想组建一个家庭的时候才会考虑结婚，并且说她奶奶的妹妹就一生未婚。

我一直秉承的是婚姻是每个人都必经的一个程序，她们说的这些，让我意识到也许只有在中国这样的环境下，结婚才变成一种必需的压力。谈及国内很流行的闪婚，Noona 吃惊地瞪圆了眼睛，问怎么可以在你并不完全了解这个人的时候就踏进婚姻呢？到最后，Noona 拉着我的手反复说，你千万不要在还没有爱上这个人的时候就嫁给他。可是爱又是什么呢？结婚不是 Must do（必须做）的吗？

Made in China

作为"世界工厂",我们处在产业链的最底层,只是提供自己廉价的劳动力。
这样的模式就像走在狭窄的吊桥上,来自发达国家的一个小震动,就会导致我们跌入峡谷。

和攻略姐一起逛商场,说回头看看有什么新西兰特产可以带回国做礼物的,Ko 姐指给我们看一种厚厚的羊毛鞋垫,说这个是百分百新西兰特产的,其余的东西都是 Made in China,犯不着来来回回做搬运工。果不其然,大多数产品都打着 Made in China 的标签。

楼下的马路每天都驶过很多大卡车,满载着粗粗的木头。Poppa 说这些都是运往中国的,还说中国拿走了新西兰所有的好东西,木头、羊毛。我很纳闷,我们也有很多森林,犯得着大老远来拿走他们的吗?偶然的机会了解到,的确有很多木头被运往中国,在那里被加工制成家具,然后大部分又被运送出去,在其他国家销售。我们只是贡献了自己廉价的劳动力,而成品上赫然就打上了 Made in China 的标签,就像我在 TNT 接触到的代工企业一样。中国有很大一群企业是依赖这个生存的,国外提供原材料,或者严格按照国外的要求本地采购原材料,当然也是因为本地原材料廉价,国外提供设计,我们只是用自己的机器和人来把这个设计实现。在这个过程中,我们赚取微薄的利润。这就是我们常说的代工或者叫做贴牌生产。现在市面上大量 Made in

China 产品都是这样的情况。所以，因为这些产品的关系，我们赚取了"世界工厂"的称号，好像我们洗劫了世界人民的钱包，为此没少受非难。但是实际我们究竟赚取了多少呢？举一个大家都知道的例子，Iphone 风靡全球，受到年轻人的追捧，富士康为苹果手机做代工，它能从中赚多少钱呢？不到苹果利润的 2%，赚得盆满钵满的是苹果公司。因为之前从事国际物流行业，我知道经济危机以来，南方大片工厂倒闭关门，出口业务锐减。一个很主要的原因是，人工成本上涨，原材料成本上涨，而国外客户不接受涨价，原有的利润空间被挤掉，这些加工厂无以为继，再加上财务压力，只能关门大吉。所以作为"世界工厂"，我们是走在狭窄的吊桥上，来自发达国家的一个小震动，就会导致我们跌入峡谷。

之前合作的客户北京针织棉，我说想了解一下他们的设计。他半开玩笑地说，他们根本没有设计，所有的设计图稿都是国外客户出好之后，他们照图生产。他还问是否令我很失望。我想我失望的并不是他们做代工，而是没有培养自己设计力量的意识。做代工可以赚一时的快钱，但这始终是产业链的最底层。而且随着国际经济环境的变化，密集劳动力产业已经开始转移到人工成本更低廉的老挝、越南等地。代工做不长久的，就像日本、韩国曾经经历的过程，这只是一个过程，一个资本积累的过程。如果在这个阶段没有去积累自己的经验，培养自己的品牌，那么就没有可能向产业链的高端发展，Made in China 也就仅仅代表我们提供廉价的劳动力，停留在生产地标志，而非 China 是出口商，也就不可能是最大利润的享有者。

文化近亲

Preconception（预设观念）的存在，会阻止对事物的进一步了解，
形成自己的判断，是偏见和隔阂产生的土壤。

在没有出来这趟之前，我对日本的所有印象都来自那场旷日
持久的八年抗战以及经年累月播放的抗日剧，就像对美国的刻板
印象是满大街都是拎着枪的抢劫犯，对日本的印象更是好不到哪
里：整个民族压抑变态却又野心勃勃，笑容里透着的全是猥琐。
不能说这一趟改变了多少这个印象，但接触了一些活生生的个体，
我发现大家都是普通人而已，没有那么邪乎，没有那么妖魔化。
而且不可否认的一点是，在距离上我们是邻居，在文化上我们是
近亲，心理、文化上的认同感和亲近感无法抗拒。

日本与新西兰一向交好，这与两个国家都是岛国，火山、地
震都很频繁有关系，有点惺惺相惜吧。新西兰路上跑的大都是日
本进口的二手车，日本家用电器以质量赢得好口碑，甚至日本文
化在新西兰青少年中也很是风靡，很多人去日本留学。我在惠灵
顿停留的晚上，和朋友去酒吧。那里的猜谜比赛，居然有一页是
日本卡通！在新西兰稍微大一点的镇子，像尼尔逊、布莱尼姆、
汉密尔顿都有日本公园，我都去拜访过。花窗、梅树、池塘的设
计，不知道 Kiwi（新西兰人）是否能理解，我是能够参出其中的
精妙与心思的，也颇感激这种在异国的文化亲近感。在瓦纳卡图
书馆读到的日本茶文化介绍，在皇后镇春节前夕吃到的日本料理，

布莱尼姆寿司店粗瓷茶杯握在手里的厚实感，都让我感觉很温暖。圣诞节前，我在二手商店选购送 Dave 一家的礼物，一眼就相中了那个陶罐，简单素雅，翻过来一看，瓶底赫然印着 Made in Japan（日本制造）。这种文化、审美的亲近感是我无法抗拒也不得不承认的。

旅行的一路上，我们很多次谈到 Preconception（预设观念）这个问题。在我们没有机会近距离感受的事情上，很多时候是被舆论、媒体影响，被植入一个概念。这个概念肯定有它合理的成分在，但这个概念的存在会影响我们的态度，阻碍了我们进一步接触探索的可能性，偏见和隔阂在此基础上加剧。《圣经》上说不论断他人，我想开放的心态很重要。

吃货谈吃

一个朋友这样评价我，只有在谈吃的时候显得特别有文化。
能够挖掘出毫无特色的 Kiwi（新西兰）餐的特色，对一个吃货是多大的挑战啊!

@Mutton bird
Mutton bird（红嘴海燕）是一种鸟，体型和成熟的鸽子大小相似。每年的 9 月份，Mutton bird（红嘴海燕）从北太平洋成群结队飞往南半球，在新西兰的斯图尔特岛附近的小岛上过冬，产卵孵子，直到第二年的 4 ~ 5 月份再飞回到北太平洋。就是这段时间的停留，为当地的毛利人提供了充足的食物。捕捉 Mutton bird（红嘴海燕）对于当地的毛利人来说就是一个盛大的节日。每年的 3 月中旬，毛利人就陆陆续续到达家族世代捕猎的小岛，有开船来的，还有开直升机来的，小孩子也不上学了，整个家族都开拔过来，投入到这场捕猎的盛宴中。1 月份幼鸟陆续孵出来，到 3 月份的时候，正是长得肥肥的时候，肉美多脂。有的时候需要很早起床等幼鸟从洞穴里钻出来，有的时候又要举着手电筒捕捉扑棱扑棱练习飞行的幼鸟，捕捉了幼鸟之后，要马上拔毛，去内脏，用盐腌制保存起来，所有的处理过程都在岛上进行。整个捕猎活动大概持续一个月,到 4 月底,5 月份上旬,Mutton bird(红嘴海燕)飞回北太平洋，大队人马也从斯图尔特附近的群岛撤离，这一季的捕猎就告一段落了。

　　我第一次尝 Mutton bird（红嘴海燕）是在 Invercargill（因弗卡吉尔）的 Michael 农场，飞车数小时到农场探望在那里换宿的朋友 Sharon，没想到居然有口福吃到 Mutton bird(红嘴海燕)。据说，只有不到 10% 的游客有幸吃到这种特色食物呢。Mutton bird（红嘴海燕）入口肉质很厚，不像普通家禽的肉很容易嚼烂，这个肉很有嚼劲，可能是由于这种鸟要作长距离的飞行，肉都会比较紧实，不知道是不是因为这个才跟 Mutton（羊肉）扯上关系的。Mutton bird（红嘴海燕）不光是当地毛利人的特色食物，在 Kiwi（新西兰）白人当中也有很多推崇者，Andrew 的爸爸就是其中之一。但是烹制好 Mutton bird（红嘴海燕）却不容易，首先是除盐，为了方便保存，Mutton bird（红嘴海燕）都会用盐腌制，这样可以保存长达一年，其盐分之高可想而知，如果处理不得当，真的是难以下咽。其次是除脂，Mutton bird（红嘴海燕）有肥厚的脂肪，不是对所有人的胃口，弄不好，整个烤箱、整个房间都会弥漫着 Mutton bird（红嘴海燕）的味道消散不去。

　　大自然的食物链也真是有趣，Mutton bird 从北太平洋千里迢迢飞过来越冬产子，肯定也想不到这边有大队的毛利家庭正严阵以待，等着捕食它们。

@Pavlova

　　如果说 Mutton bird 是传统的毛利食品，那 Pavlova（奶油水果蛋白饼）则是重量级的传统甜点。据说 Pavlova（奶油水果蛋白饼）是以俄罗斯著名的芭蕾舞蹈家 Anna Pavlova（安娜·洛娃）命名，为了纪念她访问新西兰。这款甜点在新西兰和澳大利亚都很盛行，是节日必备的一道甜点，不过在 Pavlova（奶油水果蛋白饼）由哪国最先制作的问题上双方却争得不可开交。两国的关系真是很奇怪，既亲密又敌视，如果双方之间有 Rugby（橄榄球）比赛，两个国家必定较着劲，要争个高低。我觉得它们的关系像是同父异母的兄弟，平日里总是有些小别扭，互相看着都不顺眼，但是有灾难来袭时，血脉亲情就彰显出巨大的力量。

　　我第一次吃 Pavlova（奶油水果蛋白饼）是在 Dave 家里，刚刚教他们一家人制作过饺子，第二次去吃晚饭的时候，我被 Amy 蒙着眼罩领进餐厅，说要给我一个惊喜。嘴巴里被放进去一块食物，甜甜的，口感上有点脆，但是又软软的，像棉花糖一样。我真的猜不出是什么食物。摘掉眼罩，我发现面前摆着圆形的甜点，白色的奶油抹在表面，嵌着从花园里新鲜采摘的草莓、覆盆子，鲜红衬着白色的底色，看着格外有食欲。第二天我专程上门跟 Reena 学习制作 Pavlova（奶油水果蛋白饼），5 个蛋白，1 勺玉米面粉，一点白醋，一缸半的白糖，打至干性发泡，转移到烤盘上，堆成圆柱状，推进预热好的烤箱烤 1 小时，待逐渐冷却之后，抹上打发的奶油。抹奶油的时候像是粉刷匠，Pavlova（奶油水果蛋白饼）在烤制的过程中不可避免地在胚子上会出现裂缝，抹一层又一层，修修补补，整个涂抹平整光滑之后摁上草莓切片，Pavlova（奶油水果蛋白饼）就新鲜出炉了！

　　Pavlova（奶油水果蛋白饼）看着非常诱人，口感也酥软可口，只是一缸半的白糖啊，一口咬下去半口白糖，这就是为什么 Reena 平日里都不会制作 Pavlova（奶油水果蛋白饼）的原因——孩子们都会变成重量级的孩子。

@Marmite VS Vegemite

　　Kiwi（新西兰人）通常的早餐是 Toast，即两片烤面包片抹上酱。酱他们叫 Spread，除了甜口味的果酱，重口味的就数 Marmite 和 Vegemite 了。这两种酱都呈深棕褐色，是酿酒过程中的副产品，由酵母提取物加工而成。Marmite 最初产于英国，伴随着移民潮来到新西兰和澳大利亚，因不同的工艺和口感，成就了两个品牌——新西兰的 Marmite 和澳大利亚的 Vegemite。这两个品牌之间的竞争也承袭了两个国家之间的关系，互相掐了一个世纪。1919 年 Marmite 在新西兰开始生产，1922 年 Vegemite 在澳大利亚研制成功，之后的 10 多年，Vegemite 一直试图在 Marmite 一统江山的市场上杀出一条路，甚至还一度更名为 Parvill，还有广告词：If Ma [mother] might(Marmite)······then Pa [father] will(Pawill)（妈妈喜欢 Marmite，但爸爸更爱 Vegemite）.直到"二战"时候 Vegemite 才算是稳固了自己在澳大利亚餐桌上的地位，甚至 Vegemite 还一度扩张，在新西兰建立分厂，后又撤出。Marmite 对此的评价毫不留情，Vegemite 滚回了它原本该待着的地方。好笑的是，现在的 Vegemite 由美国卡夫食品公司持有，而生产 Marmite 的公司 Sanitarium 却原本是一家澳大利亚公司。

　　讲完了历史，再来说说它们的口感。因为原材料类似，两种酱对我而言口感上也是接近的。第一次尝试 Vegemite 是在 Viv 家，她建议我先抹一点在烤面包上，看看是否能够接受这个味道。初入口感觉像是北京的黄豆酱，厚重黏稠。后来尝试 Marmite，发现 Vegemite 的味道已经算是温和了，Marmite 的口味更重，不过两种酱对我来说都是又咸又苦。但是对于 Aussie（澳大利亚人）来说，不吃 Vegemite 就不是澳大利亚人；对于 Kiwi 来说，Marmite 更是融入血液的。2011 年，基督城地震，Marmite 的生产工厂受损，全国陷入 Marmite 供应紧张的局面，曾一度限购，一人只可以购买两罐，就连新西兰总理 John Key（约翰·基）都对此表示抱怨。电视上还专门报道一个小男孩从小每天都要吃 Marmite，由于地震，他妈妈无法给他买到 Marmite。节目播出之后，各地的观众纷纷邮寄自己囤积的 Marmite 给小男孩。瞧，这就是 Marmite 的魔力——Love it or hate it，爱它或者恨它。爱它，就爱它一辈子吧！

@Recipe book

如果让我总结新西兰的家庭主妇与中国的家庭主妇做饭的区别，最突出的一条就是新西兰家庭主妇对 Recipe book（食谱书）的依赖。每一位新西兰主妇都必备几本这样的书：我初到 Viv 家看到随处散放的食谱，以为她的职业是厨师；Cathy 每周都会自制饼干，食谱应该烂熟于心了吧，但每次依然摊开食谱书；Andrew 的妈妈 87 岁，做了一辈子饭，仍然摆脱不了食谱；就连 Poppa 做饭的时候，也会翻看太太留下的手写食谱书。说到食谱书就不得不说 *Edmonds cookery book*（《埃德蒙食谱书》）。Edmonds（埃德蒙）是一个伴随着新西兰成长起来的品牌，1879 年年轻的 Edmonds 夫妇从伦敦来到新西兰，在基督城开始了他们前店后厂的小买卖，由于 Edmonds 的发酵粉发酵效果稳定，承诺客户 Sure to rise（肯定会发），产品广受欢迎，生意日益兴隆。为了答谢顾客，1908 年出版了第一版的 *Edmonds cookery book*，免费赠送给家庭主妇和刚刚订婚的夫妻。到现在，*Edmonds cookery book* 已经售出了 400 多万本，要知道新西兰的人口也不过 400 多万，人手一本是毫不夸张的说法，哈哈，我也有一本。

在食谱上，所有的食材都是量化的，200g 鸡肉，1/2teaspoon（茶匙）黄油，1/4 tablespoon（汤匙）牛奶，中国人看见应该很抓狂吧，又是 teaspoon（茶匙），又是 tablespoon（汤匙），勺子有大有小，这 1/2、1/4 究竟是按大勺还是小勺来衡量？在烹饪中，新西兰主妇的量具一应俱全，有专门的量勺，1/4、1/2、3/4、1，4 个一组，专门的量杯，还备有小天平来称重，烹饪仿佛科学实验一般精准。轮到我做饺子，她们问我如何掌握食材的比例，多少面粉兑多少水，多少面团对应多少馅。这个嘛，靠手感啦，看个大概就成。哈哈，这回轮到她们抓狂了！

@ 新西兰餐

新西兰餐早上是烤面包片抹各种酱，中午是同样的面包夹蔬菜或者肉片的三明治，只有晚餐会有一点变化，终于不再吃面包。可以拿来说说的，也只有晚餐。如果让我总结新西兰晚餐，有以下几个特点：1. 土豆挑大梁——最通常的做法是土豆去皮切块儿上屉蒸，等到完全软透，加适量的黄油和牛奶，捣成稀泥。当然，土豆也可以烤、煎、炸。小时候英语书上讲的 Fish & Chips，就是炸鱼和炸薯条，在这里的流行指数相当于北方的兰州拉面。2. 冷冻蔬菜做点缀——似乎新西兰人并不怎么喜欢新鲜蔬菜，冷冻蔬菜反而大行其道，通常有冻豌豆粒、冻玉米粒、冻胡萝卜丁、冻西兰花和花菜。这倒省事，跳过择菜、洗菜、切菜的步骤，直接上屉蒸。3. 无肉不欢——在我的印象里，我就没有吃过纯素的新西兰餐，他们真真是肉食动物。夏季烧烤是很盛行的活动，各种香肠、青口贝、鲍鱼、羊排都拿到架子上烤，鲜有蔬菜。唯一上架的西红柿和洋葱也只是调味用，而且还都不是严格意义上的蔬菜。烤鸡在这里是很隆重的，是招待级别很高的新西兰餐了。我跟 Andrew 新年去他爸妈家里就是这个待遇。从超市买回来的整鸡已经处理干净了，有的甚至鸡肚子里都填好了料，如果没有，把事先调好的填充料装到鸡肚子里，再把鸡屁股缝起来，必要的时候你可以垫半块面包防止料掉出来，只是别把针留在鸡肚里，推进烤箱就大功告成了。在传统的家庭习俗里，烤鸡上桌后由男主人执刀将烤鸡分割成块儿，在某种程度上象征着一家之主的地位吧。4. 原生态蔬菜沙拉——如果非要找出 Kiwi 餐桌上的绿色蔬菜，只能是蔬菜沙拉了，通常有西红柿、鸡蛋片和大片的生菜叶。说起鸡蛋片，他们有一个小工具很好用，像是一个合页分两面，底托有一个凹槽，刚好放进一颗鸡蛋。凹槽的样子像是栅栏，彼此之间有空隙，这是为了吻合另一面。合页的另一面是绷起来的一根根钢丝线，"咔嚓"合在一起，鸡蛋就被切割成完美的一片片。如果使用刀切，费时费力不说，到最后可能蛋白和蛋黄都分家了。老外在工具的开发使用上比我们走得要远，也许总在琢磨怎么彻底解决问题吧。

　　一切准备就绪，可以 Set table 开饭了。通常会把盘子放进烤箱热一会儿，作用类似于石锅，热盘热菜，吃到最后都是热乎乎的。餐垫、刀叉摆好。我有很认真地跟 Kiwi 朋友讨论过餐具的问题。为什么西方都是使用刀叉，而东方多使用筷子？讨论的结果是，西方食肉多，而且多是未分割的，像是一整块的牛排啊，所以不得不借助刀叉。而在东方，食物烹调时已经切得碎碎的，可以直接夹食。饮食全是因地制宜，适应当时的情况发展起来的。就好比同样使用筷子，韩国使用铁筷子，我猜测是方便清洗，吃烧烤用竹筷子还不都变成黑乎乎的了？通常餐盘都是盛好了端上桌，一人一盘，而不像我们，满满一桌子的菜，觥筹交错，杯盘狼藉。所以西餐很安静，中餐则人声鼎沸。我揣测这与他们在意识上的个体独立性有关系。

作为新世界葡萄酒的主要产区，A glass of wine（一杯酒）来佐餐很有必要。饭后照例是有甜点或冰激凌的。餐盘什么的不用去费心，统统丢给洗碗机好了。A cup of tea or coffee，饭后来杯茶或者咖啡，好好消消食，享受聊天的美好时光。

虽然我生就一个中国胃，不怎么接受 Kiwi 餐，但在理智上，我得承认他们的烹制会更科学。鲜有烹炸煎炒，最主要的方式就是蒸，最大限度地保留了食物的营养，少油少盐，蔬菜更是生着吃，肉类在烤制的过程中，自身的油脂也都跑出来了。也许我们为味蕾牺牲得太多了！

Help yourself

Bring a plate of food，自带食物是 Kiwi（新西兰人）聚餐的形式，
其精髓是 Help yourself（自助）。主客两方便，大家都轻松。

在新西兰的一年中，我有幸参加了生日宴会、圣诞聚会、婚礼等各种庆祝活动。Kiwi（新西兰人）的这些活动更像是聚餐，真的只是把大家的食物聚在一起，其精髓是 Help yourself（自助）。

先说 Poppa 的生日宴会，85 岁大寿，搁中国可得好好庆祝一下的，这是大寿星啊！也许 Kiwi（新西兰人）长寿的人海了

去，这压根不算什么的。依然是每家 A plate of food（一盘食物），大女儿定了一个蛋糕，一家人热热闹闹地聚一下餐。生日时 Poppa 收到一打的生日贺卡，只有 Ivy、Noona 和我准备了生日礼物，也许 Kiwi（新西兰人）真的不喜欢送这些虚头巴脑的礼物吧，可是生日第二天我看见老头开开心心地穿着我送的棉鞋。

南半球的圣诞没有一片雪花，艳阳高照的，让人感觉怪异。参加圣诞节的派对前，我还替 Cathy 担心，这一大帮人来，十几张嘴，光吃饭都应付不过来。去的时候才发现，自己的忧虑完全多余，宾客陆续到来，Cathy 摆一盘梳打饼、一盘薯片，剩下的都摆宾客自己带来的食物，火鸡切片夹到面包里，主食三明治就有了。谁规定主人必须在厨房里奋战，节日一定要变成灾难？每个人自带食物，主客两方便，只是简简单单地聊天、喝茶、吃东西，节日本来就应该是轻松惬意的嘛！

等到参加婚礼的时候，我已经习惯了宾客自带食物，A plate of food（一盘食物）的规矩，只是没想到婚礼也可以如此简单随意。新郎新娘把婚礼筹办的事情交给教堂委员会，自己只负责婚纱礼服。Reena 是婚礼现场的总协调，婚礼前一天，丈夫 Dave 被拉来布置背景，我也被特邀参与手工制作，半天工夫，教堂大厅就被改造成婚礼大堂。婚礼当天，也很轻松愉快。牧师宣布二人结为夫妻后，有一个接吻的仪式，新郎个子矮，伴郎机警地从旁边搬来一个墩子，新郎才顺利地吻到新娘。宾客很多，应该是同一教堂的教友都来参加，后来不得不启用教堂的冷冻食品来应急。现在想来那天的婚礼唯一记得就是新郎和新娘亮亮的眼睛，闪着幸福的光芒。

老当益壮

新西兰应该已经步入严重老龄化的阶段，这一路上我碰到无数的老人，
但是他们全然没有年老的颓势，反而个顶个地精彩。

Poppa 是我在新西兰深入了解的第一个老人，不过我估计在
他的字典里是压根没有 "老人" 这个字眼的。84 岁的年龄，自己
一个人住，开着 SUV 四处遛弯儿看朋友，鼓捣拖拉机、渔船，还
时常出海打鱼。小年轻跑到房顶捣蛋，Poppa 开车追出去，扬言
要教训他们，全然没有考虑自己一把老骨头怎么敌得过那些小年
轻。在医院的最后日子，他依然命令自己的身体 get up，get up
（起来，起来）。旺盛的生命力成就 Poppa 这个真正的斗士。

Cathy 的妈妈 80 多岁，现在跟女儿 Cathy 住在一起。她患
有老年痴呆症，经常出门一趟回到家门口就问这是哪里。人呢，
唯一记得的就是 Cathy。每天早上起床前，她让女儿帮忙读一段
圣经故事，新的一天，从圣经开始。她大部分的时间是坐在客厅
晒太阳，可依然穿着小碎花裙子清清爽爽的，自己挪着支撑架上
厕所，自己吃饭，捧着一块饼干拿帕子接着，窸窸窣窣地吃，像
一只松鼠。天气好的时候，让女儿采了花园的花儿，老太太居然
还工工整整地画铅笔画。

Andrew 的爸妈今年都 87 岁，住在老年社区。虽然社区有
专门的雇员定期修剪各家的草坪，詹姆斯（Andrew 的爸爸）还是
习惯自己打理。干了一辈子农场活，习惯使然，公寓门口丁点儿
空地他也能开发成迷你农场，种了西红柿、生菜、香菜，甚至还

有一棵白菜树。说起白菜树，那可真是他一生的挚爱，开农场的时候栽种，退休到 Timaru（蒂马鲁）也栽种，包括现在还在为它而战斗。白菜树是一种在新西兰分布很广的树，树高可达 20 米，叶子全都长在树头，叶阔而长，纤维丰富，在少粮的时候也一度用来充饥。詹姆斯在入 Timaru（蒂马鲁）的路旁发现一块空地，原来是堆放垃圾的，就想把它利用起来栽种白菜树。组织树种，联系人员，甚至 Andrew 节日来探望也被动员一起去种树。然而老头的努力却并不是所有人都认可的，就碰上几个毛利人反对这事，给老头种的树喷了农药。老人的倔劲儿一下子被激发起来，要找市长解决这个问题。预约了时间，准备报告，老太太是秘书，老头儿是编辑，老太太摁着键盘，一个字母一个字母敲进去，再打印出来，给老头审核。老头检查得可严格了，标点符号、拼写错误、语句修改，专业程度不输职业编辑，这样下来，夫妻两个一天可以完成一页文档。我问编辑，这么敬业的秘书，得付多少钱啊？老头儿爽朗大笑，香吻一枚。老太太抿嘴偷乐，那已经够了。配了图，白菜树的介绍，詹姆斯之前栽种白菜树的效果，厚厚一沓的资料，老两口一大早开车去市政大厅候着，等来等去总轮不到自己，就跑去询问，才发现自己搞错了日期。哈哈，看来还是得承认记忆力不如从前啦！

爱是什么？爱是本能，像呼吸一样。

爱是本能。

在爱里面，并不总是甜蜜，并不总是完美结局，

也许有伤痛，也许有忍耐，也许有缺陷，也许有等待，也许有分离，也许有遗憾。

所有这些都不会阻止我们继续爱，因为爱就像空气，阳光一样，

因为爱，我们存在。

教堂 PK 同性恋

在一个自由开放的国家，每个人都有权利追求自己的生活方式。

在奥克兰街头闲逛，我看到很多有趣的东西。在 Sky tower（天空塔）旁边有一座很古老的教堂 St Matthew，1905 年就建成了，哥特式的建筑，教堂顶端高耸入云，非常宏伟。推开厚重的木门，进到里面参观：长长的走廊两旁是两排座椅，正中是牧师的布道台；顶棚很高很高，给人感觉庄重肃穆，四周的窗户和中央都嵌着 stained glass（彩色玻璃），不同颜色拼接出基督的样子，整个教堂的窗户都是这样装饰的。不知是教堂建筑本身的宏伟还是空无一人的关系，这一切在我看来有神圣的意味。这也是很多人愿意举办西式教堂婚礼的原因吧，把一件神圣的事情放在神圣的地方进行。

不过更好玩的是，教堂的街口矗立着一幅大版的张贴画："welcome two of every kind"（欢迎任何种类的一对），下面还备注了一行小字"gays, lesbians, transgender"（男同性恋，女同性恋，变性者）。这体现的就是社会的多元和包容吧。否则，教堂怎么可以容忍这样的牌子立在外面？这简直是把红旗插在敌人的高地，赤裸裸地宣战嘛。

　　之前看《断臂山》的时候，评论说这样题材的片子能够获奖于西方社会是很大的进步，当时我不太理解。在新西兰接触了很多人之后，我才明白一点：在西方社会，教会的影响力很广泛，有点类似我们中国人多少都受一点儒家思想、佛教或者道教的影响。当然，他们宗教的影响比我们要深远得多：大一点的小镇像Blenheim（布莱尼姆）走几步就有个教堂，哪怕几百人的小镇如Bulls（公牛镇）也肯定有几个不同系别的教堂。每周的定期聚会、不定时的演出、Testimonies（教徒讲述自己信仰见证的活动形式），一个人打出生起，孩童、青少年、结婚、生子、去世，一辈子都与教会交织在一起。在这样根深蒂固的教会影响下，与传统的价值观相斥的同性恋要撕开一个角，探出头来是何等不易！新西兰的同性恋者争取婚姻权益也是走过了很长的路，中间还一度把政府告上联合国人权法庭。在一个自由开放的国家，每个人都有权利追求自己的生活方式。2013年4月，国会已经通过了同性婚姻合法的草案，8月起正式实施。当然，宗教人士对此表示深深的失望，也联名上书抗议政府通过此项法案。

　　再回奥克兰，教堂前的版画也改成了两名穿婚纱的新娘站在结婚蛋糕上接吻——"we don't mind who is on top"（我们毫不介意谁站在蛋糕上面）.（PS：通常结婚蛋糕是新郎和新娘两个小人立在上面，而这幅版画则是两名新娘立在上面。）

Gifted hands 妙手仁医

在这里，爱不囿于血缘，是弥散在空气中的，和空气阳光一样自然。

晚上，Viv 带我和其他朋友一起去听一场采访。是一部很有名的影片 *Gifted hands*（《妙手仁医》），讲述美国的一个黑人家庭，不识字且被抛弃的母亲靠着做钟点工来养育两个男孩，在她不断的鼓励和要求下，两个孩子一个成为工程师，另一个成为全球有名的脑外科医生。当地的电视台邀请到了影片的原型 Ben 来做采访。

晚上 6 点多出门，同行的还有一个老太太，大约 70 岁的样子，胳膊和腿都非常细，手指都蜷缩着，应该是肌肉萎缩的症状。Viv 一路上都非常照顾，穿外套，开车门，关车门，系安全带。我常常会不自觉对比，如果这个老太太在中国，会是怎样的情形？住在公寓楼有阿姨照看，儿女节假日探望一下，出门参加社交活动是不能够想象的。但是前面提到的这个老太太，收拾得非常清爽，甚至还带着首饰，迈着小碎步要和我们一起参加活动。我很感动于 Viv 对她无微不至的照料，无私的爱。在这里，爱不囿于血缘，是弥散在空气中的，和空气阳光一样自然。后来认识 Dave，谈到对孩子的教育，他强调一点：关爱周围的人。爱别人应该是一种本能，基于的是对生命的尊重，有了爱的充盈，生命才充实。

　　说回采访，Ben 是一个谈话很有趣的人。当主持人问道：你既信教，又是一个脑外科医生，有冲突吗？ Ben 说科技的确已经非常发达，但是依然不能够解释很多东西，就像大脑各部分那么完美地组合，还有他自己做手术中损伤的脑组织可以再恢复生长，科学解释不了这些，所有这一切完全是上帝的创造。在谈到家庭教育的时候，Ben 说上帝赋予我们每个人特殊的技能，我们所能做的就是顺从上帝，找到这个潜能，并好好地发挥出来。

　　归程的路上，我跟 Viv 讨论电影中哪部分最感人。 Viv 讲是被遗弃的母亲抚养两个儿子，以及 Ben 克服自己的坏脾气。我想这都与每个人的经历有关，就好像我们听到某首歌的时候会被触动心弦，甚至伤心落泪，因为那首歌唱的分明就是你。看 *Gifted hands* 的时候，最触动我的是 Ben 的母亲那种坚定的信念，对儿子无尽的信心和鼓励，因为我也有这么一个强大的母亲。

　　母亲从未踏进学校读书，是彻底的文盲。她在家里排行老三，打小就很能干，也因为这个，被姥姥强行留在家里干活，因为如果母亲去上学，就少了一个劳力，那个年代，吃饱饭比识字重要。母亲对这点一直耿耿于怀，后来下面的两个妹妹也面临同样的问题时，母亲站出来说我供她们读书。母亲打草席，缝大衣，供两个妹妹读完高中，只是她们都没能够继续读大学。母亲对这个很是遗憾。到自己的孩子时，母亲更是倾其所有。还记得我读初中的时候，有一次交学费要几百块，那时刚好姥姥在家里，就在旁边念叨，一个女孩子家的，认识自己的名字就够了，扔那么多钱干吗呀！我记得当时母亲转过头，恶狠狠地剜了姥姥两眼，说，我自己的闺女，必须得读！

母亲经常说，庄户人家，就是一鸡俩爪儿，在地里刨食吃。同时供养两个孩子读书，对于一个农村家庭来说，不是一件容易事。除了种地，母亲冬天喂牲口，干脆住在牲口棚里，方便夜里添草料——马不吃夜草不肥，这样牲口添膘才快！夏天打苇席，大热天的猫在那儿编苇席，新破的苇子全是毛刺，打一条席下来满手刺儿。我们姐弟先后都进入好的学校念书，这是母亲一辈子最欣慰的事情。

Viv 开玩笑说我是女 Ben，我远远不是，但是我的母亲和 Ben 的妈妈一样伟大！

在跨文化的接触中，我觉得沟通很重要。虽然面临语言障碍而且生性腼腆，我在脑子里捋了好几遍英文句子后，还是张开嘴和 Viv 交流她对这场采访的看法，也讲了我妈妈的事情。在沟通交流中，彼此的了解才会加深，你的形象才会立体丰满起来，对方对中国的认识也会跳脱媒体的引导，你也摆脱扁平刻板的形象。现在不都是地球村了嘛，我这也是积极促进部落之间民间文化交流融合啊！

只愿时间停在这一刻

一路走过，有辛苦，更有甜蜜，从不后悔遇见你。因为你，让我遇见更好的自己。

手术那天早上陪 Andrew 去医院，我很自然地握住他的手，问他有没有怕，手指都冰凉。手术从上午进行到下午，我就一直坐在门口等。下午 2 点钟的时候他发短信给我，说已经结束了，只是很困，要再睡一会儿。一颗心终于放下。Andrew 手术结束后就去探望同在医院做手术的 Greg。 Andrew 说口渴，我去咖啡店买来热巧克力和面包，看他像孩子一样探着头，想把巧克力沫都吃到嘴里，面包屑掉了一身。我走过去帮他整理，他乖乖地站在那里不动。刀口在腹部不可以弯腰，我帮他解鞋带，脱鞋，扶到床上，盖好被子。

医生要 Andrew 休养一段时间等伤口长好再上班，他必须得安生地待在家里了。不过他在家里也一通鼓捣，真的 naughty（淘气）。他从 Trademe（类似淘宝的电子商务网站）拍了好几只母鸡来给家里的公鸡做伴，琢磨着给公鸡取个响亮的名号，是叫 General（将军）好呢还是叫 Commander（司令）好。最后一致决定叫 General（将军），听起来更有气势。我写了大大的两个汉字"将军"，Andrew 把鸡舍门先漆成白色，然后用小号的刷子，蘸黑色的漆，拿出画画的认真劲儿，一笔一笔把汉字画到门上。我在旁边指挥，那个横太靠上面了——不着急，不着急，他把整个字都描一遍，那个横加粗一些，整体看起来就协调多了。他像个小孩子一样给我展示他的宝贝，各种各样的种子——花菜种子、孜然种子、芝麻粒、绿豆粒、黄豆粒，还有一整套生芽的器皿，大杯浸泡，种子放进底部有滤网的小杯，再套叠放入中杯，一天的光景，就有细细小小的芽冒尖儿，再等一天，纤细的茎顶着芽儿已经出落得亭亭玉立了。面包抹一层黄油，嫩芽摊一层，一口咬下去，是最新鲜的三明治哦！对于花菜的种子，我很好奇，实在不能相信这么小的一粒种子可以长出那么大的一颗花菜。Andrew 瞪大眼睛，拍着自己的肚子，说看不到花菜了，全在这里面了。

那段日子，时钟都停摆了，从早到晚只是享受阳光。新的一天从邻居花园的阳光早餐开始。邻居家长期没有人住，花园被整个占领，成为我们的地盘，我们还试图探寻邻居家有什么秘密，趴在邻居家的窗户上，我小小个，Andrew 的头刚好可以搁在我脑袋上，两个人脑袋擦脑袋，叠在一起映在玻璃上，就看见 4 只眼睛溜溜转。We eat breakfast like a king and queen（我们的早餐吃得像是国王和王后似的），浅蓝的天，柔和的风，倚在他肩上，看远处的葡萄园，近处的羊吃草，一碗燕麦粥，一片烤面包，一切都岁月悠悠的美好。在草地上晒太阳，他看报纸，我抓着他的手修剪指甲，剪得短短的，干干净净。他自己拿过来看一眼，嘟哝着，太短了，我的指甲本来可以当夹子来用的。 我说，哼，反正已经剪短了，没有办法接回来了。累了就直接躺在草地上小憩，他白白的脸上有晒红的斑点，淡棕黄色的浓密的眉毛，眼角遍布着皱纹，嘴唇的形状很好看，喉结的位置有几根没有刮掉的胡须，说话的时候就随着一颤一颤的，我想我肯定哪一天会忍不住给他处理一下的。他总是锁着眉，我伸手过去把他眉心的竖纹抚平，他故意做各种表情逗我，这样子有皱纹吗？那这个样子呢？睁开眼睛，浅蓝色的眸子里满满的笑意。南半球的夏天，天很晚才黑，太阳一落山温度就很低。晚上我生起壁炉，Andrew 回来的时候火已经熄了，只剩下一点火星。他塞报纸进去，说会着起来的。我不相信，两个人就打赌，他赢了，我就冲 Horlicks（一种热饮）给他；他要是输了，我还没想出怎么惩罚他，他就打包票说，我现在就可以去冲 Horlicks 了。于是，两个人面对面，蹲在壁炉前面，听灶膛里的声音，不时打开看一眼火着没着起来。自始至终，我都攥着火柴盒，防止他作弊。等我冲了 Horlicks 回来，就听见灶膛大火熊熊燃烧的声音，Andrew 气定神闲地坐在旁边看报。肩膀抵着肩膀，他读左栏我读右栏，两个人共读一张报。背后是暖暖的壁炉，Smokey（他养着一只烟灰色皮毛的猫）盘在膝上，这样就很完美了！

在家休养的这段时间真的把 Andrew 憋坏了，所以当医生说可以活动的时候，他马上跑出去撒欢儿，一个月之内跑去刀锋峡谷三次，沃德海滩两回。刀锋峡谷两侧的山峰有的尖尖耸立，有的被切削掉一半，在徒步的终点，一座山被劈成两半，中间一条狭小的缝隙，仰头望天，真的只是一条线。这条徒步小径不好走，峡谷全是散落的石块，更有溪流蜿蜒。因为感冒，但凡要涉水而行，Andrew 就把我背在背上，全程 3 个小时，背起、放下、放下、背起，保护我鞋不沾水。回程的路上，背人的没有累坏，倒是我这被背的人累得睡着了，他把音乐声调到最低，需要停车开关车门的时候不叫醒我，自己悄悄下车，车行在盘旋山路却开得稳稳当当，一点都不颠簸，我就这样安稳地一路睡到家。沃德海滩是 Andrew 喜欢的另一去处，还曾经一个人把车停在海滩，夜里听着海浪的声音，静候黎明日出。Andrew 非常喜欢收集石头，沃德海滩很对他的胃口，海滩上不见绵软细沙的踪影，满沙滩都是粗粝的石头。常常走着走着，人就不见了踪影，蹲在那里捡石子呢。沃德海滩暴风雨来临前的风景也是蔚为壮观的，大团的乌云遮蔽天空，像是扣上了一顶严严实实的锅盖，天边的海浪裹挟着海风扑向沙滩，风很硬很大，能够卷起沙砾拍到脸上。Andrew 变戏法似的，从相机包里掏出一条蓝色纱巾，裹在我脸上，只露出两个眼睛，把我藏在他的侧旁，风会小一点。风把整条纱巾打横吹起，两个人顶着风，一步一步艰难地走。好不容易离开沙滩到朋友家里暂避，朋友家开着空调温度很低，我冷得牙齿打架。他拿了自己的 T 恤和衬衫，全都给我套上，扣子一直系到领口。衣衫很大，我穿着很滑稽，但是有他的这份心思，就暖暖的。风雨过后又是大晴天，树叶还滴答着水，阳光已经明晃晃的了。我在厨房切菜做饭，Andrew 在菜园里倒腾捡来的海带，给土地施肥，然后领着一群鸡去散步。我在门口喊，开饭喽！ Andrew 笑着朝我跑来，这样的日子就是幸福吧！

Andrew 的画廊：www.artifacts.co.nz 有他在新西兰和国外采风的画作。

奉主成婚

你会因为一句话就娶一个人，或者嫁给一个人吗？

第一次听到 Uncle 和 Aunty 的故事，我很震惊，因为一句话就决定了自己的婚姻，这会不会欠考虑？然而这于他们是很自然的一件事，上帝已经指明了路，只要沿着路走下去就可以了。正是因为这句话，两个人携手 30 年，更要牵手一辈子，这是一种慎重。

Uncle 是一名画家，每当谈起自己的年轻岁月，他总是眉毛一挑，狡黠一笑。我猜想他年轻的时候应该是一位嬉皮士，新潮、前卫。在碰到 Aunty 之前，Uncle 有过一段婚姻，用他自己的话说简直是一场悲剧。正是这段痛苦的经历最终把他引向耶稣，成为虔诚的基督徒。出于信仰和采风两方面的考虑，Uncle 跟随传教士去印度传教。在印度的偏远山区，命中注定地，他遇到了同为基督徒的 Aunty。一群人围着篝火唱歌跳舞，Uncle 却只看到 Aunty 一人。偶然的机会，他们发现两个人在同一天读到《圣经》上的同一句话，都在上面作了标注。这就是上帝给他们的明示，两个人要结为夫妻在一起——Uncle 相信是耶稣带他来印度，引他见到 Aunty，现在又给他明示——Aunty 就是他注定的妻子。

可是不同的国家、不同的文化、不同的语言融合在一起谈何容易？但是上帝已经指明了路，一切都可以克服。Aunty 的父母出于习俗拒绝了一次，最后也顺从上帝的旨意，放心让女儿远嫁异国，因为上帝和她在一起，在哪里都会照看好她。Aunty 回忆自己刚下飞机的情景，英语不会说，一切都陌生，甚至唯一的纽带 Uncle，她都忘记长什么模样了。就这样，因主的一句话，她来到地球的另一边，开始自己的新生活。

主牵的红线，两个人结为夫妻。可婚后的生活并不总是如意，两个人背景不同，很多方面都有差异，尤其是经济上的悬殊，使 Uncle 有一定的优越性：Uncle 觉得自己好像不止娶了 Aunty，而是娶了整个印度，Aunty 的父母需要赡养，姐姐们需要救济，更有好多个亲戚想要移民到新西兰。Aunty 也满肚子委屈，远离故土，甚至怀孕期间想吃只鸭子都不可得（新西兰很少有人吃鸭子的），想学开车，Uncle 一句话就回绝，一个印度小女子学什么开车，太危险。印度人是很善于做些小买卖的，Aunty 也一直想做点小生意，可 Uncle 说孩子需要母亲，Aunty 就一直留在家里做主妇。别人的婚姻可能是两个家庭融合在一起，他们的婚姻更像是两种文化、两个国家融合在一起。磨合的过程非常痛苦，即使再难的时候，两个人都没有想过放弃，也没有结束这段婚姻。Uncle 始终说，We are in the same kingdom（我们在同一国，都是主的孩子）。主把我们牵在一起，主给了我们明示，是这段婚姻的基石，牢不可破。就这么磕磕绊绊地，两个人携手走过三十年，一起养育了三个孩子。我们中国有句俗话——打断骨头连着筋。对于 Aunty 和 Uncle 来说，共同的信仰，主明示的那句话就是那道筋，始终把他们连在一起，信仰在，依靠在，勇气在，所以心甘情愿地，心无旁骛地，心平气和地，从容笃定地走过磨难，走过考验，继续一路走下去。

Uncle 的画廊：www.brianbadcock.com 里面有磅礴大气的新西兰风光，也有印度的田园风情。

Amy Rose——上帝的礼物

Amy 的举动都是再平常不过的小孩子举动，然而这些普通放在 Amy 身上却不普通。
我很庆幸 Amy 生在珍视她的家庭，能够享受一个普通孩子的快乐和成长。

Amy Rose 是 Dave 和 Reena 最小的孩子，她上面还有一个哥哥、一个姐姐。Amy 今年刚刚 11 岁，Dave 在 39 岁的年纪才添的 Amy，有点老来得子的疼爱劲儿。

第一次见到 Amy 是周末大家一起去划船，结果路上车没油，最后一截路是我们推着 Dave 的车回去的，就以这样的方式突然出现在人家家里蹭饭。可能我的名字太特别——Nimo，Amy 一下子就记住了，*Finding Nemo*（《寻找尼莫》）里面的 Nemo 吧？就这样，第二天就又被邀请去他们家里吃晚饭。Amy 特意到门口来迎接，一见面就牵着我的手。去的次数多了，我才听她说起，我的皮肤软软的，很光滑，不像她的皮肤上有小颗粒，所以她非常喜欢拉我的手，喜欢蹭蹭我的胳膊。被小孩子这样夸赞，我心里美滋滋的。每次去Amy都迫不及待地想要展示点什么，不过第一次我确实有点吓坏了。她自己说了句什么"Nimo, do you want to have a look of my scar（Nimo，你要看看我的伤疤吗）？"我还没有搞清楚状况，她哗地一下子褪掉了裤子，展示腰和屁股给我看。亏得Reena在旁边跟着解释，Amy刚刚出生的时候，他们就知道这个孩子跟普通孩子不太一样，在Amy慢慢长大的过程中，做过大大小小一系列的手术，给我展示的就是她最近做手术留下的伤疤。Amy走路的时候一只脚正常，另外一只脚是点地走的，这次的矫正手术就是为了帮助她可以像普通人一样走路。她费劲扭着腰，还回过头跟我说着话，深棕色卷曲的短发，白白的脸，真是一个洋娃娃，语调里满是兴奋，似乎给我展示的不是她身上的疤痕，而是她的勋章。

下次再去Dave家，说好了我们一起来包饺子。Amy非常积极，第一个尝试，但是讲解的时候不认真听，按照自己的方式来，结果可想而知。等到Amy的姐姐包的时候，我讲解得更细致，姐姐年龄大，手指也更灵活，包出的形状非常漂亮。这边Amy就不干了，眼泪吧嗒吧嗒的，嗓门也一下子高起来，还自暴自弃说再也不碰这些玩意儿了，吃也不要吃。我心里很乱，潜意识里可能觉得Amy跟正常孩子不一样，手指不灵活，包成怎样都是可以接受的。得罪了Amy，这应该是我最后一次来Dave家了吧。

结果下周四，Reena 又开着车和 Amy 一起来接我去吃晚饭。刚下车 Amy 就拖着我的手去她的房间。打开电风扇，她蹲在电风扇前面，嘴里发出呜呜的声音，风把声音吹散，变成颤音。她乐此不疲地玩着，还拉我一起享受她的小发明。接触多了才知道 Amy 是家里最爱整洁的，她的玩具有满满一桌，她给打造成一个大型动物园：翼龙在天上飞，湖里的鳄鱼盯着岸边的羊群伺机而动，鸵鸟和长颈鹿在赛跑。她的动物园就是她的天地，常常沉浸在里面自编自导故事情节，指挥动物排兵布阵。

Dave 很爱户外运动，但是家里 3 个孩子没有一个像他的。前面两个年龄大有自己的主见，铁板一块，泼不进水了，只有 Amy 还有点松动。用 Nimo 做诱饵，Amy 才同意跟我们一起去划船。因为手脚不灵活，全程都要 Dave 照顾她，但 Amy 却表现得像个指挥官，Dave 冲我们做鬼脸：这才是我们家的后台老板。这一点在拯救落水小羊的时候表现得更充分。船行一半的时候，Amy 发现有一只羊在河边的淤泥里扑腾。岸边的农场栅栏没有围好，这只羊就逃了出来，结果掉进淤泥里。Amy 指挥 Dave 把船划到羊附近，再指挥 Dave 跳进淤泥里去救羊。羊自身的重量还有求生的挣扎，全都加到 Dave 身上。一身的泥浆，Dave 才把羊抱到岸上，用木棍修补了栅栏，回到船上，Amy 送给一身泥浆的爸爸一个大大的拥抱。

夏日的傍晚是 Amy 最享受的时刻，Dave 结束了一天的工作，和她在游泳池里嬉戏。她学会了游泳，在特殊运动会上拿到证书，还刚刚学习了跳水，动不动就秀一下：鼻夹、脚蹼全副武装，绷直了身体，嘴里喊着"Dolphin diving（海豚跳水）"，"扑通"跳进水里，爸爸则一把捞起掉进水里的"Dolphin（海豚）"。

我常常会想，Amy 如果生在中国，父母会是怎样的心态，应该很担忧吧，担心孩子跟别人不一样所遭受的眼光，担心孩子将来能否谋生、立足，家庭笼罩在一片愁云之下。但是我看到的 Dave 一家是快乐的，Amy 的成长是健康的。Dave 对我说，Amy 是一个特别的孩子，因为身体上的挑战，她的想法也很特别。对于她的家庭来说，因为 Amy 的不同，所以更加宝贵，她是上帝派给她们家的礼物。

为爱走天涯

苏西阿姨的幸福是她争取的，更是她应得的。因为她一直为爱勇敢前行！

苏西是我在包装厂 KKP 认识的工友。刚刚认识的时候，我知道她是第二次婚姻嫁到新西兰的，嫁了个老外。如果是二三十的年龄嫁过来，没有什么稀奇的，可苏西已经六十开外了，本应是在中国含饴弄孙的年龄，居然有勇气只身嫁到新西兰来，让我很是意外。

苏西是伴随着共和国的历史一起长大的：小的时候赶上三年自然灾害，上学的时候赶上"文革"，毕业的时候赶上上山下乡。

1. 我和我的朋友 Amy Rose，
   一黑一白对比很鲜明
2. Amy 对着镜头很有感觉，
   没有剪刀手哦
3. 爱心早餐制作完毕，
   端到邻居家的花园去

1. 去汉密尔顿医院检查癌症的路上，Poppa 还对着镜头吐舌头，真是一个老顽童

2. 我们一起玩撞球。Poppa 是全能型的运动选手，说擦边过绝不正面撞击

3. 看，像不像一条新毛领？ Andrew 很喜欢动物，会给猫狗按摩，甚至给鸡挠痒痒

4. 执子之手，与子同行

不过，幸运的是，苏西的父亲当时是革委会主任，家里并没有遭什么罪。17岁高中毕业，她顺利分到柳州的一家国营工厂上班。因为爱说爱笑爱唱歌，她就成为文艺积极分子到处去表演。下部队演出慰问的时候碰到了她老公，一发不可收拾，不顾家里的劝阻，刚够法定结婚年龄就登记结婚了。苏西一辈子似乎都走在潮流前面，结婚嫁的是军人，连结婚物件置办的都是当时最时髦的"三转一响"——自行车、缝纫机、手表、收音机。军人老公转业后也分配到厂子里，一不小心又赶了个"双职工"的潮流。婚后先生了儿子，又添了个女儿。日子过到苏西40岁的时候却过不下去了，最开始相互吸引的最后演变成了水火不相容的。办了离婚，儿子归老公，苏西自己带着女儿过。倒是不断地有人给张罗，苏西仗着自己条件不错，即使再婚，也不将就，就这样一边寻摸着，一边过自己的小日子。随着厂子一路改革，引进外资，中外合资，苏西的工种也一路变化着，从车间到办公室，从女工到推销员，最后进办公室做外联。除了厂里的活儿，她还盘下了一个服装店面做生意，手头宽裕，日子也滋润。房子换了大的，给自己添了代步车，三五好友不时聚聚。

等到女儿出嫁，自己退了休，真正闲下来，老太太又给自己找到新方向了：周围离婚的姐妹儿有再婚找了老外的，见面就跟她讲老外多会心疼人，多会照顾人。听得苏西心里痒痒，自己这辈子净照顾别人，老了也得找个知冷知热的人心疼自己才值当。苏西还真是行动派，退休之后报了英语班，从ABC开始念起。人家交友网站都是用电脑联络，不会，学呗！到网吧向一群毛孩子学电脑。苏西多条腿走路，有姐妹给介绍的，有英语班上老师给张罗的，更有自己上网聊天的。说来还真是机缘巧合，她的英语老师嫁了老外，那年回国探亲，刚好她老公有个朋友也来中国旅行，就张罗着一块儿到柳州来碰头。老师拉了苏西作陪，就这样，和现在的老公相互看中了。50多岁的苏西重新谈恋爱，虽然有年龄阅历和婚姻经历，谈起恋爱还是像小姑娘一样：亲手织了毛衣给未来的老公，借助着词霸两个人来回地传信息。这样的远洋恋爱谈了半年就领了证，老公办了家庭团聚接苏西过去。刚过来的时候看见蓝天白云草地都新鲜，老公又带着四处游玩，蜜月度得都忘记给女儿打电话报平安。

小镇的生活简单而充实，苏西时隔20年又当上了家庭主妇，每天乐此不疲地准备一日三餐，菜谱翻着花样儿更新，还自个儿包粽子，自个儿炸油条。老公也跟着养成了中国胃，居然都跟着一块儿嚼辣椒。苏西不光变成了煮妇，在城市长大的她还彻底爱上了小镇生活，变成了村妇：院子里头种了韭菜、青椒，栽了橘子树，开春还打算圈一块地儿，养几只鸡呢。

忙的时节，苏西和老公一起到厂里做工。60岁的苏西选果，70岁的老公开叉车。话说做工后面还有一段故事呢。原本两人都在Trevelyan奇异果包装厂做工，车间主任指桑骂槐，说亚洲人偷懒，做工不卖力。苏西听不下就跟主管争辩，说你什么时候看见我们做工不努力的，凭什么污蔑我们。收工跟老公念叨这事儿，没想到，老公居然径直跑去找那个主管理论：我老婆我知道，干活勤快不惜力，你必须跟我老婆道歉。结果，第二天早上主管真的跑来跟苏西赔不是。每每说起这个苏西就觉得解气，更觉得自己嫁对了人。老公可不就是给老婆撑腰出气的嘛！不过，还是觉得别扭，就干脆换了间工厂，老公就每天早送晚接的。转年，老公干脆也炒掉了老东家，和苏西到一间工厂做工。妇唱夫随，早上一辆车来上班，下班等老公忙完，再一辆车回去。晚上炒几个菜，喝一点酒，老公心疼老婆做菜辛苦，就一周带她下趟馆子，不动锅灶。

闲的时节呢，苏西在家收拾屋子，老公外出做工。或者在家无聊，就陪老公上班，坐在车里织毛线打发时间。不知道是不是身在异国他乡，苏西很依赖老公，两个人天天黏在一起。两个人好是很好，不过也生过一次别扭。那会儿苏西刚刚在这边安顿下来，人生地不熟的，连个说话的人都找不到，想让老公装个中文台来解闷儿。老公那阵子装修房子正忙得不可开交，说话口气就重了些：要想装就自己打电话联系。苏西也是倔脾气，就这样开始冷战：每天饭菜照样做，弄好就往桌子上一摆，两个人一声不吭地吃饭。持续了一周，一天饭菜端上桌，就看见老头侧着头在那儿掉眼泪。苏西一下子就心软了，别扭什么啊，全抛开了。老公担心她在这边过得不开心，想要打道回府。打那以后，苏西做什么都尽量体谅老公，老公也学会什么事情都跟老婆细声细语地讲明白。小院儿又恢复了原来的欢声笑语，又能常常听见苏西甜甜的喊："老公，开饭喽！"

谈到以后的打算，苏西还是挂念自己的女儿。现在，女儿在家带小外孙，没有工作。平常都大手大脚惯了，猛一丁没收入，还不习惯。苏西每周从老两口的公共开销里抠出 100 纽币汇给女儿，厂子里的退休工资也是女儿在用。等到年岁更老一些，还是想回家乡，老公可以在那边教英文，两口子早上去遛个弯，打打太极，扭扭秧歌，挺好。或者中国住半年，新西兰住半年，两头跑。老头儿也乐意来中国，想着自己比苏西大 10 多岁，哪天要是不在了，就让老婆把新西兰的房子卖掉，回中国买个好点的公寓，跟女儿一起生活。半路走到一起的老两口，能这样设身处地地互相为对方考虑后路，若得一人，夫复何求？

有句话叫做"老来少"，跟苏西接触的过程中，我觉得她不是老来少，她是一直心态都很年轻。为了幸福，什么都愿意尝试，英语、电脑，一个人远嫁海外的各种未知性。也许正是经历过不成功的婚姻，她才更明白自己想要的，并愿意为此付出努力，为爱勇敢前行！幸福是她争取的，更是她应得的。

孤独王子

待在钢筋水泥的丛林里想起 Michael 和他的农场，
8 月的正午，好像一阵风拂过，丝丝凉意。

Michael 的家在 Otago（奥塔哥）地区，南岛的最南端，距离南极比较近，冬天的时候非常寒冷。那里周围全是农场，没有手机信号也没有网络信号。朋友 Sharon 曾经在 Michael 的农场换宿，所以当我想找一个跟外界断绝联系的地方时，一下子就想到了 Michael 的农场。

Michael 的农场生活是自给自足的：菜园子里种着土豆、胡萝卜、花菜，果树上结着李子、桃子，农场上可以捕猎野猪、野鹿，甚至拖拉机加油都不用出门，自家农场上有一个很大的油罐，石油公司定期来补给。邮递员隔天来一趟，车门都懒得打开，从车窗把信件投进邮筒，绕着邮筒掉个头就又开走了。如果不愿意出门社交，真的一个月都见不到人影，Michael 好像不是生活在地球上，而是某个小行星。

Michael 的生活很有规律，早起在农场干活，10 点多钟回来——Morning tea time（早茶时间）——一杯茶，一张报纸，躺在摇椅上休息一下，窗户下边一片草地，隔着马路是自己的农场，更远处有一片树林。有的时候不小心睡着了，休息就变成了小憩。下午照例是要活动一下的，也许是骑自行车 10 公里，也许是开车带牧羊犬出去拉练，也许是开嘟嘟车到山顶，看看陷阱里有没有野猪。陷阱布置在山顶的灌木丛里，嘟嘟车要开出去很远，翻山爬坡，上下颠簸，终于来到山顶。眺望远方，牧场被公路分割成几大块，Michael 很自豪地手一挥，说目之所及，一半儿的农场都是我的。我想他开着嘟嘟车查看羊群的时候肯定感觉像个国王在巡视自己的领地。Michael 对自己的领地再熟悉不过了，一群羊在那里吃草，随便扫一眼，就能报出准确的数目。出去打桩，他指给我看旁边的电线杆。呵，居然有一窝蜜蜂，来来往往，赶着外出采蜜的，采蜜归来的，都挤在洞口那儿。真是想不明白，它们怎么在水泥杆子里筑窝呢？ Michael 又是怎么发现这个蜂巢的呢？

　　整理书架，发现两本书，英文版的《小王子》和一本手写的《美人鱼》，Michael 说我可以拿去看。《小王子》的扉页上写着赠给我的孤独王子，小王子因为和玫瑰花闹别扭离开了自己的星球，在地球上碰到了狐狸，狐狸想被小王子驯服，但是最后小王子还是决定回到自己的星球，那里有他唯一的玫瑰花。《美人鱼》是为着一个承诺，她要给王子写一本不同的 *Mermaid*，自己书写的，给他一人的美人鱼。写书的人是在恋爱吧，每一个字母都漂亮，隔着纸页都可以感受那种欢快。玫瑰花是小王子的唯一，小王子是狐狸的唯一，这本唯一的美人鱼，是唯一的作者写给她唯一的孤独王子的。看 Michael 电话里跟人聊天，笑得很大声，词语含混地裹在一起，非常地农场主。当安静下来不说话的时候，他望着远方，可能在想着某个人，面部线条也柔和下来，眼睛里晃动着光亮，整个人笼罩在一团云里。是啊，爱让人变得不同，爱使你成为唯一。Michael 的星球也有过一枝唯一的玫瑰。

钓鱼去喽

葬礼邀请函的封面是你和那头 454kg 的蓝枪鱼，遗嘱里你说要把部分骨灰洒进大海，遗言是你对大家说你钓鱼去了，Poppa，你真的很爱钓鱼哪！

9月份回到奥克兰，我想着给 Poppa 打个电话。离开 Te Puke 的这 3 个月，因为一些原因一直没有跟他联系，我很想知道老头现在怎么样。打电话的时候我在爬长坡，从一个 YHA（国际青年旅舍）搬去另一个 YHA。电话接通，那边的他好像也是刚爬完长坡，说话气都不匀，中间大喘气。向他报告我环南岛一圈的旅行，再从基督城北上奥克兰。Good girl！这句话多少有点他往日中气十足的风范。可怜的老头，又一次被送进了医院，这次医生还不让走。那我回头去看你啊！我语气欢快地挂掉电话。这次住院住不了两天的，自从患上癌症，他这几十年都在跟死神打架，谁也没有打赢谁。我甚至有点恶作剧地期待，这次医生会把他整成什么样子？上次他住院出来，医生把他整成一个科学怪人，嘴角微斜，呼应着上吊的眼睛，从脖子开到胸口的一条长疤，用大号订书钉缝合在一起。我跟 Poppa 开玩笑说，这是为了方便下次好操作，哧拉，拉链打开，该拿什么东西出去还在原址施工。Poppa 听了我们没心没肺的玩笑，非常配合地握紧拳头，怒睁上吊的眼睛，如果不是秃顶没有根根直立头发的效果，会多么像科学怪人啊！手术、住院都是小菜一碟，老头比癌症强大多了！

10 月 3 日跟蔬菜厂请了假回 Te Puke 看 Poppa，10 月 4 日，灵车上细长的椭圆形原色棺木，说是 Poppa 躺在里面。我不能相信，高大魁梧的 Poppa 可以塞进这么小小的棺木，会不会挤着他？

我打完电话的第二天，Poppa 的手机就被没收了，不允许接听电话。癌细胞全面肆虐，已经扩散到声带，每说一句话对他来说都是巨大的体力消耗。最后的日子里，他躺在床上，没法动弹，握紧拳头，捶打床帮，命令自己的身体 get up、get up（起来、起来）！他是 Poppa，是老兵，是斗士，拖着 454kg 的蓝枪鱼跑到澳大利亚的海岸，终于将这个大家伙捕捞上来。他不曾输过，除了那次把牧场改来养鹿，他从来都是赢家。

从葬礼回家，路过摆放有 Poppa 那头著名的 454kg 蓝枪鱼模型的体育用品店，我拐进去，想最后一次拍个照片。我跟店员说明了来意，他很热心地搬来梯子，让我踩上去，这样可以摸到鱼头，和鱼拍个合影。回到家，Poppa 最爱的摇椅还横在客厅中央，窗台上摆着一溜儿的各式蜗牛——他喊蜗牛 Swift，是他自己的外号，厨房的餐盘垫码在吧台上，好像一会儿热好盘子就可以开饭了，楼下红色的 SUV 还在车库里，墙壁上 Poppa 捕获的各种蓝枪鱼，黑枪鱼的鼻子（其实是延长为枪状的前颌骨）标本还钉在墙上。一切的一切还是原来的样子，他真的离开了？是不是外出钓鱼了？

　　老头带我们见识过网鱼和真正的海钓。网鱼是和他的巨人朋友在旺格努伊的河口——呈三角形的河口，一侧是河岸，一侧是高地，中间横起一道网，Poppa 和巨人朋友从远处敲击水面，把鱼往支网的地方赶。Poppa 不服老偏要下水，即使水流缓慢，但他毕竟是 84 岁的年龄，抢着长棍敲击水面的时候力不从心，棍子落在水面轻飘飘的，击不起一点水花。脖子上套着装鱼的挂包，站在海水里，拄着棍子喘气，感觉特别地英雄暮年。海钓的时候好一点，大儿子做所有的准备工作，我和 Poppa 带着鱼竿在港口等待集合。海钓似乎比岸边垂钓要容易，我这样从没有摸过鱼竿的人居然也会钓上鱼，而且一条接一条，这当然是因为身边有 Poppa 这样的超级指导，怎么挂饵，怎么甩线，怎么观察鱼上钩没有，手把手来教。鱼上钩不要着急收线，往起提一提，拖一拖，让鱼咬实了，再从容收线。Poppa 不愧是老将，轻易不出手，一出手就来条大的。鱼竿拉弯了，鱼线都快扯断了，鱼才拖出水面。果然是条大鱼，有手臂那么长，Poppa 取下鱼钩，拍一拍大鱼，"啪"地又丢回海里。

葬礼邀请函的封面上，Poppa 俯身把脑袋贴在那头著名的蓝枪鱼的肚子上，嘿，这个大宝贝儿啊！在他的遗嘱里要求将尸体火化，部分骨灰撒到大海里。这是他一辈子都热爱的地方啊！葬礼上播放生前的录音，Poppa 跟大家告别，I will go fishing. Bye-bye（我去钓鱼了，再见）！老头，好好享受钓鱼啊！

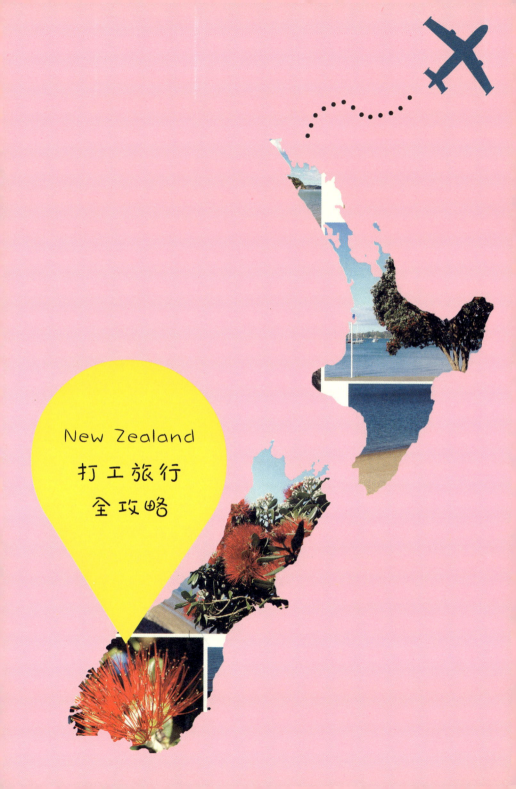

Part 1

赴新西兰前期准备

简介篇：新西兰打工度假的介绍

　　Working holiday visa 即打工度假签证。它允许旅行者出于补贴旅行费用的目的而在签证颁发国边打工边旅行。用来鼓励双方国家的公民进行旅行和文化交流。它允许年轻人在外国体验生活，同时不需要通常的提前寻找工作赞助或者参与昂贵的大学交换生计划。在欧美发达国家打工度假非常盛行，尤其在德国，很多高中毕业生结束学业之后，会选择进行一年期左右的打工度假，到异国感受体验，锻炼自己的能力同时又开阔眼界，在打工度假结束后，再申请大学继续学业。目前对中国大陆开放的国家暂时只有新西兰，针对大陆的打工度假签证有效期为一年，每年的名额为 1000 名。如果在新西兰从事三个月及以上时间的农业工作，可以申请延期，通常可以获得三个月的签证延期。申请该签证时，基本要求有几点，申请人年龄在 30 岁以下，18 岁以上，针对个人，不可携带子女前往新西兰。申请人需具备高中学历，具体的要求在签证篇详细介绍。针对同一申请人，新西兰的打工度假签证只批准一次。可以说是一辈子只有一次机会的打工度假。有没有心动？心动不如行动，我们具体来了解一下都有哪些要求。

签证篇：各种签证相关问题

http://www.immigration.govt.nz/migrant/stream/
work/workingholiday/chinawhs.htm

在新西兰移民局的网站上，可以找到申请打工度假签证的具体要求：

1. 中华人民共和国常住居民（如果你离开中国超过两年，马上申请该签证，就不满足此项要求）

2. 申请时必须是居住在国内

3. 保证你计划离开新西兰时所持有的中国护照仍然有三个月以上的有效期

4. 18 周岁以上 30 周岁以下

5. 不携带子女前往新西兰

6. 有回程机票或者足够购买此类机票的资金（你须拥有充足的资金保障自己在新西兰的生活并可以购买离开新西兰的机票，当你入境时有可能会被要求提供此类证据）

7. 拥有至少 4200 纽币（合人民币 21000 元）可用资金，以保证你在新西兰的生活开销

8. 达到移民局对健康和品格的要求

9. 在停留期间，持有医疗住院保险

10. 有教育部学位中心认证的三年全日制高中及以上学历

11. 英语可以基本交流，有相关的测评（两年期之内的雅思考试成绩，平均分在 5.5 分以上）

12. 以前未获得过打工旅行签证

我们逐条来看，第一条、第二条、第三条是基本要求，关于第一条其实要求也没有那么严格。我有碰到在澳洲留学的朋友，他回国度暑假的时候申请了打工度假签证，一样也申请成功了。第四条年龄是硬性要求，申请人年龄是必须在这个区间的。因为签证是针对个人的，所以第五条才要求不可携带子女。资金的证明可以让银行出具一个存款证明，盖章即可，银行会有一定的收费，有了证明就可以解决第六条和第七条的问题。第八条主要是常规体检，有一个胸透的项目，在申请到名额之后，会告知相关体检信息。在主要的城市都有新西兰移民局认可的体检医院。在北京的体检我当时选择的是北京和睦家妇儿医院（北京市朝阳区建国门外大街 21 号 B 北京国际俱乐部饭店公寓楼地下一层 010－85321221），如果出具打车票，20 元以内可以报销。

关于第九条，其实很多人去往新西兰的时候并没有买保险，我个人的观点是买一个保险比较稳妥，一年的时间说不定会有什么状况，头疼感冒发烧的，有保险比较有底气，新西兰看病还是挺贵的。根据 Kokomi 攻略姐的建议，我购买的是 NZ orbit protection 的保险，具体购买保险的细节请参考攻略姐的保险攻略 http://www.douban.com/note/212777695/。另外，在新西兰，如果发生意外，即使是游客，国家也会买单的。马来西亚的朋友去滑雪，摔断了胳膊，直升机出动接送去医院，她还没有买保险，当时想肯定破产了，结果一分钱没有花，全都是国家买单。这种人道主义精神值得赞扬。不过，还是买保险会更安心。关于

第十条，有的人是拿学历学位证书去做了公证，我的做法是直接复印了学历学位证书（本科），从网上找了模板，自己翻译成英文，就这样提交上去签证那边也接受了。第十一条，雅思考试有两种，一种是学术类 Academic，申请留学读书是必须考这类的。另外一种是培训类 General Training，Working holiday（打工旅行）的签证接受此类。如果时间紧，底子差，想要考个不错的成绩，建议考培训类，阅读和写作部分较学术类会容易一些。第十二条，我们一个人只有一次机会获得新西兰的打工度假签证，所以说是一辈子只有一次的机会嘛！

如果以上这些条目你基本满足，就可以着手来申请了。首先第一步是要在移民局的网站上注册用户，https://www.immigration.govt.nz/registration/default.aspx

When you are registered for Online Services you can customise your homepage and save references and links to resources you want to acc will also have access to:
- Expression of Interest - where you can register your interest in migrating to New Zealand as a Skilled Migrant
- Working Holiday Scheme - where you can apply for a working holiday visa.

Already Registered?

Return to the main window to log in.

About Your User Name and Password

It's important that you remember your User name and Password because you will need to use these details each time you want to access site. So choose something that you will remember.

You could lose access to your personal information if you can't provide the correct User name. You will also be responsible for any incorrec use of your User name and Password. Find out more about our Terms of Use.

About your Email Address

Please select an email address that you will have access to during your application. We will use it to contact you about your application ar if you want to change your Password.

All fields with an asterisk * must be completed.

这是唯一的抢名额的途径。注册信息之后，有两个工作需要做，一个是关注名额的动态，http://www.immigration.govt.nz/migrant/stream/work/workingholiday/chinawhs.htm 在这里你可以看到名额的开放时间。

通常名额是批量开放的，等到开放时间，大量的人在线抢名额，短时间内名额会被一抢而空。我经历过两三次这种情况，还没有见到申请表长什么样子，就被告知已经没有名额了，还有一次抢到一张坏表，填写之后，无法提交。但是也会出现零星名额开放的情况，这就需要长时间关注网站，时时刷新，也许会有收获。我申请成功的那次，就是在10月8日大批名额开放之前，10月4日偶然上网刷到的名额，避免了千军万马过独木桥的情况。上面提到的坏表的情况就涉及第二个工作，研究申请表格的内容如何填写，这个可以为自己节省下时间，以最快速度填写完成，提交成功。感谢豆友Liana，曾经跟我分享表格填写的经验。

http://suitcasehome.com/forum.php?mod=viewthread&tid=702&highlight=，在这里可以先看看填写的内容，在抢名额的过程中可以节省很多时间。抢到名额之后，有一个环节是涉及是否在线支付申请费，如果选择此项，需要你提前准备好信用卡，带Visa或者Master标志的。提交成功之后，会收到系统发送的一封邮件，告诉你提交成功。接下来就是备齐各种资料送签。送签结束之后就是等待签证下来，少数人会接到电话面试，如果没有大的问题，都会顺利出签证。签证拿在手里，是不是有了要出发的冲动？好吧，我们一起来准备奔赴新西兰。

准备篇：各种准备事项

　　首先需要准备的是旅行箱，一个体积够大、够实用的旅行箱或者大容量的旅行背包。个人觉得旅行背包比旅行箱实用，当然了，也要考虑个人体质是否能够扛得起大容量的背包。背包准备好之后，就是整理行李，推荐使用真空收纳袋，可以节省很多空间。其实很多东西到达新西兰之后购买也可以，没有必要把全副家当都带着上路。在这边打工赚钱之后慢慢习惯花纽币就可以了。在准备的过程中，就要开始订机票了。前往新西兰的航班选择比较多，新西兰航空、捷星、国泰、南航等。可以关注各大航空公司，还有豆瓣上面有特价机票的小站也可以关注。如果时间安排合适，可以在中转国停留一段时间，做个短期的观光也不错。我2012 年的时候就是在新加坡中转，获得 96 小时免签证，顺便做了个新加坡一日游。抽空还得办理一个银行卡，刚刚到达新西兰，还没有工作，需要花钱的地方很多，需要有一些资金储备。我之前办理的是华夏银行卡，境外取款每天第一单可以免手续费。钱、行李、机票、签证，万事齐备，是时候出发了！

Part 2

新西兰生活技能

来到一个陌生的国度，如何开展生活、结交朋友，尽快打开局面？答案全在这里。

安身篇：刚到新西兰需要办理的事

刚刚到达新西兰，会觉得一切都很新鲜，语言不同，季节相反。不过现在还不是观光的时候，我们有很多事情需要办。第一件要办的事情就是去银行开户，选择很多，ANZ、ASB、National bank、Kiwi bank 等。不过有的银行要求两种证件，除了 Passport 之外需要再提供驾照，或者国内身份证的翻译件也是可以的。如果可以，最好是办理带 Visa 标志的借记卡，以后购买机票有可能会用到。办理银行卡的时候，最好有一个相对固定的住所，以便银行可以把卡片寄送给你。在办理的时候，跟银行要一个 Statement，对于没有驾照的 WHVER（打工旅行者）来说，这是很有用处的。银行开户之后就要办理 IRD 税号，如果您有驾照，那么可以就近在邮局办理，提供护照和驾照即可。如果没有驾照，需要到奥克兰北岸的 AIA 大厦办理，提供护照和银行的 Statement（结算单）即可。大约 10 个工作日，会收到 IRD centre 寄送的信件，你就成为有 IRD 的人了。有了税号，就可以应聘工作，正式开始打工了。

说起在新西兰的住宿，就不得不提到 BBH——Budget backpacker hostels。BBH 在新西兰的分布要比 YHA 广泛得多，再小的镇都会有 BBH。YHA 相对集中在大城市，所以办理一张 BBH 会员卡很有必要，能够节省一些住宿费。另外，便宜的住宿还有 YHA、Nomads 等，也是连锁的旅舍。除了连锁旅舍，还有 Naked bus 和 intercity 等巴士公司也提供旅舍预定的服务，有的时候赶上促销可以拿到很便宜甚至 0 元的住宿。旅舍之外还有沙发客可以选择。https://www.couchsurfing.org/，如果你行程确定，就可以在到达之前寻找可以接待的主人。沙发客是一种能够加入 Kiwi（新西兰人）家庭，深入了解 Kiwi（新西兰人）文化很好的方式。而且，个人觉得这种体验最妙之处在于永远不知道有什么惊喜在前面等着你。如果想要找一个相对长期的住宿，HELPX 和 WWOOF 是不错的选择，既可以体验农场的生活，又可以通过自己的劳动获得住宿和食物，自食其力。更长期的住宿就是 AU-pair 了，这个在欧美非常流行，有点住家保姆的感觉，照顾孩子，帮忙做家务，融入到这个家庭成为其中一员，每周也可以领取一定的零花钱。从经济的角度来讲，其实做体力工的收入扣除房租，扣除交通，扣除食物，可能剩下的钱还不如 Au-pair 的零花钱多。只是 Au-pair 都要求做半年，我们的签证只有一年，一下子占去半年，能够经历和体验的时间减少一半。

生活篇：各种商家与机构的功能

关于日用品超市，大型连锁有两家，分别是 K-mart 和 Warehouse，不过等到你进去购买会发现大多数产品打着 Made in China 的标签。除了大型超市，二手店也是不错的选择，http://www.salvationarmy.org.nz/， http://www.savemart.co.nz/ 是比较大的连锁二手店。在小镇上会分布有各种实体二手店，尤其对厚衣服带得不多的 WHVER（打工旅行者）来说会是不错的选择，不过尺寸会偏大。除了固定场所的二手店，在 Blenheim 周末还有 Garage sell（车库销售），家里不用的东西会放在车库里面，周末集中卖掉，广告信息都会刊登在当地的报纸上。如果你喜欢淘小东西，可以去一元店、两元店看看。

饮食篇：购买秘诀和简易料理

在新西兰主要的超市有三个，PAK'nSAVE、New world、Countdown。大一些的城镇都有 New world 和 Countdown，PAK'nSAVE 是仓储型的超市，网点要少一点，但是价格比其他两家都会低很多。在规模小的镇，会有 Foursquare 超市，规模小一点，价格也贵一些，但是在 Franz Josef 这样的地方只有这个选择。除了正规超市，还有一个选择是周末市场。规模大一点的市镇在周末都会有农贸市场，Papamoa、Blenheim、Neslon 的周末市场我都参加过，也算是一种体验，更有新鲜的蔬菜水果，说不定可以收获到一些洋人超市不容易看见的青菜，像韭菜、大白菜等，一解思乡之苦。

除了上面的三个超市之外，还有华人超市，在奥克兰等比较大的城市，华人超市分布广泛，可以选择的有大华、万家福、太平、蔡林南，而在小城镇的话，就要仔细寻找，也许会发现亚洲超市。

说到烹饪，我觉得手艺都是被逼出来的。很多人出来之前都是衣来伸手饭来张口，结果一年的时间下来，都练出了自己的一两道拿手菜。我在 Blenheim（布莱尼姆）练出来的拿手菜有几个，油焖大虾简单易操作，超市买的鲜虾洗干净，开背部挑出虾线，油锅烧热，放虾进去煎炸一会儿，快出锅的时候撒盐、蒜末就齐活了。另外一道菜是台湾的 Joy 发明的懒人版卤肉面，油多放一点煸炒肉末，快出锅的时候加耗油、蒜末，和面条拌在一起，别有一番滋味。最经济实惠的则是炖煮各类骨头，Kiwi（新西兰人）不喜欢鸡架、猪蹄类的东西，价格卖得很便宜，我们买来就煮一大锅，啃鸡架，啃猪蹄，喝汤，煮面条，一锅三吃太实惠了。

通信篇：邮寄打电话及上网

邮寄：

从国内往新西兰寄送物品，有几个选择：1.走快递公司，TNT、DHL、UPS、FEDEX。因为我在 TNT 工作五年多，比较了解流程，可以分享给大家，20kg 以上的货物可以申请特价，算下来是很划算的。要求发件人为公司，需要填写运单以及发票，寄送物品有限制。2.通过邮政，可以选择航空件、平邮以及海运。海运价格很便宜但是时间很长，我走了一次海运差不多一个半月，但是价格很便宜，300 块左右可以走 10kg 左右，而且物品没有太多限制，食品都可以寄送。3.通过国内各种小快递公司。在福建等地，这种服务非常多，价格在 50 块左右一公斤，一次也要求寄送在 20 公斤左右，可以寄送食品。

如果是从新西兰往国内寄送，可以选择邮局、华人快递公司，以及上面提到的四家国际快递 TNT、DHL、UPS、FEDEX。邮局寄送物品有限制，现在奶粉不可以寄送。华人快递公司在华文报纸上可以看到广告，或者特产店也可以代为寄送快递，奶粉、保健品可以部分承接，但是入关的时候有可能出现扣关的情况。四大快递公司操作规范，敏感物品不承接。

打电话：

新西兰主要的通信公司有三家，分别是 telecom、vodafone、2degrees。我是在奥克兰机场领到免费的 SIM 卡，所以就一直用 2degrees 的号码。

http://www.2degreesmobile.co.nz/
http://www.vodafone.co.nz/
http://www.telecom.co.nz/home/

具体资费请查看网站，每家都有套餐，包含数据流量、通话时长、短信三块内容。就像联通和移动一样，在不同地区，不同公司的网络信号覆盖强度不同。我在 Poppa 家住的时候，使用的 2degree 经常没有信号，但是 Poppa 使用的 telecom 就没有这个问题。

除了手机卡之外，我们还会打电话回国，2degree 有 China 120 的套餐，10 纽币可以通话 2 个小时。Vodafone 的 19 纽币套餐里面有 2 纽币通话 60 分钟的项目。除了使用手机，还可以在亚洲商店购买电话卡打回国内，电话卡有包含 GST 有不包含 GST 的，有的支持手机拨打，有的只支持座机拨打，需要详细比较。当然也可以使用基于网络的通话，我们的 QQ 语音聊天就不说了，微信、Skype 使用也很方便。

上网：

说完电话，我们来看上网。如果你在大城镇，图书馆会是一个不错的选择，大多可以使用免费的 Wifi，当然也有例外，比如 Wanaka。如果是在 BBH 这样的旅舍，可以使用旅舍的付费网络服务。如果是长期租住的话，建议选择可以提供网络的 homestay。自行购买数据流量，三个通信公司都有相关的服务。

http://www.telecom.co.nz/internet/mobilebroadband/plansandpricing/

http://www.2degreesmobile.co.nz/mobile-data/data-packs

http://www.2degreesmobile.co.nz/mobile-data/devices

http://www.vodafone.co.nz/mobile-broadband/prepay/

交通篇：所有和交通工具有关的资讯

如果有驾照，考虑购车的话有几个途径，一是拍车行 http://www.turners.co.nz/Pages/Home.aspx，这个是最大的拍车行，车很多，挑选空间很大。另外一个是露天的二手车市场 http://www.carfair.co.nz/，选择也比较多。还可以上 Facebook，里面 Working holiday（打工旅行）的群组经常有人回国卖车的，如果是住在 Backpacker，也会有卖车的广告。买车最好是找熟悉车的人帮忙看看，如果挑得不好，一年都撑不下来，还要花去不少修理费，所以买车需慎重。

如果没有驾照，没有自己的车，交通就只能够依赖公共交通以及自己的双脚了，比如我。新西兰大型巴士公司有 Intercity 和 Naked bus，淡季常有促销。我初到新西兰就购买了 Intercity 的 0 元票，免费搭乘到了 Te Puke。这个需要经常关注网站，提前预定。如果你预定了票，要改日期，可以提前在巴士网站上更改，补足差额和手续费即可。这些巴士公司还有搭配住宿的服务，以及旅游套票的服务。除了上面提到的两家巴士公司，还有一些专门的旅游巴士，比如 Magic bus，司机拉着一车人沿固定旅游线路前进，不接受临时的单程购票，需要购买套票才能预定巴士服务。

　　说完了长途交通，我们再来说说短途交通。新西兰的公共交通系统不是特别发达，只有在大城市像奥克兰、惠灵顿才有相对完善的公交系统。在奥克兰乘坐公交可以购买公交卡，收费会比现金购买便宜。乘坐火车也可以购买十次卡，平均下来也比较划算。如果想要节省开销，最好的办法是请教当地人，他们更知道如何使用公共设施。我在Rotorua(罗托鲁阿)的时候就是请教当地人，购买了一天卡，可以无数次乘坐公交，游览了所有景点，又节省了交通费。

　　自己没有车，又不愿意乘坐巴士，还有一种选择——拼车。在沙发客上可以加入Travel Companions for exploring New Zealand的讨论小组，很多人征游伴分摊油费的。Facebook、Suitcase上面也有这样的帖子，可以找一个合得来的游伴。最后一种方式是Hitchhike，最好用一个纸板写上自己想要去的方向，在路旁竖起大拇指拦车，这种方式一个是效率不高耗时间，另外一个需要注重安全，如果是一个人独自旅行，更要考察车主。如果觉得面相不好，感觉不对，要果断拒绝。

财务篇：薪资、薪资退税和汇款

　　新西兰法定的最低工资为13.5纽币/小时，另外加8%的holiday pay(假日津贴)，遇到法定节假日，也是要给钱的。你提供IRD税号给雇主，会自动在你的薪资里面扣除掉税金，在IRD网站上注册之后可以查到自己的打税记录。虽然有法定的最低工资，但是在实际中也会碰到各种情况，像中餐厅普遍都给不到最低工资，华人介绍的包装厂给最低工资，但是不给打税依然扣掉税金，果园工作的 Contract（合约）是计件付酬，不管最低工资的要求。这些都是不合法的情况，真的追究起来，有可能会拿到最低时薪，我春天在 Blenheim 跟一群德国人除芽的时候就碰到过这样的争执，后来争取到了 13.5 纽币 / 小时的最低工资。

等到 4 月份上一财年结束的时候，根据你的打税记录可以跟 IRD 申请退税。详情请参考 Kokomi 的退税攻略 http://www.douban.com/note/221259070/，不过 2013 年的退税有新的变化，应该是不需要 DLN 号码了。实际的内容还是需要以 IRD 网站为准。如果退税下来，你人已经回国了，钱如何带出新西兰倒是个问题。我们万能的攻略姐 http://www.douban.com/note/215285660/ 也为诸 WHVER（打工旅行者）想到了这一点，详情参见网址。

学习篇：在新西兰学英文的资源介绍

说到学习英文，我们都已经到了英语是母语的国家，我觉得最好的办法就是跟当地人聊天，在对话中进步速度是最快的。除了聊天，看英文报纸可以学到很多地道的英文句子和语法。看电视的话，是有难度，但是可以看动画频道，这个速度比较慢而且通俗易懂。个人推荐阅读英文书籍，当然，如果直接读一大本外文书，而且没有背景的话，理解非常困难，但是我们可以选择跟中国相关的书籍，有文化背景，读起来会容易很多。我在新西兰的时候读了三本外文书，*Wild Swans*、*The Last Empress* 以及 *To The Max*，对于英文改善还是有很大帮助的。

当然，在奥克兰也是有很多英文培训学校，如果基础实在差并且想要说一口纯正发音的英文，又荷包充足的话，念一念倒也无妨。

Part 3

新西兰打工种类全记录

到新西兰之后，体验也好，生存也罢，打工是一件必须经历的事情。工作，从何找起呢？

下面是一些找工作的方法及注意事项。

找工作最重要的是信息，信息从哪里来？网络和朋友圈子。如果是在奥克兰、基督城等大城市，可以看天维网Skykiwi，中文信息，华人老板为主。在Backpackerboard也提供一些Kiwi机会，Suitcase也有一些信息。不得不提的就是Facebook，联系朋友这是一个主要的途径，有新的工作机会传播速度很快。

网络传播之外，朋友间的口耳相传也很重要，我回到奥克兰找到的蔬菜包装厂的工作就是在Blenheim（布莱尼姆）的时候无意中听朋友说起的。多接触一些人，信息量就会大，机会就会多。

如果是在城市找工作，报纸上面的招聘信息可以打电话过去问，各种中介机构可以登记，招聘网站Seek、Trademe的招聘板块也可以浏览。各种餐厅、咖啡馆也可以逐一问过去。在城市做清洁也是一个主要的工种。

如果有车，对于找工作帮助很大，可以自己开车一家工厂一家工厂去问。我有朋友在基督城就是这样一家一家问，到最后进入一家芝士包装厂，她是厂里唯一的WHVER（打工旅行者）。

新西兰农业相关的季节工是WHVER（打工旅行者）打工的主要方式。如果你喜欢吃水果，你有福气了。在新西兰有各种不同的水果，如果你去做水果采摘和包装，就可以无限量地吃，算是员工福利吧。不同的水果持续时间不同，像苹果和奇异果持续时间比较久，三个月左右，而草莓和樱桃就做工时间短一些。根据不同水果的季节和产区来找工作是一个不错的方法。奇异果是秋季收获，主要集中在 Te Puke（蒂普基）周边，Katikati 也有几家包装厂，另外南岛的 Motueka（莫图伊卡）也有一些。苹果也是在秋季，集中在 Hasting 地区。冬天最辛苦的工作就是葡萄园了，男生一般做 Stripping（扯枝），女生做 Wrapping（绑枝），很辛苦，计件付酬，体验可以，不推荐长时间做。葡萄园春天也有工作，主要是抹芽和挂铁线，这个比冬天好一点，依然很挑战体力。另外冬天 Te Puke（蒂普基）还会有奇异果的 repack 工作，根据国外订单而定，有的工厂可以持续整个冬天直到圣诞。夏天可以做樱桃，主要是在 Otago（奥塔哥）地区的 alexandra、cronwell、roxburgh。水果包装厂工需要提前登记，直接到所在地区机会大很多。如果是找果园工，通过朋友介绍的 contract（合约）会靠谱一些。现在很多住宿的 Backpacker 也会帮忙推荐工作，但是通常工作会与住宿绑定，如果你搬出这家 Backpacker，那么工作有可能会丢或者会损失押金。

除了水果相关的工作，还有一些工厂工作，比如海鲜厂、罐头厂、肉厂、酒厂、蔬菜包装厂、鱼油厂等。有名的海鲜厂有 Talleys 和 Sealord，在南岛很多地区有分厂。Talleys 有很多工厂，Blenheim、Motueka、Westport 等都有，可以逐一打电话过去问。Sealord 是通过中介公司 Advance Personal 来招工的，要先填写表格等工。罐头厂有 Watties，外包给中介 AWF。肉厂 Affco 缺人的时候才招，很少见的工资高于法定最低工资，有最低周薪的说法。Blenheim 附近酒瓶厂、灌酒厂大多跟 BBH 合作，要住有关系的 BBH 才更容易进入这些厂子。

我个人感觉，城市工作不太好找，季节工容易一些。季节工做一段时间，有了点资金，也可以回归到城市看看工作机会。

Part 4

打工地点攻略及打工电话本

有工可打的城市索引

Auckland（奥克兰）：餐馆工作、蔬菜包装厂工作、鱼油厂工作、销售工作、清洁工作

鱼油厂 http://www.alphalabs.co.nz/

华人中介 www.nchr.co.nz 可以帮忙联系蔬菜包装厂工作

Te Puke（蒂普基）：奇异果工作

www.trevelyan.co.nz

www.seeka.co.nz

www.estapack.co.nz

Blenheim（布莱尼姆）：葡萄园工作、樱桃工作、海鲜厂工作、酒厂工作

以下为口碑还不错的葡萄园 Contract

公司名：Prolawine

http://www.prolawine.co.nz/contacts/contacts.html

公司名：Vincon

http://www.vincon.co.nz/flash.index.html

公司名：Premium

http://www.pvnz.net/index.html

公司名：Vinepower

http://www.vinepower.co.nz/

公司名：AceViticulture

http://www.aceviticultureltd.com/

海鲜厂的网址

http://www.talleys.co.nz/

绑定工作的 Backpacker 有 peace heaven、Duncannon。

隆重推荐这个 Koanui Lodge & Backpackers，也帮忙推荐工作，而且距离镇中心非常近。这是我的朋友 Dave&Reena 家的 Backpacker，男主人对中国文化很感兴趣，周末会带 Backpacker 外出划船爬山，是深入了解 Kiwi 社会挺好的途径。

Hasting：苹果工作

http://goldenfresh.co.nz/

Motueka：奇异果、苹果、海鲜厂工作

Nelson：海鲜厂工作

Westport：海鲜厂工作

Wanaka：清洁工作、餐厅工作

Queentown：餐厅工作、导购工作

Alexandra：樱桃工作

樱桃厂的网址 http://leaningrockcherries.webs.com/

Cronwell：樱桃工作

Roxburgh：樱桃工作

Tongario：滑雪场的工作

新西兰生活关键字索引

找房子——大城市通过 Skykiwi，小城镇通过 New world、Countdown 的布告栏

找工作——网络、报纸、朋友介绍

买车——拍车行、BBH 公告栏、Facebook 的 Working holiday 小组、朋友介绍